W0300372

Critique littéraire, directeur de collection, traducteur, éditorialiste, rédacteur en chef et essayiste, Francis Valéry, né en 1955, est depuis la fin des années soixante-dix une figure majeure de la science-fiction française.

Ces multiples fonctions ne l'ont pas empêché de poursuivre une carrière littéraire ambitieuse récompensée de deux prix Rosny aîné, et qui lui a valu d'être publié de nombreuses fois en anthologies, revues et littérature jeunesse.

La Cité entre les mondes, son dernier roman paru aux Éditions Denoël, a été salué comme un brillant hommage à Jules Verne et aux œuvres d'anticipation scientifique du début du XXe siècle.

La science-fiction est à la fois genre et principe actif.

En tant que genre, elle se définit par sa thématique et concerne plusieurs domaines de la création : la littérature, en premier lieu, mais aussi le cinéma, la bande dessinée, la télévision, l'architecture, l'esthétique industrielle, la haute couture, la publicité…

En tant que principe actif, elle est outil, éclairage, point de vue… voire virus contaminant peu à peu le champ entier du réel. Elle constitue un véritable système permettant d'appréhender, de dire le monde.

D'un mot, on dira que la science-fiction est pour l'essentiel un questionnement.

1. Avant la science-fiction

Ce que l'on s'autorisera à appeler l'« état d'esprit science-fictif » est aussi ancien que la culture écrite.

Des œuvres majeures comme *L'Épopée de Gilgamesh*, *L'Odyssée* ou le *Critias* apparaissent comme quelques exemples peu contestables de ce qui constitue une démarche intellectuelle dont la modernité, par essence, est permanente.

Au fil des siècles, une littérature écrite (et sans nul doute orale) se nourrit de cet état d'esprit autant qu'elle contribue à l'instaurer.

Anticipation technologique, spéculation philosophique, voyage extraordinaire, critique sociale, utopie, uchronie[1]... participent d'un même questionnement du monde et font le terreau d'un genre en devenir.

Dans le même mouvement, des motifs apparaissent, à la fois supports et prétextes à discours critique, et finissent par constituer une véritable thématique.

Plusieurs thèmes parmi les plus connus et les plus populaires se développent dès les XVIIe et XVIIIe siècles, dans la littérature européenne.

L'exploration de l'espace : *L'Homme dans la lune* (1638) de l'Anglais Francis Godwin ou *Histoire comique des États et Empires de la Lune* (1656) du Français Cyrano de Bergerac.

La découverte de contrées merveilleuses et de civilisations inconnues, la rencontre avec des humanités autres : *La Cité du soleil* (1623) de l'Italien Tomasso Campanella, *Les Voyages de*

1. Récit d'une histoire de l'humanité qui, à un moment clé du passé, aurait divergé de celle que nous connaissons.

Gulliver (1728) de l'Irlandais Jonathan Swift, *Le Voyage de Nicolas Klimus dans le monde souterrain* (1741) du Danois Ludwig Holberg, *La Découverte australe par un homme volant* (1781) du Français Restif de la Bretonne.

L'anticipation : *L'An 2440* (1771) du Français Louis-Sébastien Mercier.

Tout au long du XIXe siècle, la palette thématique du genre ne cesse de s'enrichir. On décèle dans certaines œuvres l'esquisse de préoccupations très actuelles : nécessité écologique, risques liés au génie génétique et aux manipulations sur l'homme.

Jean-Baptiste Cousin de Grainville envisage rien de moins que la disparition de l'espèce humaine dans *Le Dernier Homme* (1805). Mary Shelley affirme que la Science fera de l'homme l'égal de Dieu en lui donnant la possibilité de créer la vie, dans *Frankenstein ou le Prométhée moderne* (1818). Robert Louis Stevenson est le premier à imaginer des états de conscience altérés, dans *L'Étrange Cas du Docteur Jekyll et de Mister Hyde* (1886). Tandis que l'écrivain et illustrateur de génie Albert Robida propose une vision caustique et contestataire des temps à venir dans une série d'ouvrages dont le plus connu est *Le Vingtième Siècle* (1882).

Le XIXe siècle est celui des dernières grandes explorations. Rien d'étonnant à ce que les écrivains, ces éternels rêveurs, se fassent une spécialité de précéder les géographes, partout où il en est encore temps.

Sir Henry Rider Haggard envoie ses héros dans une Afrique mythologique, à la découverte des légendaires *Mines du roi Salomon* (1885), ou à la rencontre d'une femme dotée d'une jeunesse éternelle, *Elle* (*She*, 1887). Tandis que Sir Arthur Conan Doyle choisit pour théâtre de sa fiction le continent sud-américain : dans *Le Monde perdu* (1912), le professeur Challenger – l'autre grand héros imaginé par le père de Sherlock Holmes – découvre au sommet d'un plateau inaccessible un espace préservé du temps où survit toute une faune préhistorique, dinosaures inclus.

Mais le monde se rétrécit. De nouveaux empires coloniaux se constituent. Les rivalités entre les grandes nations ne cessent de s'exacerber.

Avec *La Bataille de Dorking* (1871), Sir George Chesney pose les fondements d'un véritable courant autonome : le récit de guerre future. Un Français, le capitaine Danrit, en fait sa spécialité dans une série de pavés xénophobes et paranoïaques qui eurent leur heure de gloire : *La Guerre de demain* (1889-1896), *L'Invasion noire* (1895-1896), *La Guerre fatale : France-Angleterre* (1901-1902), *L'Invasion jaune* (1905-1906). Plus alarmiste que belliciste, H. G. Wells s'illustre également dans cette thématique avec *La Guerre dans les airs* (1908). La littérature anticipant les faits, l'histoire du XXe siècle se fera l'écho tragique des préoccupations d'écrivains, hélas, trop visionnaires.

La science-fiction reprendra cette thématique de l'invasion dans les années cinquante (cinéma) et soixante (télévision). Après une pause, le motif de l'envahisseur belliqueux est de nouveau omniprésent, généralement de manière parodique, en jouant sur les références internes à la science-fiction ou fondatrices de nouvelles mythologies (*Independance Day*, *Mars Attacks !*). À l'occasion, le discours délaissera la parodie pour se faire plus insidieux (*X-Files*). Faire du neuf avec du vieux a toujours été une spécialité d'une certaine science-fiction. Cette manière de recyclage permanent en fait un genre assez largement collectif, chaque nouvelle œuvre se nourrissant du corpus avant de l'enrichir.

Dans une perspective historique, on peut dire que le XIXe siècle ne s'achève véritablement qu'avec la Première Guerre mondiale, en 1914. La seconde moitié de ce siècle qui tarde à en finir est celle de la véritable émergence du genre. Trois auteurs majeurs – trois véritables géants : un Français, un Anglais et un Belge – posent en Europe les bases de la science-fiction moderne.

Avec une approche très rationnelle, anticipant à peine sur les connaissances scientifiques et l'état d'avancement technologique de son temps, le premier de ces pères fondateurs, Jules Verne (1828-1905), rencontre un succès considérable avec des romans devenus autant de classiques : *Voyage au centre de la Terre* (1864), *De la Terre à la Lune* (1865), *Vingt mille lieues sous les mers* (1870),

Autour de la Lune (1870), *Robur le conquérant* (1886), *Le Village aérien* (1901), *Maître du monde* (1904)...

Volontiers fantaisiste et n'hésitant pas à agrémenter de scientisme ce qui n'est en réalité que du merveilleux, Herbert George Wells (1866-1946) écrit une science-fiction plus débridée. *La Machine à explorer le temps* (1895), *L'Île du docteur Moreau* (1896), *L'Homme invisible* (1897), *La Guerre des mondes* (1898) ou *Les Premiers Hommes dans la Lune* (1901) sont des œuvres colorées et pleines d'ardeur, plus modernes que les anticipations respectueuses et un rien scolaires de Jules Verne.

Littéraire et visionnaire, original et novateur, tout autant à l'aise dans l'évocation des premiers temps de l'humanité que dans celle de son lointain avenir, J.-H. Rosny aîné (1856-1940) est le véritable père de la science-fiction francophone moderne. Avec des œuvres comme *Vamireh* (1892) et *La Guerre du feu* (1909), il invente le roman préhistorique, un courant autonome qui constitue l'une des racines de la *fantasy*[1]. Tandis que *La Mort de la Terre* (1910) et *La Force mystérieuse* (1913) posent les bases du roman catastrophe, *Les Navigateurs de l'infini* (1925) apparaît comme l'un

1. Littérature faisant appel à des éléments irréels ou surnaturels, puisant dans les contes, légendes et mythologies traditionnelles pour mettre en place un univers cohérent, généralement moyenâgeux, et dans lequel la composante technologique est le plus souvent absente.

des premiers authentiques *space opera*[1] européens. L'un des textes les plus originaux et poignants de J.-H. Rosny aîné, *Les Xipéhuz* (1888), est l'étonnant récit d'une rencontre avec une forme de vie radicalement autre.

2. *La science-fiction des pulps*

Les décennies 1880-1920 correspondent à l'Âge d'or de la lecture – pratique culturelle dominante dans toutes les strates de la société.

Se développe alors ce que l'on nommera plus tard la littérature populaire. Elle a ses auteurs, souvent des tireurs à la ligne infatigables, parfois des créateurs époustouflants tel Gustave Le Rouge. Elle a ses éditeurs – en France ils se nomment Fayard, Rouff, Tallandier, Ferenczi – et ses lecteurs : en Europe comme aux États-Unis, les tirages se comptent en centaines de milliers d'exemplaires.

Avec ses outrances, son exotisme et son imaginaire décomplexé, la science-fiction est au cœur de la littérature populaire : en France, en Grande-Bretagne, en Italie, en Allemagne… Mais l'Europe

1. Catégorie majeure de la science-fiction, le *space opera* regroupe, de manière plus ou moins précise, l'ensemble des textes impliquant de manière centrale les voyages dans l'espace et le développement de civilisations, humaines ou non, à l'échelle galactique. Désignant initialement une littérature archétypale, plutôt outrancière, le *space opera* a progressivement acquis ses lettres de noblesse en mettant l'accent sur la crédibilité du récit.

déchirée est bientôt dévastée par la Première Guerre mondiale et les rangs des écrivains décimés au même titre que le reste de la population. C'est désormais aux États-Unis que la science-fiction va se développer.

Les premiers pulps[1] – *The Argosy* (1896), *The All-Story* (1905), *The Cavalier* (1908)… – sont des revues littéraires généralistes, hebdomadaires ou mensuelles, où l'on trouve des récits appartenant à tous les genres littéraires.

Dans le domaine de la science-fiction, quelques auteurs deviennent rapidement très populaires : Ralph Milne Farley, George Allan England, Abraham Merritt, Ray Cummings, William Hope Hodgson, Sax Rohmer (le père de Fu-Manchu).

Le plus connu et le plus inspiré des premiers « pulpsters » est sans conteste Edgar Rice Burroughs (1875-1950). Celui-ci entraîne ses lecteurs dans les endroits les plus invraisemblables, les plus extraordinaires : sur les traces de *Tarzan* (1912) à la découverte d'une Afrique fantastique, avec John Carter (1912) pour explorer la fabuleuse Barsoom, alias la planète Mars, aux côtés de David Innes dans *Pellucidar* (1914), un monde intérieur auquel on accède par une ouverture près du pôle Nord.

1. Phénomène éditorial typiquement nord-américain, les *pulps* sont des magazines à fort tirage (parfois jusqu'à 500 000 exemplaires), au format particulier (17,5 × 25 cm) et imprimés sur du papier de qualité médiocre, fabriqué à partir de pulpe de bois.

À partir de 1915, les pulps généralistes sont supplantés par des publications spécialisées dans un seul type de récits : western, policier, aviation, amour, exploration…

Daté de mars-avril 1923, d'un format plus petit que le format habituel et sous une présentation assez terne, le premier numéro de *Weird Tales* est d'apparence modeste. En quelques années, ce magazine deviendra pourtant une véritable légende et constitue aujourd'hui un objet de culte. S'intéressant autant à la science-fiction qu'à l'horreur, *Weird Tales* révèle des auteurs talentueux et novateurs : Seabury Quinn, Clark Ashton Smith, August Derleth, Edmond M. Hamilton, Catherine L. Moore.

Le principal titre de gloire de *Weird Tales,* et de son rédacteur en chef Farnworth Wright, réside en la double découverte de Howard Phillips Lovecraft (1890-1937) et de Robert E. Howard (1906-1936).

D'une puissance d'imagination peu commune, doté d'une force de travail étonnante en regard d'une condition physique médiocre, Lovecraft reste, pour des millions de lecteurs, le créateur du mythe de Cthulhu. Parfois considérée à tort comme du fantastique, cette partie de l'œuvre de Lovecraft est parfaitement rationnelle et relève incontestablement de la science-fiction, les Grands Anciens et les diverses divinités composant son panthéon étant des entités extraterrestres. De Lovecraft, on ne peut ignorer des récits époustouflants comme

« La Couleur tombée du ciel »*[1] (1927), « L'Appel de Cthulhu »* (1928), « L'Abomination de Dunwich »* (1929), « Celui qui murmurait dans les ténèbres »* (1931), « L'Ombre venue de l'espace »* (1936) ou « Les Montagnes hallucinées »* (1936).

Avec le personnage de Conan, Robert E. Howard fonde la *Sword and Sorcery*[2] – que l'on pourrait qualifier de tendance dure de la *fantasy* (un genre aujourd'hui autonome de la science-fiction) si l'œuvre de Tolkien devait en incarner la tendance douce. Entre 1932 et 1936, année de sa disparition brutale, Robert E. Howard publie dans *Weird Tales* dix-sept récits mettant en scène Conan, héros (de papier) immortel s'il en est. La largeur d'épaules du Cimmérien a, hélas, tendance à cacher le reste de l'œuvre d'Howard qui compte nombre de remarquables nouvelles. On en trouve une sélection dans deux recueils français : *L'Homme noir* et *Le Pacte noir*.

En 1906, un jeune immigré luxembourgeois du nom de Hugo Gernsback se lance dans la commercialisation d'un poste de radio à bon marché de son invention. Il a vingt-deux ans. Deux ans plus tard, il fonde *Modern Electrics*, une revue de vulgarisation scientifique dans laquelle il publie des textes de science-fiction.

1. Les œuvres suivies d'un appel par astérisque sont présentées et commentées dans le choix de lectures proposé plus loin p. 107 et suiv.
2. Également dénommée *Heroic Fantasy* en France.

Devenu un homme d'affaires avisé, cet écrivain et inventeur génial lance, au début de 1926, *Amazing Stories*, la première revue au monde entièrement consacrée à ce qu'il baptise alors la scientifiction – le mot science-fiction n'apparaîtra dans ses magazines que quelques années plus tard. Il y publie de jeunes auteurs aussi bien que des rééditions de romans classiques de H. G. Wells, Edgar Rice Burroughs et Jules Verne.

L'optimisme est de rigueur. Gernsback se considère comme un militant : il lutte pour l'avènement d'un grandiose avenir, celui du bonheur pour tous, rendu possible par les progrès de la science et les avancées de la technologie.

L'année même où *Amazing Stories* voit le jour, Fritz Lang réalise le film *Metropolis* d'après le roman de son épouse Thea von Harbou. Sa vision terrifiante d'un futur déshumanisé où l'homme n'est plus qu'un rouage d'une machine totalitaire est diamétralement opposée à celle de l'exilé juif luxembourgeois. Le pessimisme de l'Ancien Monde s'oppose à l'optimisme inébranlable du Nouveau Monde. La crise de 1929 n'est pourtant pas loin.

À la suite d'*Amazing Stories*, Hugo Gernsback crée de nouveaux pulps, dont *Air Wonder Stories* et *Science Wonder Stories*, qui ne tardent pas à fusionner sous le titre de *Wonder Stories*.

Alerté par le succès d'*Amazing Stories* et de *Wonder stories*, un éditeur concurrent lance *Astounding Stories of Super Science* (devenu plus tard

Astounding Science Fiction). Le premier numéro est daté de janvier 1930.

Un nouveau genre se développe alors : le *space opera*. Ainsi nomme-t-on ces récits endiablés dans lesquels des armadas de vaisseaux, se déplaçant plus vite que la lumière, s'affrontent à coups de désintégrateurs et autres rayons de la mort, pour le contrôle de planètes indescriptibles peuplées d'entités impensables. Le tout sur fond de « Naissance et Effondrement de l'Empire Galactique ». La recette : un gros zeste de péplum, deux doigts de western, quelques réminiscences de littérature coloniale, bien saupoudrés de (pseudo-)superscience. Un demi-siècle plus tard, cette recette n'aura pas changé et le nouveau cocktail alors obtenu s'appellera *Star Wars* (1977) – tout juste aura-t-on ajouté un soupçon de mysticisme que l'on aura trouvé, entre-temps, chez Alfred Elton Van Vogt.

Deux auteurs s'illustrent dans cette science-fiction sans complexe, un rien infantile, parfois colonialiste et belliqueuse – mais à l'occasion (et avec le recul) empreinte d'un exotisme suranné, poétique et nostalgique.

Le premier s'appelle Edward E. Smith (1890-1965), alias Doc Smith. C'est un authentique scientifique touché par l'envie d'écrire. Il est l'auteur de deux sagas galactiques : *Skylark* et *Lensman*. La première s'ouvre par *La Curée des astres* (1928) et se poursuit avec trois autres volumes (non traduits). Elle établit un véritable archétype : celui du héros, ici un dénommé Richard Seaton, à la fois scientifique de haut rang et aventurier intrépide et bagarreur. Le modèle sera copié à d'innombrables reprises – l'un des derniers en date étant un certain Indiana Jones. La saga *Lensman* (*Fulgur* dans la traduction) comprend quant à elle sept volumes, composés de romans et de nouvelles parus entre 1934 et 1948, aux titres des plus évocateurs : *Triplanétaire* (1934), *Patrouille galactique* (1937) ou *Le Fulgur gris* (1939).

Ces deux sagas présentent la particularité d'avoir débuté dans *Amazing Stories* avant de se poursuivre dans *Astounding Stories*, où les conditions financières proposées aux auteurs étaient meilleures.

Le second auteur s'appelle John W. Campbell Jr. (1910-1971). C'est également un scientifique, diplômé du célèbre MIT. Il connaîtra la gloire à trois reprises dont deux fois en tant qu'écrivain. Sous son nom, il devient un maître du *space opera* et le principal rival de Doc Smith – de cette partie de son œuvre, on connaît en France un unique roman, *La Machine suprême* (1934). Sous le pseudonyme de Don A. Stuart, il publie une poignée de nouvelles époustouflantes, certaines réunies dans le recueil *Le ciel est mort**. Les plus mémorables restent « Crépuscule »* (1934), vision terrifiante du lointain futur de l'humanité, et « La Bête d'un autre monde »* (1938), qui sera adaptée au cinéma par Howard Hawks (non crédité) et Christian Nyby, sous le titre *La Chose d'un autre monde* (1951).

John Carpenter en réalisera une nouvelle version sous le titre *The Thing* (1982).

Les années vingt et trente sont celles de l'émergence de la science-fiction dans d'autres domaines que la littérature. En particulier dans le cinéma.

L'un des premiers films mémorables du genre reste *Aelita*, une production soviétique réalisée en 1924 par Yakov A. Protazanov, d'après le roman d'Alexeï Tolstoï paru deux ans plus tôt. Des cosmonautes soviétiques atteignent Mars et découvrent un régime oppressif. Portant la bonne parole, ils déclencheront une révolution. Outre son humour, le film vaut également pour les décors et les costumes, relevant d'un Art déco tendance fantastique.

En 1929, trois ans après avoir signé *Metropolis*, Fritz Lang réalise *Une femme dans la Lune*, à nouveau d'après un roman de Thea von Harbou. Il s'agit du premier film de *hard science*[1] – l'aspect scientifique du voyage spatial étant abordé avec rigueur. Un certain Willy Ley est le conseiller scientifique de ce film : il émigrera bientôt aux États-Unis, où il se fera un nom dans l'édition de science-fiction.

Trois films en provenance des États-Unis illustrent la période. *Frankenstein* (1931) avec Boris

1. La *hard science* met l'accent sur la crédibilité scientifique du récit, en privilégiant éléments rationnels et sciences exactes. Elle repose généralement sur la mise en pratique imaginaire de véritables concepts ou de technologies sinon maîtrisées, du moins faisant l'objet de recherches avancées.

Karloff et *L'Homme invisible* (1933) avec Claude Rains, sont tous deux réalisés par James Whale. En 1933, Merian C. Cooper et Ernest B. Schoedsack réalisent quant à eux *King Kong*, l'un des films les plus célèbres de toute l'histoire du cinéma. Les effets spéciaux de Willis H. O'Brien y sont pour beaucoup.

Dans le domaine du serial, 1936 marque l'arrivée sur les écrans de *Flash Gordon*, sous les traits de Buster Crabbe. Frederick Stephani réalise là le premier serial en treize épisodes. Deux suites verront le jour en 1938 et 1940, dirigées par Ford L. Beebe, d'abord avec Robert F. Hill puis avec Ray Taylor.

La première bande dessinée de science-fiction apparaît en 1929. Dessiné par Dick Calkins, *Buck Rogers* est à l'origine le héros d'un roman de Philip Francis Nowlan, *Armageddon 2419 AD*, publié dans *Amazing Stories* en 1928. *Buck Rogers* est suivi en 1933 par *Brick Bradford*[1], dessiné par Clarence Gray sur des scénarios de William Ritt. L'année suivante, c'est l'excellent *Flash Gordon*[2] qui apparaît, une œuvre au graphisme remarquable due au talentueux Alex Raymond. Les trois séries relèvent du pur *space opera*.

La période se termine par une grosse frayeur : celle causée en 1938 par Orson Welles et sa troupe

1. *Luc Bradefer* dans la version française.
2. *Guy l'Éclair* dans la version française.

The Mercury Theatre, à l'occasion de la diffusion en direct, sur CBS, d'une adaptation de *La Guerre des mondes* de H. G. Wells. Des millions de gens se laissent abuser et la panique gagne peu à peu tout le pays. Aujourd'hui, une telle hystérie prête à rire. Mais les nouvelles en provenance d'Europe – invasion par les nazis de l'Autriche, du territoire des Sudètes avant la totalité de la Tchécoslovaquie et de la Pologne – avaient rendu l'époque propice à une telle panique.

3. Les années quarante et le premier Âge d'or

La nomination fin 1938 de John W. Campbell Jr. au poste de rédacteur en chef de la revue *Astounding Stories* déclenche une véritable révolution dans la science-fiction. Campbell fixe les nouvelles règles du jeu. Il souhaite publier une littérature adulte, à la fois puissamment visionnaire et en prise sur son époque, n'hésitant pas à aborder des thèmes sociaux ou politiques.

L'été 1939 marque le début du premier Âge d'or avec l'apparition de trois auteurs appelés à exercer une influence considérable : Alfred Elton Van Vogt, Isaac Asimov et Robert Heinlein.

Alfred Elton Van Vogt est né près de Winnipeg dans le Manitoba (Canada), le 26 avril 1912. Il suit des cours à l'université d'Ottawa puis à l'université de Californie, à Los Angeles, tout en pratiquant divers métiers. 1939 représente pour lui une année charnière : il publie sa première nouvelle, « Black Destroyer », dans *Astounding Science Fiction* (ou *SF*), épouse E. Mayne Hull[1], et se voit mobilisé au ministère de la Défense du Canada, ce jusqu'en 1941.

Entre 1939 et 1950, A. E. Van Vogt mène une carrière d'écrivain des plus brillantes. Il publie alors dans *Astounding SF* rien de moins que trente-cinq récits (romans ou nouvelles), la plupart devenus des classiques.

A. E. Van Vogt se signale rapidement par la complexité et la richesse des intrigues qui architecturent ses récits – ainsi que par l'énorme impact émotionnel que ceux-ci produisent sur le lecteur. Son écriture dense et directe n'est pas sans évoquer les maîtres du roman noir *hard-boiled*[2].

L'auteur possède une vision pour ainsi dire mécaniste de la littérature. Pour Van Vogt, une histoire se construit davantage qu'elle ne s'écrit. Mieux : elle se fabrique. Dans un essai publié en 1947, *Complication in the SF Story*, il détaille sa technique de construction : ses récits fonctionnent par blocs successifs d'environ huit cents mots, correspondant à une scène. Les blocs s'enchaînent pour constituer la ligne narratrice principale.

1. Également originaire du Manitoba, E. Mayne Hull publiera quelques nouvelles au cours des années quarante, dans *Astounding SF* et dans *Unknown*.

2. Littéralement « dur à cuire ». Avec pour figure archétypale le détective privé coriace et cynique, le roman *hard-boiled* se caractérise par un style d'écriture spécifique, essentiellement descriptive et non psychologique.

Lorsque la mécanique est lancée, des lignes narratrices secondaires sont introduites pour dynamiser l'ensemble. Le résultat est indéniablement efficace.

La science-fiction selon Van Vogt évolue sur fond d'empires galactiques généralement en phase de décadence. Elle se nourrit de paradoxes temporels. Dans la lignée de Stanley Weinbaum, la figure majeure de la décennie précédente, Van Vogt met en scène des créatures extraterrestres réellement étranges, au comportement parfois incompréhensible, voire irréductible à l'esprit humain. Mais, à la différence de son prédécesseur, il propose des entités puissances et dangereuses – telle cette créature dans *La Faune de l'espace* qui servira de modèle à celle du film *Alien*.

Van Vogt est un innovateur. En s'éloignant des modèles proposés par les fondateurs E. E. « Doc » Smith et John W. Campbell Jr., il renouvelle complètement le *space opera* et lui confère une dimension métaphysique. Des artistes de premier plan comme Boris Vian seront conquis par l'originalité et la démesure de ce Canadien naturalisé américain.

Mais un Van Vogt peut en cacher un autre. L'auteur est aussi le roi de la fausse piste narrative et certains de ses raisonnements, présentés comme relevant d'une logique implacable et hautement sophistiquée, relèvent de la philosophie de comptoir. Comme son mentor John W. Campbell Jr., Van Vogt plonge tête baissée dans toutes les extravagances qui passent à sa portée. Au point de cesser d'écrire en 1950 pour s'investir à fond dans la dianétique, « nouvelle science de l'esprit », mélange de freudisme et de cri primal, inventée par une autre star de l'écurie campbellienne : L. Ron Hubbard. De 1950 à 1953, Van Vogt sera directeur de la Hubbard dianetic Research Foundation of California puis copropriétaire, jusqu'en 1961, du Centre de dianétique de Los Angeles. De 1958 à 1981, Van Vogt occupe la présidence de l'Association des auditeurs en dianétique de Californie.

Curieusement, alors qu'il a cessé d'écrire à la fin des années quarante, Van Vogt est souvent perçu comme un écrivain de la décennie suivante. Ses meilleurs livres paraissent certes au cours de cette décennie mais ils sont construits pour la plupart à partir de nouvelles antérieures. En 1975, dans une autobiographie titrée *Reflections of A. E. Van Vogt*, il crée le terme *fix-up* pour qualifier cette technique très particulière, caractéristique de sa vision mécaniste de la littérature : fabriquer un livre à partir de nouvelles précédemment publiées, bricolées (pour leur donner la cohérence nécessaire) et cimentées avec quelques pages de matériel inédit. L'ensemble est alors (re)mis sur le marché en tant que roman, ce qui n'empêche pas l'exploitation parallèle des pièces détachées dans leurs versions d'origine, en anthologies ou en recueils.

Dans les années soixante, Van Vogt recommence à écrire quelques nouvelles et en tire immédiatement des *fix-up* (*Le Silkie*, 1969, à partir de nouvelles publiées entre 1964 et 1967) ainsi que quelques vrais romans (*Les Enfants de demain*, 1970, ou *La Bataille de l'éternité*, 1971) qui ne soutiennent pas la comparaison avec les chefs-d'œuvre d'antan.

Rapidement oublié aux États-Unis, au moins autant pour le manque d'intérêt de ses œuvres récentes que pour son implication dans l'Église de scientologie, A. E. Van Vogt a longtemps été considéré comme un auteur de tout premier ordre dans la patrie de Descartes... Charlatan ou homme d'affaires avisé, peu importe : les errances de l'homme ne doivent pas empêcher de considérer l'écrivain comme une figure essentielle de la science-fiction des années quarante.

Ses œuvres les plus mémorables sont des diptyques : *Les Armureries d'Isher** (1941-1942) et *Les Fabricants d'armes** (1943), *L'Empire de l'atome* (1946-1947) et *Le Sorcier de Linn* (1950), *Le Monde des Ã** (1945) et *Les Joueurs du Ã** (1956). Son roman indépendant le plus justement mémorable est *À la poursuite des Slans** (1940) sur le thème des mutants.

Avant de devenir un romancier et journaliste scientifique de renommée internationale, auteur de dizaines d'ouvrages sur tous les sujets, Isaac Asimov (1920-1992) fut un jeune homme surdoué et un écrivain de science-fiction à l'étonnante facilité. Dans les années quarante, il publie de nombreuses nouvelles appartenant à deux univers littéraires : la saga des *Robots* et le cycle de la *Fondation*.

Les robots positroniques d'Asimov appartiennent au panthéon de la science-fiction. Aucun lecteur ne peut ignorer les fameuses Lois de la Robotique qui déterminent leur comportement – lois en réalité conceptualisées et formulées par John W. Campbell Jr. qui en fait cadeau au jeune Asimov, son écrivain préféré parmi ceux de son écurie. Tout l'art d'Asimov consiste à imaginer des situations exceptionnelles provoquant des conflits logiques entre les Trois Lois, et à en déduire le comportement de ses robots.

L'histoire de l'humanité dans les prochains millénaires est, quant à elle, le sujet central du second cycle, celui de la *Fondation* : *Fondation** (1942-1944), *Fondation et Empire** (1945) et *Seconde Fondation** (1948-1950).

Les années cinquante sont pour Isaac Asimov celles d'une grande activité dans le secteur du roman. Après avoir réuni en recueils les nouvelles de ses deux cycles – *Le Livre des robots** (1950) et la *Trilogie de Fondation* – il complète ceux-ci par un certain nombre d'œuvres exploitant les univers déjà créés. Les *Robots* s'enrichissent ainsi de deux ouvrages : *Les Cavernes d'acier* (1954) et *Face aux feux du soleil* (1956). La *Fondation* est complétée par *Cailloux dans le ciel* (1950), *Tyrann* (1951) et *Les Courants de l'espace* (1952). Parallèlement, Isaac Asimov écrit les six romans pour adolescents de la saga David « Lucky » Starr (1952-1958), initialement publiés sous le pseudonyme Paul French, ainsi qu'un roman indépendant souvent considéré comme son œuvre la plus achevée : *La Fin de* *l'éternité* (1955), variation brillante sur le voyage dans le temps et les paradoxes temporels.

Vers 1958, Asimov se tourne vers l'écriture de livres scientifiques et cesse quasiment d'écrire de la science-fiction. Il publiera toutefois encore deux romans : *Le Voyage fantastique* (1966) et *Les Dieux eux-mêmes* (1972). Vers la fin de sa vie, il reviendra au genre pour compléter le cycle de *Fondation* et tenter une intégration de toute son œuvre dans une chronologie unique.

Robert Anson Heinlein est né en 1907. Après des études à l'université du Missouri et à l'Académie navale d'Annapolis, il s'engage pour cinq ans dans la Marine, qu'il doit quitter en 1937 pour raisons de santé. Après avoir exercé divers métiers, il publie sa première nouvelle, « Ligne de vie », en 1939 dans *Astounding SF,* dont il devient aussitôt le collaborateur le plus brillant (et le mieux payé).

La plupart des récits écrits par Heinlein au début des années quarante composent peu à peu son *Histoire du futur*, une fresque immense dont une esquisse de plan chronologique est publiée dès 1941. Avec une extrême minutie, s'appuyant aussi bien sur les sciences humaines que sur les sciences « dures », Heinlein envisage les conséquences des avancées technologiques. Accordant une grande importance à la dimension psychologique, il examine sous tous les angles les répercussions du progrès scientifique sur la vie quotidienne des gens. Ce grand projet est abandonné après 1950 et les récits constituant l'*Histoire du futur* réunis en trois recueils : *L'Homme qui vendit la Lune* (1950), *Les Vertes Collines de la Terre* (1951) et *Révolte en 2100* (1953), auxquels s'ajoutent la novella « Univers » (1941, 1951 en volume) et le roman *Les Enfants de Mathusalem* (1941, révisé pour l'édition en volume de 1958). Enfin « Universe » et « Common Sense » (1941) sont réunis pour constituer *Les Orphelins du ciel* (1963).

Mobilisé de 1943 à 1946, Robert Heinlein revient à l'écriture à la fin des années quarante et réoriente sa carrière. D'une part, il s'attaque au marché très lucratif des magazines généralistes à grande diffusion : les slicks, du nom du papier de qualité sur lequel ils sont imprimés, par opposition aux pulps. Il vend alors plusieurs nouvelles au prestigieux *Saturday Evening Post*. D'autre part, il se lance dans la littérature pour la jeunesse, un domaine qu'il marque de son empreinte plus qu'aucun autre écrivain ne l'a jamais fait.

Entre 1947 et 1958, il signe une douzaine de romans pour adolescents dont le succès est considérable. Dans une enquête réalisée dans les années soixante-dix, la plupart des ténors de la Nasa déclareront avoir choisi une carrière scientifique à la suite de la lecture de ces romans, qui un demi-siècle après leur parution restent régulièrement réédités. Des versions longues sont mêmes publiées dans les années quatre-vingt, conformes aux manuscrits originaux qui avaient été coupés par l'éditeur. Le premier de ces « juveniles », *Rocket Ship Galileo* (1947) fournit la base du scénario de *Destination Lune* (1950), réalisé par Irving Pichel et produit par George Pal. Certains des romans pour adolescents d'Heinlein (*L'Enfant tombé des étoiles*, *Le Vagabond de l'espace*, *Podkayne, fille de Mars* ou *Citoyen de la Galaxie*) s'adressent autant à un lectorat adulte et comptent parmi les grandes réussites de l'auteur.

Parmi ses œuvres hors cycle, *Marionnettes humaines* (1951) constitue un exemple de science-fiction paranoïaque des années cinquante. Il a été adapté au cinéma sous le titre *Les Maîtres du monde*.

À partir des années soixante, Robert Heinlein accumule les prix littéraires pour des romans qui sont autant de provocations littéraires et d'énigmes pour une critique ayant tendance à projeter ses propres fantasmes plutôt que de tenter de décrypter une œuvre complexe, nourrie de points de vue contradictoires. *Étoiles, garde-à-vous !* (1959) est ainsi perçu comme une propagande militariste et xénophobe, alors que *En terre étrangère* (1961) devient l'une des bibles du mouvement hippie et que *Révolte sur la Lune* (1966) fait figure de manuel pratique de la Révolution anarchiste. L'auteur a pris l'habitude d'apparaître là où on ne l'attend pas.

L'originalité et l'excellence d'Heinlein tiennent à la fois à son style et à sa technique littéraire.

Son style est constitué d'un mélange d'argot, d'aphorismes populaires et de jargon scientifique d'une extrême inventivité.

Mais l'apport majeur d'Heinlein à la science-fiction – et partant à l'ensemble de la littérature des années quarante – réside dans sa gestion extrêmement efficace de l'information. Heinlein proscrit tout ce qui relève d'une pure exposition. Il fait l'économie des longues scènes de descriptions et d'explications qui alourdissent et ralentissent la plupart des récits de science-fiction, une littérature où le décor prend trop souvent le pas sur les personnages.

Chez Heinlein, tout passe par ces derniers. Ils sont en permanence « en action » : engagés dans des *procédures* légales, militaires, économiques, industrielles, sociales. Tout ce que le lecteur a besoin de connaître de l'univers utilisé par l'auteur en toile de fond (et non pas mis en scène) passe par le filtre des personnages et découle d'interactions : relations entre eux, relations entre eux et l'univers dans lequel ils s'inscrivent. Le résultat est une littérature extrêmement dynamique et d'une force peu commune, qui s'impose immédiatement comme « la » référence à suivre.

Principal artisan de l'Âge d'or campbellien, premier écrivain de cette stature à s'exprimer dans le domaine d'une littérature authentique qui revendique sa spécificité, Heinlein a profondément bouleversé le genre au point que les historiens américains considèrent, avec une rare unanimité, qu'il existe une science-fiction avant Heinlein et une science-fiction après Heinlein.

4. Les années cinquante : le second Âge d'or

En 1943, *Astounding Science Fiction* a abandonné le format traditionnel des pulps pour un format de poche, principalement en raison des difficultés d'approvisionnement en papier résultant de l'économie de guerre. Dans les faits, John W. Campbell Jr. s'avère satisfait de ce changement : en devenant le premier digest de science-fiction, *Astounding SF* prend ses distances avec le monde « populaire » des pulps et s'affiche comme une revue plus sérieuse.

Sous la direction inspirée et autoritaire de Campbell la science-fiction est devenue une littérature moderne et respectable. Elle a ses ténors : Heinlein, Van Vogt, Asimov, Sturgeon... des auteurs qui font désormais référence et apparaissent comme les véritables maître du premier Âge d'or. John W. Campbell Jr. a également révélé des écrivains comme Clifford D. Simak, avec la série de nouvelles qui constitueront le recueil *Demain les chiens** (1952), ou Eric Frank Russell, dont le roman *Guerre aux invisibles** (1939) paraît dans la première livraison de *Unknown*, revue sœur d'*Astounding SF*. Campbell continuera de publier Russell, un auteur majeur et sous-estimé en France, malgré la traduction de plusieurs excellents romans comme *Le Sanctuaire terrifiant* (1948), *La Grande Explosion* (1951), *Plus X* (1956), ou *Guêpe* (1957).

Après guerre, les grands rivaux d'*Astounding SF* sont *Planet Stories*, *Startling Stories* et, dans une moindre mesure, *Thrilling Wonder Stories*, revue sœur de la précédente. Ces trois pulps privilégient les formes les plus extraverties du genre. C'est en particulier le cas de *Planet Stories*, qui s'affirme comme le temple du *space opera* et de la *space fantasy* avec des auteurs majeurs comme Leigh Brackett et Ray Bradbury.

Véritable reine de la *space fantasy* avec *Le Livre de Mars* et la trilogie de *Skaith*, par ailleurs auteur de romans noirs efficaces et scénariste recherchée (*Rio Bravo*), Leigh Brackett signera en 1980 le scénario de *L'Empire contre-attaque*.

Quant à Ray Bradbury, il fait paraître dans ce pulp, après leur refus par Campbell qui les trouvait trop peu scientifiques, quelques-unes de ses mémorables *Chroniques martiennes** qui seront réunies en recueil en 1950.

Citons encore un débutant promis à un bel avenir et qui fera ses premiers pas dans *Planet Stories* : Philip K. Dick.

Alors que les pulps publient plutôt des textes courts, *Startling Stories* choisit pour politique de proposer un roman complet à chaque numéro. Pour ce faire, la rédaction s'attache les services de nouveaux auteurs et on peut ainsi lire dans les pages de ce magazine *L'Univers en folie** (1949) de Fredric Brown, *La Cité et les astres* (1948) d'Arthur C. Clarke ou *Les Amants étrangers* (1952) de Philip José Farmer, un roman également refusé par un Campbell trop puritain. Collaborateur régulier de *Startling Stories* et de *Thrilling Wonder Stories*, Jack Vance y fait paraître les récits du cycle *Magnus Ridolph* ainsi que plusieurs romans dont *La Planète géante* (1952).

Parmi ces auteurs prometteurs, le plus atypique est sans doute Fredric Brown. Né à Cincinnati dans l'Ohio, en 1906, il suit des cours du soir puis travaille pendant une douzaine d'années comme employé de bureau avant d'entrer au *Milwaukee Journal* en tant que correcteur d'épreuves. Il publie sa première nouvelle de science-fiction en 1941, dans *Captain Future*. Son premier roman, *Crime à Chicago,* est récompensé par le prix Edgar Allan Poe que décerne, chaque année, l'association des *Mystery Writers of America.*

Fredric Brown apparaît aussi à l'aise dans le roman que dans les textes ultra-brefs, un genre dans lequel il excelle. Au point d'être souvent présenté comme le maître absolu de la *short short story*, ce dont on se convaincra en piochant au hasard dans le recueil *Fantômes et farfafouilles* (1961). Célébré pour son humour ravageur, torrentiel, iconoclaste (*L'Univers en folie**, *Martiens, Go Home !**), Fredric Brown impressionne tout autant dans le registre du tragique comme dans le roman *La Piste des étoiles** (1953). Outre son apport majeur à la science-fiction, on lui doit une vingtaine de romans policiers publiés entre 1947 et 1963 (certains flirtant avec le fantastique comme *La Nuit du Jabberwock*) ainsi que de nombreuses nouvelles, un choix figurant dans l'excellente anthologie *Carnival in Crime : The Best Mystery Stories of Fredric Brown* (1985). Il a par ailleurs signé des scénarios pour la série télévisée *Hitchcock présente.* Fredric Brown est décédé le 11 mars 1972, à l'âge de soixante-cinq ans.

Au milieu des années cinquante, les derniers pulps disparaissent, remplacés par les digests, des magazines au format à peine supérieur à celui d'un livre de poche.

Les rivaux de l'*Astounding SF* campbellien se nomment désormais *The Magazine of Fantasy and Science Fiction*[1] et *Galaxy SF*[2]. Ce dernier est le fruit d'une tentative franco-italienne d'implantation sur le marché nord-américain, mais l'aventure tournera court et la revue naissante sera rachetée par un éditeur américain classique. Fin 1953, des éditions françaises de ces deux revues sont lancées : *Fiction* et *Galaxie*.

Pour de nombreux amateurs de science-fiction, les années cinquante représentent un second Âge d'or, incarné par le tandem de frères ennemis *Galaxy SF / Magazine of Fantasy and Science Fiction*.

Sous la direction éclairée de Horace L. Gold – éclairée et... lointaine : agoraphobe, il ne quitte jamais son appartement –, une nouvelle science-fiction émerge peu à peu dans les pages de *Galaxy SF* : une littérature drôle, insolente, caustique, critique... davantage tournée vers les sciences humaines que vers une apologie béate de la technologie.

Les auteurs de *Galaxy SF* sont moins crédules que ceux d'*Astounding SF*. Car l'avenir n'apparaît

1. Premier numéro en automne 1949 sous le titre court *The Magazine of Fantasy*.
2. Premier numéro en octobre 1950.

plus aussi grandiose : comment faire confiance en l'être humain après la découverte de l'horreur absolue dans les camps nazis ? Comment croire dans le progrès scientifique après Hiroshima et Nagasaki ?

Un feu d'artifice permanent marque les premières années d'existence de la revue. On peut lire dans ses pages des romans devenus autant de classiques : *Dans le torrent des siècles* (1950) de Clifford D. Simak, *Tyrann* (1951) d'Isaac Asimov, *Marionnettes humaines* (1951) de Robert Heinlein, *Fahrenheit 451* (1951) de Ray Bradbury, *Planète à gogos** (1952) de Frederik Pohl et Cyril M. Kornbluth, *L'Homme démoli** d'Alfred Bester (1952), *Les Cavernes d'acier* (1954) d'Isaac Asimov, *Terminus les étoiles** (1956) d'Alfred Bester…

Ces romans sont accompagnés par des dizaines de nouvelles époustouflantes – des auteurs comme Cyril M. Kornbluth s'illustrent ainsi dans la forme courte. Une des nouvelles les plus mémorables des débuts de *Galaxy SF* reste « Comment servir l'homme » (1950) de Damon Knight, dans laquelle des extraterrestres viennent sur Terre pour se ravitailler en chair fraîche. Cette nouvelle a été adaptée dans l'anthologie télévisuelle *La Quatrième Dimension* puis parodiée chez… les Simpsons !

Outre l'excellence de son contenu littéraire et rédactionnel, *Galaxy SF* vaut également pour ses illustrations intérieures et les stupéfiantes couvertures signées Ed. Emsh – en particulier celles mettant en scène, chaque année, son fameux Père

Noël extraterrestre à quatre bras, en couverture de chaque numéro de décembre.

À partir de 1952, la revue propose également une chronique scientifique tenue par Willy Ley, l'ancien assistant de Fritz Lang, immigré aux États-Unis. Pertinents et plus accessibles (et souvent plus sérieux) que ceux publiés par Campbell dans sa revue, les articles de Willy Ley contribueront aux beaux jours de *Galaxy SF* jusqu'à la disparition de leur auteur en 1969.

De même que Robert Heinlein incarne de manière définitive la science-fiction des années quarante, Alfred Bester constitue la référence absolue de la décennie suivante.

Né à New York le 18 décembre 1913 dans une famille de juifs pratiquants, Alfred Bester poursuit des études à la fois littéraires et scientifiques à l'université de Pennsylvanie. Il se marie en 1936.

En 1939, il écrit une première nouvelle, « The Broken Axiom » (non traduite), avec laquelle il remporte un concours organisé par *Thrilling Wonder Stories*. Treize autres suivront jusqu'en 1942, de qualité très variable, avant que Bester ne quitte la science-fiction pour la bande dessinée – il écrit alors des scénarios pour des séries aussi célèbres que *Superman*, *Batman* ou *Captain Marvel*. Il travaille ensuite sur des feuilletons radiophoniques comme *Charlie Chan* et *The Shadow*.

Au début des années cinquante, Alfred Bester s'intéresse à nouveau au genre. Maîtrisant désormais parfaitement son art, il écrit en une dizaine d'années une douzaine de nouvelles et trois romans, dont les deux premiers, *L'Homme démoli** (1952) et *Terminus les étoiles** (1956), deviennent instantanément des références et font aujourd'hui encore figure de chefs-d'œuvre absolus.

À propos des romans de Bester, la critique a inventé l'expression de « roman pyrotechnique ». Le qualificatif suggère des explosions en série – et c'est bien ce qu'est, sur le plan structurel, *Terminus les étoiles** : une succession d'événements, de rebondissements, de retournements. Les textes d'Alfred Bester débordent d'idées. Ils sont nourris d'une inventivité exceptionnelle, architecturés avec une redoutable efficacité sur plusieurs lignes de narration convergentes – chacune avec ses personnages, idées, événements. On sent, dans cette construction et ce feu d'artifice permanent, l'influence de l'écriture de scénarios de comic-books et de feuilletons radiophoniques – rien d'étonnant que l'œuvre de Bester tienne autant de la science-fiction que du roman policier.

Alfred Bester est également un nouvelliste brillant et inspiré. Un choix de ses meilleures nouvelles fournira la matière de deux excellents recueils : *Starburst* (1958) et *The Dark Side of the Earth* (1964). Elles feront plus tard l'objet d'une très belle édition en deux tomes, quasi intégrale – *The Light Fantastic* et *Star Light, Star Bright* (Berkley, 1976) –, elle-même compilée la même année en un seul gros volume : *The Great Short Stories of Alfred Bester* (Doubleday, 1976). Un panorama du Bester nouvelliste figure, en version française, dans *Le Livre d'or de la science-fiction : Alfred Bester* (Presses Pocket n° 5234). Au sommaire figure l'une de ses nouvelles les plus connues et célébrées, « L'Androïde assassin », véritable modèle à l'intention de tout apprenti écrivain, quant à l'utilisation des points de vue de différents personnages.

Mais Bester est versatile et il quitte à nouveau la science-fiction pour entrer au magazine *Holiday*, d'abord comme rédacteur d'articles puis en tant qu'éditeur littéraire. Dans le même temps, il travaille pour la télévision, publie des articles et même un essai d'astronautique : *The Life and Death of a Satellite* (1966).

Dans les années soixante-dix, Bester renoue une fois encore avec la science-fiction, publiant plusieurs romans, dont *Les Clowns de l'Éden* (1975) et l'hallucinant *Golem 100* (1980), une œuvre d'avant-garde qui ne trouve, hélas, pas son public et reste inédite en France. Désormais incompris de l'édition, Alfred Bester ne parviendra pas à faire éditer son dernier roman. Il meurt en 1987.

Alfred Bester affirmait considérer la pratique de la science-fiction comme une simple soupape de sécurité, une manière de s'évader du quotidien, voire une forme de thérapie – de fait, l'écrivain nourrissait sa fiction de l'auto-analyse permanente à laquelle l'homme se livrait. Il est donc logique qu'à l'instar d'un Heinlein il ait placé les personnages, pour lesquels il revendiquait le qualificatif de « antihéros », au centre de ses récits. Et qu'il ait fortement mis l'accent sur leur psychologie – une attitude rare dans une époque où le décor fait trop souvent figure de véritable héros, les personnages étant réduits à des archétypes.

La science-fiction n'a représenté, en volume, qu'une très faible part de l'œuvre d'Alfred Bester : six romans et une trentaine de nouvelles, en trente-cinq ans ! Mais, en qualité, ces textes font de lui l'écrivain – chronologiquement après Stanley Weinbaum et Robert Heinlein, avant Philip K. Dick et Greg Egan – ayant le plus profondément marqué le genre de son génie, et exercé la plus grande influence sur les écrivains futurs.

Un autre auteur tient une place à part dans le panthéon de la revue *Galaxy SF* : Theodore Sturgeon, en ceci qu'il annonce la transition entre le premier et le second Âge d'or.

Né à New York en 1918, Theodore Sturgeon (de son véritable nom Edward Hamilton Waldo) commence très tôt à gagner sa vie en exerçant les métiers les plus divers : conducteur de bulldozer, guitariste, gérant d'hôtel... autant d'expériences qui nourriront son imaginaire et sa fiction. En 1937, il commence à publier des contes et nouvelles dans la presse (une quarantaine) avant de s'intéresser à la science-fiction et à la *fantasy*.

Entre 1939 et 1942, Sturgeon donne à *Astounding SF* et *Unknown* environ vingt-cinq nouvelles, certaines devenues des classiques comme « Le Dieu microscopique » (1941). Sturgeon s'impose alors comme un acteur majeur de l'Âge d'or campbellien, avec un statut un peu marginal d'auteur davantage intéressé par les personnages et leur psychologie que par la technologie et les bouleversements sociaux et politiques qu'elle suscite.

Sa carrière interrompue pour cause de mobilisation, Sturgeon revient à l'écriture après guerre. Tout en continuant à fournir les magazines de John W. Campbell Jr., il devient l'une des stars de *Galaxy SF* où ses nouvelles font sensation pour leur liberté de ton et les sujets abordés, en particulier les pratiques sexuelles différentes. « Un monde bien perdu » (1953) met par exemple en scène des extraterrestres exilés pour cause d'homosexualité, tandis que le personnage central de « Claustrophile » (1956) est un adolescent victime de l'intolérance et de la répression familiale, qui finit par découvrir qu'il n'est pas humain.

La problématique de l'identité – en particulier sexuelle – est au centre de l'œuvre de cet humaniste, dans ses nouvelles comme dans ses romans : *Cristal qui songe* (1950), *Les Plus qu'humains** (1955), *Vénus plus X* (1960). L'influence de Sturgeon sera considérable sur les jeunes auteurs qui vont ébranler le genre dans les années soixante, comme Samuel Delany et surtout Ursula K. Le Guin avec *La Main gauche de la nuit** (1969) ou *Les Dépossédés** (1974).

Pendant ce temps, sous la direction d'Anthony Boucher, *The Magazine of Fantasy and Science Fiction* (*F & SF*) se veut une revue beaucoup plus littéraire. On y trouve aussi bien des rééditions d'auteurs classiques et reconnus (P. G. Woodhouse, Oscar Wilde, Robert Louis Stevenson...) que des œuvres de débutants.

Zenna Henderson y publie les nouvelles qui formeront sa *Chronique du Peuple**, la découverte d'une communauté de descendants d'extraterrestres naufragés. Poul Anderson y narre les exploits de sa *Patrouille du Temps* (recueil en 1960). Walter M. Miller Jr. donne à la revue les trois longues nouvelles (1955-1957) qui constitueront le roman culte *Un cantique pour Leibowitz** (1960).

De nombreux romans fondamentaux sont publiés dans les pages de *F & SF* : *Autant en emporte le temps** (1952) de Ward Moore, *Étoiles, garde-à-vous !* (1959) de Robert Heinlein, *Des fleurs pour Algernon** (1959) de Daniel Keyes, *Lune fourbe* (1960) d'Algis Budrys, *Le Monde vert* (1961) de Brian Aldiss...

La France, quant à elle, fut la patrie littéraire de plusieurs pères fondateurs du genre et le lieu d'expression privilégié d'un imaginaire scientifique de premier ordre. Bien que sombrée dans l'oubli et pratiquement introuvable, la science-fiction française du premier tiers du XXe siècle n'a rien à envier à son pendant américain de la même période et son étude mériterait l'objet d'un énorme volume. Mais, au lendemain de la guerre, il faut bien reconnaître que plus personne ou presque ne s'intéresse à Maurice Renard, Théo Varlet, Jacques Spitz, Eugène Thébault, Léon Groc, Jean d'Agraives et tant d'autres. Seul René Barjavel puis B. R. Bruss maintiennent une vague continuité avec l'« anticipation » d'avant-guerre.

Une science-fiction française américanisée prend donc son essor au début des années cinquante. Tandis qu'un très fort courant populaire se développe au Fleuve noir dans la médiocre collection Anticipation (1951), des tentatives plus littéraires voient le jour dans les pages de la revue *Fiction* (1954) et surtout dans la collection Présence du futur (1954), de la part de nouvellistes comme Jacques Sternberg ou Gérard Klein.

Stefan Wul, certainement l'auteur populaire le plus important à cette époque, publie onze romans entre 1956 et 1959. Les plus connus étant *Niourk* (1957), *Le Temple du passé** (1958), *Oms en série* (1957), adapté au cinéma sous le titre *La Planète sauvage*, et *L'Orphelin de Perdide* (1958), adapté sous le titre *Les Maîtres du temps*.

À l'origine réservée aux auteurs anglo-saxons, la collection Le Rayon fantastique (1951) ne tarde pas à révéler de nouveaux auteurs français : le très Américain Francis Carsac avec *Ceux de nulle part* (1954) et *Les Robinsons du cosmos* (1955), l'étonnamment précoce Gérard Klein avec *Le Gambit des étoiles* (1958), le sidérant Daniel Drode avec *Surface de la planète* (1959), le flamboyant Charles Henneberg avec *La Rosée du soleil* (1959), le très vanvogtien Michel Jeury qui signe du nom d'Albert Higon *La Machine du pouvoir* (1960), le très surréalisant Philippe Curval avec *Le Ressac de l'espace* (1962), l'élégante Christine Renard avec

À contre-temps (1963) ou l'inclassable Vladimir Volkoff avec *Métro pour l'enfer* (1963).

L'arrêt du Rayon fantastique en 1964 marque le début d'une décennie difficile pour les auteurs français.

Les années cinquante sont celles de l'explosion du cinéma de science-fiction. Plus d'une centaine de films relevant du genre sont produits pendant la décennie. Des dizaines d'entre eux sont aujourd'hui considérés comme des classiques du septième art.

Une simple liste (très sélective) valant mieux qu'un long discours, on se contentera de citer : *Destination Lune* (Irving Pichel, 1950), *Le Choc des mondes* (Rudolph Maté, 1951), *Le jour où la Terre s'arrêta* (Robert Wise, 1951), *La Chose venue d'un autre monde* (Howard Hawks et Christian Nyby, 1951), *Le Météore de la nuit* (Jack Arnold, 1953), *La Guerre des mondes* (Byron Haskin, 1953), *Godzilla* (Inoshiro Honda, 1954), *Vingt mille lieues sous les mers* (Richard Fleischer, 1954), *Les monstres attaquent la ville !* (Gorden Douglas, 1954), *La Créature du lagon noir* (Jack Arnold, 1954), *Les Survivants de l'infini* (Joseph Newman, 1955), *Planète interdite* (Fred McLeod Wilcox, 1956), *L'Invasion des profanateurs de sépultures* (Don Siegel, 1956), *L'Homme qui rétrécit* (Jack Arnold, 1957), *La Mouche noire* (Kurt Neumann, 1958) et *Voyage au centre de la Terre* (Henry Levin, 1959).

L'époque est celle de la guerre froide. L'Amérique vit dans la hantise d'une troisième guerre mondiale qui, par l'usage de l'arme atomique, se solderait par la destruction de la civilisation. Hollywood sombre dans la paranoïa, et l'on ne compte plus les films dénonçant le péril rouge – rouge pour la planète Mars comme pour la planète Moscou.

Les années cinquante sont également marquées par le développement d'un nouveau média : la télévision. Une vingtaine de séries télévisées sont produites et diffusées, souvent en direct.

La première est *Captain Video* (1949). Les plus populaires sont *Space Patrol*, *Tom Corbett Space Cadet* et *Les Aventures de Superman*. Les plus mémorables sont les anthologies *Tales of Tomorrow* et *Science Fiction Theatre*. Les plus drôles sont *Captain Midnight*, héros sponsorisé par une boisson lactée, et *Johnny Jupiter*, probablement la première série d'animation.

Mais les meilleures sont britanniques. Entre 1953 et 1959, le professeur Quatermass vit ses aventures en direct sur la BBC. Diffusée en 1958-1959, la troisième mini-série, *Quatermass and the Pitt*, reste un des chefs-d'œuvre de la science-fiction télévisuelle.

L'année 1959 voit enfin le lancement de ce qui constituera la meilleure série des années soixante (et peut-être de tous les temps) : *La Quatrième Dimension* de Rod Serling.

À l'aube des années soixante, la science-fiction est partout ; elle « contamine » le réel.

Dans la littérature évidemment, à tous les

niveaux et à l'intention de tous les publics, du plus populaire au plus élitiste. Dans le cinéma et à la télévision ; et bien entendu dans la bande dessinée, dont une histoire, même brève, dépasserait très largement le cadre de cette introduction.

Dans la vie quotidienne enfin : outre-Atlantique, les Cadillac convertibles du millésime 59 exhibent leurs fameux *tail fins* stratosphériques. Financièrement plus accessible mais tout aussi outrageusement moderne, la même marque commercialise un étonnant balai aspirateur à l'esthétique futuriste. En France, on peut acquérir un appareil de chauffage Congo aux rondeurs équatoriales qui paraît sourire au grandiose avenir en marche : ne peut-on pas déjà, à en croire des publicités passées dans des magazines on ne peut plus sérieux, réserver par correspondance sa place dans l'un des premiers (et prochains !) vols commerciaux pour la Lune ? Et le monde entier se donne rendez-vous pour une Exposition universelle placée sous le signe de la Modernité, dont le symbole est l'époustouflant Atomium. Aucune doute : le futur a débuté en 1959, à Bruxelles, et son hymne est l'incroyable *Poème électronique* composé par Edgard Varèse pour une diffusion en hyperquadriphonie dans le pavillon Philips.

5. Les années soixante : la Grande Mutation

La décennie soixante constitue une période charnière pour la science-fiction.

On l'a vu : les « fabuleuses fifties » ont permis l'émergence d'une littérature à la fois tendre et caustique, drôle et insolente, critique et jouissive. Un profond dépaysement intellectuel en même temps qu'une formidable machine de guerre pour disséquer le monde – avant d'en proposer une reconstruction conforme aux désirs de la génération d'après guerre. Et ce, sur le plan littéraire s'entend, dans une complète originalité.

On le verra : les années soixante-dix verront l'explosion commerciale du genre. La science-fiction, très largement d'origine américaine, deviendra une simple étiquette porteuse sur le plan commercial. Les revues disparaîtront et le troisième Âge d'or sera celui du roman.

Entre les deux s'étend une période de confusion où le meilleur côtoie le pire, où le plus expérimental voisine avec le plus convenu. Alors que souffle un formidable vent de liberté sur l'ensemble de la création (musique, théâtre, arts graphiques, télévision, mode...), le monde de l'édition est le terrain d'évolutions structurelles radicales dont les répercussions s'avéreront, dans une assez large mesure, plutôt négatives sur le plan artistique.

Depuis la création d'*Amazing Stories* en 1926, les revues spécialisées ont représenté le support quasi unique de l'expression littéraire du genre. Cependant, les temps changent. Entre 1950 et 1957, une trentaine de revues au format « digest » ont été lancées... mais, quelques années plus tard, la plupart ont disparu.

Au début des années soixante, le marché reste dominé par la revue de John W. Campbell Jr., rebaptisée *Analog*. *Galaxy SF* et *The Magazine of Fantasy and Science-Fiction* demeurent toujours présentes et d'une assez bonne tenue littéraire – la première a désormais une revue sœur, *If*, qui publie les mêmes auteurs. Enfin, survit tant bien que mal l'ancêtre *Amazing Stories* avec son alter ego *Fantastic*. Mais, à feuilleter ces revues – sans doute parce que la décennie précédente a connu de tels sommets –, la science-fiction américaine des années soixante paraît souvent manquer d'ambition, d'originalité, de hargne, de démesure.

L'ère des revues touche à sa fin…

Avant guerre, les œuvres de science-fiction paraissant en librairie étaient rarissimes. À l'extrême fin des années quarante, quelques amoureux du genre, dynamiques et entreprenants, ont fondé de minuscules structures éditoriales spécialisées : *Arkham House*, *Shasta*, *Gnome Press*… Le but avoué était de sauver les meilleurs textes de l'oubli – les pulps dans lesquels ils avaient été publiés constituaient, à l'évidence, un support extrêmement périssable et méprisé pour ce que l'on ne nommait pas encore les « instances légitimantes » (éditeurs, critiques, bibliothécaires).

Les livres produits, des ouvrages reliés sous jaquette, sont souvent très beaux et très solides, leurs prix de vente élevés et leurs tirages faibles. Il s'agit bien d'un *labor of love* réalisé par des passionnés pour des passionnés, mais qui rencontre un véritable succès. Devant ce phénomène, plusieurs éditeurs généralistes commencent à publier de la science-fiction en hardcover (éditions reliées). Richard Matheson, par exemple, fera l'économie des « classes » dans l'édition spécialisée et verra son premier recueil paraître directement chez un éditeur généraliste.

Entre-temps survient la révolution du livre au format de poche. Ce nouveau vecteur a commencé à s'intéresser au genre dès les années cinquante, mais il faut attendre les années soixante pour que les éditeurs fassent de celle-ci une composante majeure de leurs catalogues. Une partie des linéaires des libraires sont bientôt occupés par des volumes aux couvertures tantôt bariolées (Ace Books) ou surréalisantes (Bantam).

Cette évolution a des aspects positifs : la science-fiction rejoint le polar dans le circuit de la grande distribution et les œuvres bénéficient d'une meilleure exposition. Bien que les paperbacks soient plutôt fragiles en tant qu'objets, une politique de réimpression continue assure tout de même une permanence au titre. Enfin, le lectorat du genre s'élargit.

Jusque-là, la science-fiction était pour l'essentiel une littérature de la forme courte[1]. Mais, dans ce contexte éditorial nouveau, le roman ne tarde

1. Sur le marché anglo-saxon, la hiérarchie nominative des longueurs de textes s'établit comme suit : roman, plus de 40 000 mots ; novella : entre 17 000 et 40 000 mots ; novelette : entre 7 500 et 17 000 mots ; short story : moins de 7 500 mots.

pas à devenir le mode d'expression dominant. Les conséquences de ce renversement hiérarchique seront lourdes, pesant aujourd'hui encore sur le genre.

Les revues constituaient un véritable vivier : chaque mois, plusieurs nouveaux noms faisaient leur apparition aux sommaires des magazines spécialisés. Dans le lot de ces débutants figuraient les professionnels du lendemain.

Le système bénéficiait à tout le monde. Les auteurs inexpérimentés et au souffle encore un peu court pouvaient, d'une certaine manière, s'entraîner grâce à ces galops d'essai. Les éditeurs ne prenaient aucun risque financier à s'offrir un certain pourcentage d'inconnus, les lecteurs achetant les revues sur quelques noms connus annoncés en couverture. Ces mêmes lecteurs pouvaient aisément étancher leur soif de nouveauté – même si certains supposés nouveaux venus n'étaient que des pseudonymes de vieux routiers. Les auteurs professionnels pouvaient multiplier les expériences littéraires, changer de style ou tout simplement « produire » sous divers noms assez de matériel pour vivre décemment, tout en ménageant les susceptibilités de rédacteurs en chef désireux de s'assurer l'exclusivité d'une signature appréciée.

Sur le fond, il est par ailleurs clair que la science-fiction classique est avant tout une littérature d'idées et d'images. La prééminence du roman va conduire les auteurs à adopter de nouvelles stratégies littéraires, à proposer des œuvres tenant la distance, et par conséquent à privilégier la toile de fond tout en élaborant des synopsis nourris d'action et intégrant de multiples rebondissements.

Le roman devient rapidement un passage obligé pour les nouvellistes. Sa suprématie va globalement réorienter toute une partie de la science-fiction vers des formes plus populaires que littéraires, plus consensuelles que critiques, plus commerciales qu'expérimentales. À terme, l'honnête roman de deux cent cinquante pages se transformera en pavé plus ou moins indigeste, promu sous le label prétentieux de « livre-univers »... bientôt décliné en série interminable.

La saga de *Dune* de Frank Herbert représente l'archétype de cette littérature commerciale, rédigée plus qu'écrite, préférant caresser le lecteur dans le sens du poil plutôt que lui ébouriffer les neurones.

Indiscutablement l'œuvre de science-fiction la plus célèbre des années soixante, prépubliée en plusieurs parties dans *Analog* entre 1963 et 1965, ce roman-collage connaît le succès dès sa sortie en librairie et grimpe sur la liste des best-sellers. Une première pour un livre de science-fiction, littérature somme toute marginale, au même titre que le roman noir ou le western – il est piquant de noter que les trois genres, dans le même temps, font les beaux jours d'Hollywood.

Il est clair que la parution de *Dune* marque le début de l'inéluctable prise de pouvoir des littératures écrites dans les marges de « la » Littérature. Phénomène qui connaîtra un achèvement à la fin des années quatre-vingt-dix avec l'Esthétique de la Fusion[1].

Dune fut une œuvre originale. *Dune* fut une œuvre forte. *Dune* fut une œuvre marquante. Mais *Dune* a terriblement vieilli. Qui plus est, au fil des ans, Frank Herbert a prolongé la saga avec *Le Messie de Dune* (1969), *Les Enfants de Dune* (1976), *L'Empereur-Dieu de Dune* (1981), *Les Hérétiques de Dune* (1984) et *La Maison des mères* (1985). Le premier de ces volumes est encore lisible, les derniers le sont moins. *Dune* sera porté à l'écran en 1984 par David Lynch, avec Sting dans un des rôles principaux. Le film s'inscrit logiquement dans la courbe qualitative des romans.

Auteur fécond mais inégal, Frank Herbert a pourtant signé quelques romans mémorables : *Destination vide* (1966), *La Ruche d'Hellstrom* (1973), *Dosadi* (1977), *L'Incident Jésus* (1979) ou bien encore *L'Effet Lazare* (1983), les deux derniers en collaboration avec Bill Ransom.

1. Les œuvres relevant de l'Esthétique de la Fusion mélangent les codes et les décors des genres (science-fiction, fantastique, polar, espionnage, thriller) pour donner des œuvres cohérentes comme *Les Racines du mal* de Maurice G. Dantec (mélange de science-fiction, de thriller et de philosophie) ou *Smilla* de Peter Høeg (portrait d'une femme danoise sur fond de thriller médical et de chasse à l'astéroïde au Groenland). Cette littérature s'est principalement développée à partir des années quatre-vingt où nombre de livres supposés de genre ont paru sans étiquette. On peut voir dans l'émergence de cette littérature les prémisses d'un décloisonnement global qui ferait fi de classifications parfois artificielles.

Dans ce contexte de montée en puissance du roman au détriment de la forme courte, il est un projet littéraire construit par petites touches subtiles et discrètes qui, avec le recul et malheureusement après la disparition de son auteur, apparaît comme une œuvre essentielle dans l'histoire de la science-fiction : le cycle des *Seigneurs de l'Instrumentalité* d'un certain Cordwainer Smith.

On sait peu de choses de l'homme qui utilisa ce pseudonyme pour donner au genre ce que beaucoup considèrent comme l'une de ses réussites les plus spectaculaires.

Né en 1913, Paul Myron Anthony Linebarger aurait publié dès l'âge de quinze ans, sous le pseudonyme de Anthony Brarden, une première nouvelle appartenant à la grande saga à venir – si ce n'est que personne n'a jamais pu le vérifier. Conseiller militaire, journaliste scientifique, honorable correspondant plus ou moins espion, possible mythomane mais indéniable polyglotte ayant vécu en Chine, au Japon, en Malaisie et en Europe, Linebarger publie après guerre trois romans de littérature générale sous les signatures de Felix Forrest puis de Carmichael Smith.

En 1950, paraît dans un obscur magazine de *fantasy* sa première nouvelle répertoriée sous la signature de Cordwainer Smith. Jusqu'à sa mort, qui survient en 1966, Cordwainer Smith publie de nombreux textes appartenant pour l'essentiel à une vaste et ambitieuse saga communément désignée sous le titre des *Seigneurs de l'Instrumentalité*.

Certaines de ces nouvelles sont réunies de son vivant en deux recueils : *You will never be the same* (1963) et *Space Lords* (1965). Entre ces deux volumes paraît *The Planet Buyer* (1964), qui constituera la première partie d'un roman dont la seconde paraîtra de manière posthume sous le titre *The Underpeople* (1968). Une édition plus ou moins retouchée réunira les deux par la suite, mais il faudra attendre 1975 pour voir publiée ce qui semble la version originale du roman de départ : *Nostrilia*.

Entre-temps, trois autres recueils avaient été mis sur le marché : *Quest of the Three Worlds* (1966), *Under Old Earth* (1970) et *Stardreamer* (1971).

Une première édition française en trois volumes des *Seigneurs de l'Instrumentalité* est publiée en 1974 (Opta) et rééditée en 1980 (Le Livre de poche). La seconde, beaucoup plus complète, fruit d'un travail éditorial remarquable conduit par l'universitaire Jacques Goimard, paraît en cinq volumes dans les années quatre-vingt-dix (Presses Pocket).

Vu de cette rive de l'Atlantique, l'écrivain de science-fiction le plus important des années soixante est sans le moindre doute le Californien Philip K. Dick.

Auteur de nouvelles extrêmement productif dans les premières années de sa carrière (certaines deviendront d'immenses classiques comme « Le Père truqué » dans lequel un enfant assiste au « remplacement » de ses parents), Philip K. Dick

(1928-1982) se tourne vers le roman dans la seconde moitié des années cinquante. Son évolution personnelle illustre parfaitement le renversement hiérarchique général qui s'effectue entre la nouvelle et le roman, au profit du second.

Romancier de littérature générale contrarié – ses manuscrits hors genre seront de son vivant tous refusés –, Dick écrit de la science-fiction par défaut. Dans un contexte d'abondance des supports périodiques, il investit tout d'abord la forme courte, plus facilement vendable. En somme, Dick écrit avant tout pour le marché – comme tous les pulpsters professionnels avant lui et comme ses contemporains Robert Silverberg et John Brunner, deux auteurs également capables du meilleur comme du pire au nom de ce principe. Le lancement d'une ligne de romans chez Ace Books paraît contribuer grandement à ce qui, avec le recul, apparaît comme une évidente (en termes de marché) réorientation de sa carrière. Après avoir écrit environ soixante-dix nouvelles, Dick se reconvertit dans le roman. Le remarquable nouvelliste s'avère rapidement un excellent romancier. Parmi ses premières réussites on citera *Loterie solaire* (1955), un premier roman qui doit beaucoup à Van Vogt, le très surréalisant *L'Œil dans le ciel* (1957) ou encore *Le Temps désarticulé* (1959).

Dans les années soixante, Dick explose littéralement et signe des œuvres très impressionnantes : *Le Maître du Haut-Château** (1962), *Simulacre* (1964), *La Vérité avant-dernière* (1964), *Le Dieu venu du Centaure* (1965), *Les Androïdes rêvent-ils* *de moutons électriques ?* (1968) adapté au cinéma sous le titre *Blade Runner*... En 1969 paraît *Ubik*, considéré par beaucoup comme son œuvre maîtresse – et aussi comme un tournant dans la carrière d'un auteur qui se pique désormais de mysticisme[1].

Philip K. Dick est l'écrivain du doute et du questionnement du réel. Ses personnages sont en permanence à la recherche de leur identité ou d'une vérité qui, on le sait désormais, est toujours « ailleurs ».

Admiré par la plupart des lecteurs de science-fiction – en particulier en France où sa renommée dépasse très largement le cercle des aficionados –, sans cesse redécouvert par de nouvelles générations enthousiastes et fascinées tant par l'œuvre que par le personnage, Philip K. Dick regrettera toujours de n'avoir su faire carrière dans la littérature dite générale, ce qui constituait son ambition originelle.

Confronté à partir des années soixante-dix à des problèmes de santé qui ne cesseront dès lors de s'aggraver, Philip K. Dick perd pied peu à peu. Sur la fin de sa vie, il reviendra au genre avec des œuvres très personnelles – *SIVA* (1981), *L'Invasion divine* (1981) ou *La Transmigration de Timothy Archer* (1982) –, qui contribueront à dynamiter les frontières d'un genre trop souvent circonscrit.

1. La vision mystique d'un terrifiant visage occupant le quart du ciel (ce qu'il nomma le visage du Mal) pousse Philip K. Dick à se tourner vers la religion et le gnosticisme.

De ce côté de la Manche, Michael Moorcock apparaît comme la personnalité la plus attachante de la scène britannique des années soixante. Un verre de bière dans une main et une machine à écrire sous le bras, ce colosse barbu et chevelu fera un temps figure de gourou de l'underground londonien.

Né en 1939, Michael Moorcock fait paraître son premier roman en 1962. Il en publie sept l'année suivante, demeurant depuis tout aussi productif.

Presque tous les livres de Moorcock ont été conçus – ou au moins « arrangés » *a posteriori* – pour constituer une série unique, la saga du *Champion éternel*. Au hasard des récits, le héros peut se nommer Elric de Ménilboné, Corum, Hawkmoon, Jerry Cornelius ou bien encore Jherek Carnelian… l'univers dans lequel il évolue peut se situer dans un passé immémorial ou à la fin des temps, dans cette dimension ou dans une réalité alternative… Il n'y a au final qu'un seul héros sous une multitude d'incarnations : le Champion éternel. Et l'ensemble des décors romanesques de l'auteur ne constitue qu'un seul méta-univers : le « multiverse ». Le Champion éternel s'efforce de maintenir le fragile équilibre entre les forces de l'Ordre et celles du Chaos – si ce n'est que nous avons quelques raisons de croire que l'entropie gagne peu à peu du terrain…

Voilà le type même de démarche littéraire qui passe largement au-dessus de la compréhension d'une bonne partie de la critique, voire du public, mais qui apparaît réellement signifiante, cohérente, pour l'auteur.

Écrivain productif, musicien et parolier respectable, Michael Moorcock est également un rédacteur en chef estimable. Sous sa direction, la revue *New Worlds*, à l'origine un magazine de seconde catégorie, donne à la science-fiction, à la charnière des années soixante et soixante-dix, une impressionnante impulsion.

Tout comme Harlan Ellison dans ses anthologies *Dangereuses visions* (1968) et *Dangerous Visions Again* (1972, non traduite), Michael Moorcock publie dans *New Worlds* l'impubliable, qu'il s'agisse de textes dont la thématique (sexe, violence, politique) et le style choqueraient la pudibonde Amérique, ou d'œuvres expérimentales, proches d'une certaine littérature d'avant-garde, rejetées d'avance par un lectorat américain conservateur.

New Worlds révèle de nombreux auteurs britanniques ambitieux comme Barrington J. Bayley (qui ne sera réellement apprécié à sa juste valeur que dans les années quatre-vingt-dix) ou l'ultra-littéraire Ian Watson. Elle accueille également des américains novateurs ayant des difficultés à publier aux États-Unis. Des œuvres mémorables peuvent ainsi voir le jour : *Camp de concentration* (1967) de Thomas M. Disch, *Un garçon et son chien* (1969) d'Harlan Ellison (plus tard adaptée au cinéma sous le titre *Apocalypse 2024*), ou *Jack Barron et l'éternité** (1967-1968), sans doute le chef-d'œuvre de l'Américano-Parisien Norman Spinrad.

Les détracteurs de la Fiction Spéculative[1] continuent de lui reprocher d'avoir peu à peu coupé la science-fiction de son lectorat le plus populaire. Il fait peu de doute que la science-fiction promue par la revue *New Worlds* ainsi que certains écrits d'auteurs comme Michael Moorcock, Jim G. Ballard, Thomas Disch ou Samuel Delany s'adressent – au moins dans leurs interventions les plus radicales – à un public relativement restreint, intéressé par l'expérimentation littéraire ou par l'engagement politique ou esthétique. Mais la Fiction Spéculative – comme la science-fiction politique française de la fin des années soixante-dix – n'a jamais été autre chose qu'une *option* parmi d'autres, simplement proposée au public qui reste maître de ses choix.

Sur le fond, on constatera que *New Worlds*, vitrine de la Fiction Spéculative, s'est efforcée de jeter un pont entre la littérature dite générale et une littérature dite de genre, marginale par ses conditions de publication et souffrant d'un déficit de respectabilité.

Si un débat devait s'instaurer à propos de la Fiction Spéculative, il ne porterait certainement pas sur la légitimité de la démarche ; ce débat porterait plutôt sur le bilan littéraire. Quelle est la pertinence des œuvres produites – en tant que

1. Œuvres de science-fiction délaissant les sciences dites dures au profit de thématiques sociales ou psychologiques. L'Homme, dans sa dimension individuelle ou collective, constitue le centre d'intérêt de cette littérature souvent engagée, ouverte aux expérimentations formelles.

science-fiction et en tant que littérature ? Est-ce que la Fiction Spéculative a été vaine ? Sans doute pas, puisqu'elle a permis à la science-fiction d'accomplir une irréversible modernisation.

L'évolution de la science-fiction au cours des années soixante apparaît encore plus évidente dans le cinéma que dans la littérature.

La décennie commence par des films dans la droite ligne de ceux de la précédente. Trois classiques sont réalisés en 1960 : *La Machine à voyager dans le temps* de George Pal, *Le Monde perdu* d'Irwin Allen et *Le Village des damnés* de Wolf Rilla, d'après l'excellent roman de John Wyndham *Les Coucous de Midwich* (1957). Un autre roman de John Wyndham, *La Révolte des Triffides** (1951), est adapté en 1963 par Steve Sekely et Freddie Francis, sous le titre *Le Jour des Triffides*, un classique récit d'invasion extraterrestre.

1963 est l'année de la « cassure », avec d'un côté *Le Jour des Triffides,* et de l'autre *La Jetée*. Ce film culte de Chris Marker marque l'entrée du cinéma de science-fiction dans un âge adulte. L'année suivante, seront réalisés *Sept jours en mai* de John Frankenheimer et *Docteur Folamour* de Stanley Kubrick, deux approches de la menace nucléaire.

Puis les francophones prennent le relais : Jean-Luc Godard signe *Alphaville* (1965). François Truffaut adapte le *Fahrenheit 451* (1966) de Ray Bradbury. Roger Vadim porte à l'écran *Barbarella* (1967), une bande dessinée de Jean-Claude Forest.

Alain Resnais travaille quant à lui avec Jacques Sternberg pour *Je T'Aime, je T'Aime* (1967).

La page décisive est tournée par Stanley Kubrick en 1968 avec *2001, l'odyssée de l'espace*, réalisé en étroite collaboration avec l'écrivain Arthur C. Clarke. Le cinéma de science-fiction ne sera plus jamais le même.

Tandis que l'infatigable Irwin Allen inonde les écrans cathodiques de séries très populaires aux trucages et aux scénarios outranciers – *Voyage au fond des mers* (1964), *Perdus dans l'espace* (1965), *Au cœur du temps* (1966), *Au pays des géants* (1968) –, deux séries font une entrée discrète : *Star Trek* (1966) et *Les Envahisseurs* (1967). Trente ans plus tard, plus personne ne sait qui est Irwin Allen – mais Monsieur Spock et David Vincent sont devenus des icônes de la culture populaire.

Pendant ce temps, les aficionados trouvent leur compte avec deux anthologies télévisuelles de très grande qualité : *La Quatrième Dimension* (1959-1964) et *Au-delà du réel* (1963-1966). Leur point fort et la clé de leur réussite résident dans les scénarios signés par (ou adaptant) les meilleurs auteurs de science-fiction littéraire de la décennie précédente : Richard Matheson, Robert Bloch, Fredric Brown ou Damon Knight.

En Grande-Bretagne, les séries mémorables des « swinging sixties » sont l'éternel *Docteur Who*, *Chapeau melon et bottes de cuir*, *Les Sentinelles de l'Air (Thunderbirds)* et bien entendu *Le Prisonnier*.

Après la littérature, l'état d'esprit science-fictif trouve un formidable champ d'expérimentation, en même temps qu'une seconde machine de guerre, dans la musique et tout ce qui participe aux performances musicales : arts graphiques (affiches des concerts, pochettes de disques) ou nouvelles formes plastiques (light shows).

Les artistes les plus novateurs évoluent désormais en phase avec les écrivains les plus expérimentaux.

Principal artisan de la révolution psychédélique britannique de l'été 1967, le peintre et musicien Syd Barrett (né en 1946) compose pour son groupe légendaire, Pink Floyd, *The Piper at the Gate of Dawn* (1967) avec le désormais classique *Astronomy Domine*. Jimi Hendrix (1943-1970), l'un des compositeurs les plus influents du XXe siècle, nourrit son œuvre de la passion qu'il éprouve, depuis le plus jeune âge, pour les livres de science-fiction.

On retrouve alors dans la démarche d'artistes venus d'horizons différents – écrivains, graphistes, musiciens – cette volonté chère aux surréalistes de créer un Art total.

Mais le « système » ne tarde pas à réagir..

6. Les années soixante-dix : la Grande Explosion

Dans le domaine littéraire, la publication en 1968 de *Dangereuses visions*, l'anthologie-manifeste réunie par le turbulent Harlan Ellison, aura constitué un des événements marquants de la décennie écoulée. Dans la foulée, est publiée en 1972 une seconde anthologie plus radicale encore, *Again Dangerous Visions*. Hélas, avec le recul, ce recueil fera figure non de second manifeste mais de testament d'une littérature libérée... mais aussitôt réasservie.

En dépit du succès des deux anthologies – le gratin de la science-fiction anglo-saxonne s'y est donné rendez-vous avec des contributions souvent éblouissantes –, Harlan Ellison ne parviendra jamais à faire éditer ses *Last Dangerous Visions* (dans lesquelles figuraient d'ailleurs des inédits des Français Philippe Curval et Daniel Walther).

Il est vrai que les années soixante-dix prennent rapidement des allures de mise au pas, de rentrée dans le rang, en un mot : de *normalisation*.

C'est dans le domaine musical, fer de lance de la révolution culturelle, que la reprise en main est la plus évidente. En 1970, Jimi Hendrix change d'univers – il sera suivi de peu par Janis Joplin puis par Jim Morrison. Déclaré fou, Syd Barrett est écarté du groupe qu'il a fondé ; Pink Floyd entame alors une ascension irrésistible, vendant des dizaines de millions de disques dans le monde entier, perdant l'essentiel de son intérêt sur le plan musical mais conservant sa thématique originelle (*The Dark Side of the Moon*, 1973). Car normalisation rime avec... *récupération*.

Les années soixante-dix sont celles de l'explosion médiatique de la science-fiction. Intégrée dans la culture dominante au même titre que la bande dessinée, elle pèse désormais d'un poids appréciable dans le business de l'édition et de la librairie.

Tous les éditeurs possèdent une, voire plusieurs, collection(s) de science-fiction, avec pour conséquence immédiate une inflation considérable du nombre des titres publiés. Le meilleur côtoie rapidement le pire, sans véritable discernement.

La mode est aux cycles et autres sagas. Pas un auteur établi, un de ceux ayant débuté dans les années cinquante ou soixante, qui ne se lance dans « sa » série. L'heure est à une « littérature » fabriquée au kilomètre, puis débitée et packagée selon les recommandations de services commerciaux de plus en plus influents.

À la surface de l'océan d'une production duplicatrice et normalisée, commercialisée entre les petits pois et les vitamines, surnagent pourtant d'authentiques réussites – qui plus est en quantité suffisante pour satisfaire le lecteur le plus gourmand ! Cela n'est en rien paradoxal et satisfait pleinement au principe de Theodore Sturgeon voulant que « 90 % de n'importe quoi ne vaut strictement rien ». Puisqu'il se publie de plus en plus de science-fiction, les 10 % « valant quelque chose » constituent une manne copieuse.

Après ses *Faiseurs d'univers* dans les années soixante, Philip José Farmer entame la série du *Monde du fleuve**. La première pierre a été posée discrètement en 1965 : une simple nouvelle dans la revue *Worlds of Tomorrow*. La dernière consiste en un roman, publié en 1983. Principales étapes : *Le Monde du fleuve**, *Le Noir Dessein**, *Le Labyrinthe magique**...

Connu pour ses romans en collaboration avec Cyril M. Kornbluth dans les années cinquante, puis pour son remarquable travail d'éditeur et d'agent littéraire (il dirige *Galaxy SF* dans les années soixante), Frederik Pohl se lance dans la série *Heechee*. Un premier volet passionnant, *La Grande Porte** (1977), vaudra à l'auteur de nombreuses distinctions. La grande porte est un artefact extraterrestre qui ouvre sur des mondes inconnus – le concept de base du film de Roland Emmerich, *Stargate* (1995), décliné par la suite en une série télévisée non dénuée d'intérêt, doit beaucoup à cette œuvre.

Apparue à la fin des années soixante avec une première trilogie comprenant *Le Monde de Rocannon** (1966), *Planète d'exil** (1966) et *La Cité des illusions** (1967), pierres fondatrices de l'univers des Hainiens, Ursula K. Le Guin récidive avec le cycle de *Terremer*. À l'origine écrite pour les adolescents, cette nouvelle trilogie mariant science-fiction et *fantasy* rencontre un succès éclatant auprès du public adulte. *Le Sorcier de Terremer* (1968), *Les Tombeaux d'Atuan* (1971) et *L'Ultime Rivage* (1972) seront complétés près de vingt ans plus tard par un quatrième volet : *Téhanu* (1990).

En quelques années, Ursula K. Le Guin s'impose comme un auteur majeur de la science-fiction moderne. Une voix originale par son approche ethnologique, brillante sur le plan littéraire, qui illumine les années soixante-dix avec des romans autonomes mais continuant toutefois de s'inscrire dans le même univers : *La Main gauche de la nuit** (1969), *Les Dépossédés** (1974) ou *Le nom du monde est forêt** (1977).

Dans le concert assourdissant des nouvelles voix du genre, un nom retient particulièrement l'attention : celui de John Varley. Né à Austin en 1947, il est de ces auteurs qui revitalisent la science-fiction américaine au tournant des années 1970-1980, en renouant avec un certain *sense of wonder*[1] Campbellien du premier Âge d'or. Varley n'a visiblement peur de rien, sûrement pas des synopsis (effroyablement) tortueux, des idées (délicieusement) folles et des personnages (outrageusement) exubérants ! Son fameux *Cycle des Huit Mondes* met en situation une bien curieuse invasion, puisque c'est pour voler au secours des mammifères marins – dont le potentiel est à leur sens supérieur à celui des primates – que les extraterrestres débarquent sur Terre. Après trois jours d'une véritable guerre éclair, l'humanité techno-industrielle est chassée de la planète mère. Survivent quelques colonies sur la Lune, Mars, les satellites de Jupiter et quelques stations orbitales, l'ensemble consti-

1. Littéralement « sensation d'émerveillement ». La notion de *sense of wonder* désigne la capacité de la science-fiction à créer des univers transcendants, superlatifs, qui éblouissent suffisamment le lecteur pour qu'il passe outre son incrédulité le temps d'un livre.

tuant les Huit Mondes. Les extraterrestres s'installent alors paisiblement sur la Terre, aux côtés des baleines et des dauphins désormais libres de se développer, et se contentent d'empêcher le retour des humains survivants, laissés en paix dans l'espace.

John Varley brode sur ce canevas un roman très remarqué, *Le Canal Ophite* (1977) ainsi qu'une poignée d'excellentes nouvelles constituant l'essentiel du recueil *Persistance de la vision/Dans le palais des rois martiens* (1978, deux volumes dans l'exploitation en Présence du futur, un seul dans la réédition Folio). Avec à la clé trois Prix Hugo et deux Prix Nebula.

En 1992, John Varley renouera avec l'univers des Huit Mondes en publiant l'impressionnant *Gens de la Lune**.

Dans la catégorie des « vieux professionnels », l'auteur le plus représentatif de la période paraît être Robert Silverberg.

Celui-ci a commencé sa carrière en 1955 et enchaîne depuis roman sur roman, nouvelle sur nouvelle. Quand on lui demande quel est son secret, Silverberg répond : « Ce n'est qu'une question de concentration ».

Une quinzaine d'années après ses débuts de forçat de la machine à écrire, Silverberg entame une seconde carrière et aligne cette fois chef-d'œuvre sur chef-d'œuvre : *Les Masques du temps* (1968), *Les Ailes de la nuit* (1969), *L'Homme dans le labyrinthe* (1969), *Les Profondeurs de la Terre* (1970),

La Tour de verre (1970), *Les Monades urbaines** (1970-1971), *L'Oreille interne* (1971), *Le Temps des changements* (1971), *Le Livre des crânes* (1971), *L'Homme stochastique* (1975).

Au début des années quatre-vingt, Silverberg changera à nouveau son fusil d'épaule pour se lancer dans une science-fiction à grand spectacle avec *Le Château de Lord Valentin* (1980) et *Les Chroniques de Majipoor* (1982)...

Dans un registre plus spéculatif, se tenant à bonne distance de la science-fiction « futuriste » sans pour autant renier son héritage, quelques auteurs s'aventurent dans les failles du quotidien, explorent le futur immédiat, bousculent les frontières littéraires. Une poignée d'œuvres éblouissantes illustrent cette tendance : *Le Monde inverti** (1974) de Christopher Priest, *Sur l'onde de choc* (1975) de John Brunner, *Sur les ailes du chant* (1979) de Thomas M. Disch, *Le Salon des horreurs* alias *La Foire aux atrocités* (1970) (il existe deux traductions françaises) ou *Crash* (1973) de Jim G. Ballard.

À nouveau, ce sont surtout des auteurs britanniques qui se positionnent à la pointe des tendances les plus littéraires et intellectuellement excitantes d'un genre devenu monstrueusement protéiforme.

Pour ce qui est de la France, après une traversée du désert imposée par la disparition du *Rayon fantastique* en 1963, l'ouverture de nouveaux marchés permet à la science-fiction française de renaître de ses cendres au début des années soixante-dix.

Symbole de ce renouveau, la collection Ailleurs et Demain, créée fin 1969, accueille *Les Seigneurs de la guerre* (1970) de Gérard Klein, *Futurs sans avenir* (1971) de Jacques Sternberg, *Les Montagnes du soleil* (1972) de Christian Léourier, *Le Temps incertain** (1973) de Michel Jeury, *Tunnel* (1973) d'André Ruellan, *L'Homme à rebours* (1974) de Philippe Curval, *Tellur* (1975) de Pierre-Jean Brouillaud, *Les Prédateurs enjolivés* (1976) de Pierre Christin, *Les Années métalliques* (1977) de Michel Demuth, *Transit* (1977) de Pierre Pelot, *La Maison du cygne* (1978) de Yves et Ada Rémy, *L'Hippocampe* (1981) de Lorris Murail. Autant de pierres blanches ponctuant un chemin sans fautes. Autant d'œuvres sophistiquées (Léourier, Brouillaud, Murail...) conférant à la science-fiction française une dimension littéraire qui, à l'exception de voix singulières et isolées comme celles de Curval ou Drode, lui faisait assez largement défaut. À noter que les auteurs français s'affirment à la fois dans le roman et dans la forme courte – et ce dans des mouvances très différentes : il n'y a rien de commun entre la science-fiction politique et poétique de Lorris Murail et les *space opera* débridés de Michel Demuth, à part l'excellence des nouvelles qui composent leurs recueils.

Curieusement, l'auteur français le plus en vue de la période pour ses activités multiples (écrivain, critique, anthologiste) ne verra aucun de ses livres inscrit au catalogue de cette collection. Il faut dire que Jean-Pierre Andrevon est déjà l'auteur vedette de la revue *Fiction* et de la collection Présence du futur, dans laquelle il publie plusieurs recueils de nouvelles ainsi qu'un premier roman mémorable, *Les Hommes-Machines contre Gandahar* (1969), édité désormais sous le titre de son adaptation à l'écran : *Gandahar*.

S'il est un auteur qui, à lui seul, symbolise la permanence et l'originalité de la science-fiction française, c'est bien Philippe Curval.

Né en 1929, figure charismatique d'un genre qu'il accompagne et, dans une large mesure, incarne en France depuis les années cinquante, Philippe Curval a fait ses premières armes dans la revue *Fiction* avant de signer quelques romans au Rayon fantastique.

Passionné par la création sous toutes ses formes, ce dissident du surréalisme – il a fondé avec Jacques Sternberg le *Petit Silence illustré* – apparaît comme le principal artisan du renouveau de la science-fiction française des années soixante-dix. Persuadé que celle-ci est la grande littérature de ce siècle et qu'elle a un rôle immense à jouer, l'infatigable Philippe Curval porte la bonne parole en tant que critique littéraire (*Le Monde*, *Le Magazine littéraire*...), réunit des anthologies mémorables (il révèle Brussolo), et donne l'exemple avec des romans originaux et puissants. Citons *L'Homme à rebours* (1974), *Les Sables de Falun* (1975), *Cette chère humanité* (1976), *La Face cachée du désir*

(1978), *Y'a quelqu'un ?* (1979), *En souvenir du futur* (1982)…

L'une de ses œuvres parmi les plus récentes, *Congo Pantin, Les Évadés du mirage** (1995), est un roman particulièrement brillant sur la perception du réel et la nécessité d'explorer l'envers du monde.

La production cinématographique de la première moitié des années soixante-dix s'inscrit dans la continuité de la période précédente. Il s'agit d'un cinéma volontiers « intellectuel » où la réflexion philosophique et les préoccupations esthétiques l'emportent sur les effets spéciaux.

Les films les plus estimés de la période restent *Orange mécanique* (1971) de Stanley Kubrick, *Silent Running* (1971) de Douglas Trumbull, *THX 1138* (1971) de George Lucas, *Solaris* (1972) d'Andreï Tarkovski, *Soleil vert* (1973) de Richard Fleischer, *Zardoz* (1974) de John Boorman et *L'Homme venu d'ailleurs* (1976) de Nicolas Roeg. Certains sont encore regardables. D'autres ne le sont plus.

La fin de la décennie renoue avec un cinéma populaire de qualité. Hollywood fait à nouveau appel à des scénaristes sachant ce que suspense signifie, et des sommes de plus en plus considérables sont investies dans des effets spéciaux qui occupent un part budgétaire de plus en plus importante.

Le *space opera* et l'aventure débridée sont bientôt de retour dans *Star Wars* (1977) de George Lucas, *Rencontres du troisième type* (1977) de Steven Spielberg, *Superman* (1978) de Richard

Donner, *Alien* (1979) de Ridley Scott, *Star Trek* (1979) de Robert Wise, *L'Empire contre-attaque* (1980) de Irvin Kershner.

Cela étant, le gouffre devient désormais insondable entre une science-fiction littéraire adulte et un cinéma souvent infantile…

7. Les années quatre-vingt : la Grande Confusion

Pour la science-fiction en provenance des États-Unis, les « eighties » sont une décennie de parfaite cohabitation entre les tendances les plus réactionnaires et les plus novatrices. Avec cet apparent paradoxe que les auteurs, de quelque côté qu'ils se situent des barricades, partagent l'estime de leurs banquiers. Car tout ou presque fait de l'argent – *beaucoup* d'argent.

Le seul marché intérieur, doublé voire triplé par celui de ses nombreuses colonies culturelles, linguistiques ou économiques, constitue un débouché assez vaste pour que tout ou presque trouve une clientèle en nombre suffisant pour prospérer. Il en va de la littérature comme de la musique, où toute tendance, si marginale et prétendument contre-culturelle soit-elle, s'avère économiquement rentable.

Bien que grignotée sur ses franges par ce sous-genre duplicateur à souhait qu'est la (mauvaise) *fantasy* (des écrivains professionnels produisent à la chaîne du sous-Howard et du sous-Tolkien), sérieusement concurrencée sur le plan commercial (occupation des linéaires, captation des budgets promotionnels) par d'innombrables novélisations de films et séries télévisées, à leur tour déclinés en séries de romans inédits, bousculée sur le plan qualitatif par une résurgence « moderne » de la littérature fantastique (Stephen King, Graham Masterton, Peter Straub, Dean R. Koontz et l'anglais Clive Barker), la science-fiction littéraire n'en demeure pas moins un secteur éditorial florissant.

Les écrivains apparus dans les années soixante-dix consolident leurs positions, en rien menacées par des nouveaux venus actifs et ambitieux. Il y a de la place (et des dollars) pour tout le monde. La science-fiction est présente en permanence dans les listes de best-sellers et ses auteurs s'installent dans un quotidien confortable. Leur situation financière devient enviable : les éditeurs accordent sans sourciller aux grands noms du genre des avances qui se chiffrent en dizaines de milliers de dollars pour des livres dont pas une ligne n'est encore écrite.

Massivement traduits dans les collections Présence du futur et Ailleurs et Demain, réédités dans plusieurs collections au format de poche, les nouveaux ténors américains dominent le marché français.

À quelques nuances près, ces auteurs ont en commun de s'inscrire dans la tradition de la science-fiction classique. Ce ne sont pas des révolutionnaires et l'époque est au recyclage. Le procédé culminera avec la parution de *Hypérion* de Dan

Simmons, hommage en forme de catalogue de clichés : succès considérable.

Certains auteurs revisitent et dynamisent le *space opera* traditionnel, tandis que d'autres remettent la *hard science* au goût du jour, en spéculant sur les théories scientifiques récentes ou controversées. D'une certaine manière, ces écrivains sont tous les enfants de Robert Heinlein et de John W. Campbell Jr. Ils produisent une science-fiction propre sur elle, sérieuse et documentée – écrite souvent par les authentiques scientifiques qu'ils sont. En un mot : une science-fiction *compétente*.

Les tendances les plus dures font les beaux jours de l'éditeur Jim Baen, des séries d'anthologies-manifestes *New Destinies* et *Far Frontiers*, des univers partagés dirigés par Jerry Pournelle, de la revue *Analog* – auteurs et lecteurs évoluent dans la mouvance libertarienne, militent pour la reprise du programme spatial et sont ouvertement contre tout contrôle sur la possession d'armes à feu.

Compétente, certes...

Quelques auteurs se détachent avec des bonheurs inégaux de cette masse trop parfaite. Les plus grosses pointures ont pour nom Gregory Benford (*Un paysage de temps**), Orson Scott Card (*Les Maîtres chanteurs*, *Une planète nommée trahison*), Robert Forward (*L'Œuf du dragon*), David Brin (*Marée stellaire*), Kim Stanley Robinson (*Les Menhirs de glace*), Michael Swanwick (*Les Fleurs du vide*), Greg Bear (*La Musique du sang*, *Eon*...), John Varley (*Titan*), Charles Sheffield (*Les Chroniques de McAndrews*)...

L'une des voix les plus intéressantes est celle de Gregory Benford.

Né en 1941 à Mobile dans l'Alabama, diplômé de l'université de l'Oklahoma puis de celle de Californie (San Diego), Gregory Benford est, depuis 1979, professeur de physique à l'université de Californie, Irvine. Actif dans le fandom[1] de science-fiction pendant de longues années, il commence à publier des nouvelles à la fin des années soixante. En 1969, la revue *Amazing Stories* l'accueille pour une chronique passionnante mais irrégulière : *The Science in SF*.

Authentique écrivain de *hard science* s'il en est, Benford est également préoccupé de style et de construction, ce qui tranche agréablement sur la production de nombre de ses collègues. Sa prose doit en effet autant à Robert Silverberg, lui-même fortement influencé par Conrad et Kipling, qu'à William Faulkner, comme en témoigne le roman *Contre l'infini.* Il y a également chez Benford un aspect lyrique qui évoque parfois la flamboyance d'un Poul Anderson. En matière de construction et de gestion de l'information, il se montre un disciple attentif de Robert Heinlein : Benford est aussi un

1. Contraction de *Fanatic Domain.* Phénomène unique dans l'histoire de la littérature, le fandom est le résultat de la création, autour des premiers pulps, d'un réseau d'amateurs qui, par le biais des courriers échangés dans ces revues, finirent par constituer des groupes organisés et très influents. Communiquant par un support écrit spécifique, le fanzine, ils se regroupent lors d'immenses conventions internationales dédiés à la science-fiction.

écrivain des *processus* (*Un paysage de temps** s'affirme comme un modèle du genre) et sa science-fiction s'inscrit toujours dans un faisceau de considérations socio-politiques. L'examen de sa bibliographie révèle enfin un auteur volontiers porté sur le travail d'équipe : après avoir cosigné quelques nouvelles avec son frère jumeau James, Benford signe des romans avec Gordon Eklund, William Rotsler et David Brin, en même temps qu'il donne une suite à la première version du roman d'Arthur C. Clarke *Against the Fall of Night* – qui après réécriture donnera le classique *La Cité et les Astres**. Le thème de prédilection de Gregory Benford est sans doute l'existence de formes de vie extraterrestres ; la problématique du premier contact se situe par conséquent au centre de son œuvre.

Il est également l'auteur du cycle du *Centre galactique*, composé à ce jour de cinq volumes : *Dans l'océan de la nuit* (*fix-up*, 1977), *À travers la mer des soleils* (*fix-up*, 1984, révisé en 1987), *La Grande Rivière du ciel* (1987), *Marée de lumière* (1989) et *Les Profondeurs furieuses* (1994).

Le personnage central du premier diptyque, l'astronaute Nigel Walmsley, recherche la preuve d'une vie extraterrestre. Décelant celle-ci, il se trouve confronté aux difficultés relationnelles avec des aliens en tout point *différents* de l'être humain – ce, au sein d'un synopsis extrêmement complexe. La trilogie de complément se déploie autour du thème omniprésent d'une guerre entre les formes de vie organique et inorganique – ces dernières étant des machines autorépliquantes –, dans un mélange de *hard science* et de considérations sociologiques. La seconde version du deuxième livre (à paraître dans la collection Lunes d'encre en 2001) gomme les incohérences par rapport à la trilogie qui suit.

Benford est par ailleurs un brillant nouvelliste, comme en témoigne le recueil *En chair étrangère*.

Une poignée de jeunes gens irrespectueux vont réagir contre cet endormissement consensuel. Les plus virulents sont issus du Sud profond. Bien que Texans pour la plupart, Lewis Shiner, Bruce Sterling, William Gibson et bien d'autres ont troqué les Stetsons contre des Ray-Ban à verres miroir, et la musique qu'ils écoutent est plus bruyante que la country locale – *beaucoup* plus bruyante. Dix-sept ans après la révolution psychédélique britannique de 1967, au cours de laquelle écrivains de science-fiction et musiciens d'avant-garde avaient déjà avancé main dans la main, une bande de néo-punks (car l'histoire se passe tout de même sept ans après la parution de l'unique album des Sex Pistols) piétine consciencieusement la fourmilière de l'Establishment. La critique les baptise Cyberpunks[1]. Eux prétendent constituer « The Movement ».

1. Le mouvement Cyberpunk se caractérise par la description de futurs assez proches, surpeuplés, pollués et dominés par d'immenses multinationales. Les intrigues, généralement inspirées du polar noir et du thriller, font la part belle aux nouvelles technologies : informatique, génétique, cybernétique.

Une voix se détache de la meute : celle de William Gibson dont le premier roman, *Neuromancien* (1984), est aujourd'hui considéré par tous, des critiques littéraires aux universitaires en mal de sujet, comme la Bible du mouvement Cyberpunk. Même s'il est l'inventeur du terme, passé depuis dans le langage courant, Gibson n'a pas inventé la notion de Cyberespace. Celle-ci était familière aux lecteurs de science-fiction depuis les années soixante-dix. La force de William Gibson est d'avoir reconnu l'importance vitale de l'information et d'avoir été capable de faire ressentir à ses lecteurs ce qu'est un *hacker* (un hors-la-loi) dans un monde de *data* (d'informations). Gibson n'a pas créé le Cyberespace mais *la manière de le ressentir*. En cela, *Neuromancien* est bien l'œuvre fondatrice du Cyberpunk – c'est-à-dire de l'expérience du Cyberespace.

William Gibson donne deux suites à ce roman : *Conte zéro* (1986) et *Mona Lisa s'éclate* (1988). Beaucoup plus riches et complexes, ces deux œuvres ne produisent toutefois pas le même impact sur le lecteur. À noter également un recueil de nouvelles : *Gravé sur chrome* (1986).

Deux anthologies originales présentent un choix des meilleures nouvelles cyberpunk et assimilées : le manifeste officiel du Mouvement, *Mozart en verres miroir* ; ainsi qu'une anthologie d'origine française, *Demain les puces* (1986, réédition au contenu modifié en 1996).

Déjà marginalisés en tant qu'écrivains de science-fiction au sein de l'ensemble de la littérature, les

Français étouffent peu à peu au sein même de l'édition de science-fiction, sous les assauts venus des États-Unis. Plusieurs voix s'élèvent pour dénoncer cette double marginalisation et cet envahissement culturel. Mais rien n'y fait. Les auteurs francophones, désespérés, voient le marché se rétrécir chaque jour. La fermeture aux Français, en 1983, de la collection de référence Ailleurs et Demain – alors que continuent d'y paraître des romans très mineurs d'auteurs vieillissants comme Brunner, Silverberg, Herbert – est vécue à la fois comme un abandon et le désaveu d'une science-fiction française pourtant en plein renouveau : l'avant-dernier titre français du catalogue est le remarquable *Nuage* d'Emmanuel Jouanne. Sans doute plus grave, les revues disparaissent : *Fiction* jette l'éponge après trente-cinq ans de bons et loyaux services et le trimestriel *Univers* devient annuel avant de disparaître à son tour, empêchant toute relève et condamnant les tenants de la forme courte, par essence plus littéraire et novatrice que le roman. En France aussi, le mot clé est *normalisation.*

La science-fiction française possède assurément des voix talentueuses et originales, soutenant aisément la comparaison avec les meilleurs auteurs anglo-saxons. Mais il est clair que le lectorat de l'époque est, dans son ensemble, éminemment conservateur et extraordinairement frileux… et l'immobilisme d'une collection sans surprise comme Anticipation (Fleuve noir) s'avère dix fois plus payant que les expérimentations de la collection

Présence du futur, sous les directions avisées et courageuses d'Élisabeth Gille puis de Jacques Chambon.

Courageux, il faut l'être pour publier *Malgré le monde*[1], œuvre collective composée de textes dont les auteurs ne sont pas identifiés et qui repoussent allègrement les limites du genre. Le projet est de procéder à un dynamitage en règle des frontières entre la science-fiction et le reste de la littérature. Dès les années cinquante, des auteurs comme Michel Carrouges (*Les Portes dauphines*, 1954), André Hardellet (*Le Seuil du jardin*, 1958), Jacques Sternberg (*L'Employé*, 1958, *Toi, ma nuit*, 1965), Philippe Curval (*La Forteresse de coton*, 1967), avaient montré la voie – et des écrivains inclassables comme Pierrette Fleutiaux (*La Forteresse**, 1979) œuvraient déjà dans ces directions.

Mais le mouvement Limite manque son coup. La critique non spécialisée feint de ne prêter aucune attention à *Malgré le monde*, un projet auquel elle ne comprend rien. Et le milieu de la science-fiction, désespérément petit, critique vertement l'ouvrage. Quinze ans après, il n'est pas rare de voir ce collectif encore bien sottement désigné comme responsable de la débâcle française dans la décennie qui suivra.

Une seconde anthologie est mise en chantier par Emmanuel Jouanne, élargie à de nouveaux

1. Anthologie-manifeste du mouvement Limite.

auteurs... mais le mouvement Limite, avec la discrétion qui s'impose, opte pour l'autodissolution.

Limite est sans doute apparu dix ans trop tôt. Dans les années quatre-vingt, la science-fiction traîne une réputation de sous-littérature, contrairement au polar, considéré depuis longtemps comme une composante essentielle de la littérature contemporaine. Dans ce contexte, prétendre la rapprocher de la littérature générale a un prix : l'abandon de tout ce qui fait la spécificité du genre. En somme, une fusion par intégration, par absorption, par renoncement. Un prix à payer inacceptable.

Au sein de Limite évoluaient des personnalités marquées, venant d'horizons différents, n'ayant en commun que le talent et la volonté de *pratiquer la littérature comme un choix de vie*.

Certains de ses membres poursuivent des carrières fort honorables. Emmanuel Jouanne a commencé par publier des nouvelles aux Éditions de Minuit, puis est devenu l'un des auteurs les plus brillants de sa génération avec, en particulier, *Nuage* (1983). L'itinéraire d'Antoine Volodine apparaît inverse : après avoir publié quatre romans en Présence du futur, il part chez Minuit puis chez Gallimard. Venu des sciences « exactes », Francis Berthelot a fait un petit tour dans la science-fiction avec quelques romans splendides comme *Rivage des Intouchables** (1990), est passé par l'essai, a changé de spécialité au CNRS, pratique désormais une littérature sans étiquette. Jean-Pierre Vernay a publié de nombreuses nouvelles d'une relative orthodoxie – il fut peut-être le moins téméraire du groupe mais non le moins appréciable – avant de s'orienter vers le journalisme scientifique. En marge de Limite, Jacques Barbéri a développé une œuvre extrêmement personnelle et parfaitement inclassable, avant de se reconvertir dans l'écriture de scénarios pour la télévision.

Obsédée par son positionnement par rapport à la littérature dite générale, divisée sur la question de l'engagement politique, trop soucieuse en somme de s'organiser en courants qui se suivent et se combattent, la science-fiction française épuise ses forces, au cours de la décennie, en vaines querelles et perd peu à peu son lectorat. À la fin des années quatre-vingt, une question se pose : existe-t-elle encore ?

En définitive, force est de constater que la décennie quatre-vingt apparaît, avec le recul, comme une nouvelle période charnière dans l'évolution de la science-fiction – au même titre que la décennie soixante à laquelle, par bien des côtés, elle ressemble beaucoup.

Alors que la production américaine se transforme en planche à billets verts et que les auteurs français entament une nouvelle traversée du désert, un vent de renouveau se met à souffler en provenance du Royaume-Uni et de ses anciennes possessions australes. Les pages de la revue *Interzone* apparaissent tout aussi révolutionnaires que celles de *New Worlds*.

Lancée par un groupe de « fans », sans grands moyens mais avec un enthousiasme communicatif et l'énergie de ceux qui savent se battre pour une bonne cause, *Interzone* devient rapidement le lieu d'un extraordinaire renouveau.

La science-fiction britannique se met à briller de mille feux. Aux côtés de quelques grands anciens, comme Jim G. Ballard qui n'hésite pas à soutenir l'aventure éditoriale en offrant à *Interzone* des textes inédits, de nouvelles étoiles s'inscrivent dans le firmament du genre : Eric Brown, Paul J. McAuley, Ian M. Banks, Kim Newman, Nicola Griffith, Stephen Baxter, Ian MacDonald, Mary Gentle, Geoff Ryman, Jack Deighton, Graham Charnock, Molly Brown, une Américaine vivant à Londres, sans oublier l'Australien Greg Egan, dont la moindre nouvelle est un événement.

En France personne ne voit rien. Ou presque...

Lectrice curieuse et avisée, Sylvie Denis découvre avec stupéfaction cette « nouvelle fiction spéculative britannique », et entreprend de la faire découvrir aux lecteurs français à travers une activité commentatrice et critique. Il faudra attendre 1995 pour qu'un éditeur, Encrage (moins frileux que les autres), se laisse convaincre pour publier l'anthologie-manifeste *Century XXI*, réunie, préfacée et cotraduite par Sylvie Denis. Présentant douze artisans majeurs de ce renouveau de la science-fiction britannique, pour la plupart publiés en France pour la première fois, ce recueil constituera pour le lectorat français une expérience aussi enthousiasmante que la découverte des *Dangereuses visions* d'Harlan Ellison.

Sur les grands écrans, les films de science-fiction, toujours plus « visuels », se succèdent à un rythme effréné : chaque semaine apporte sa poignée de nouvelles sorties. Hollywood s'emballe et semble renouer avec le serial, puisque presque tous les films appellent désormais une suite : *Star Trek*, *Superman*, *Star Wars*, *Alien*, *Retour vers le futur*, *Batman*, *Highlander*, *Predator*, *Terminator*, *Robocop*... se déclinent au pluriel. Un serial classique, les aventures de *The Rocket Man*, est même remis au goût du jour, par le biais de l'adaptation d'une bande dessinée (quasiment un plagiat) sous le titre *Rocketeer* (1991). Quelques productions isolées surnagent dans ce déluge. Adapté d'un excellent roman de Philip K. Dick, *Blade Runner* (1982) de Ridley Scott annonce l'esthétique cyberpunk tandis que *Akira* (1987) de Katsuhiro Otomo symbolise parfaitement la montée en puissance du Japon sur la scène de la création internationale. On citera encore *Alien Nation* (1988) de Graham Baker et *Total Recall* (1990) de Paul Verhoeven.

Sur les petits écrans, la science-fiction connaît une nouvelle popularité, grâce à des séries remarquables qui renouent avec la tradition : invasions extraterrestres, voyages dans le temps, *space opera* musclés... envahissent le tube cathodique. Les meilleures séries sont : *V* (1983-1985), *La Quatrième Dimension* (1985-1987), *Star Trek : la Nouvelle Génération* (1987-1994), *Alien Nation* (1989-1990), *Code Quantum* (1990-1994), *Babylon 5* (1993-1998).

8. Les années quatre-vingt-dix : la Grande Contagion

Proposer une vision synthétique de la science-fiction des années quatre-vingt-dix est un exercice périlleux. Faute du recul nécessaire, il est malaisé de discerner les mouvements de fond sous la surface agitée d'un océan de livres (romans, recueils, anthologies), films et téléfilms, séries télévisées, albums de bande dessinée…

À chaud, il apparaît peu contestable qu'au fil des années quatre-vingt-dix l'esthétique science-fictive a *totalement* contaminé le réel. Mais force est de constater qu'il s'agit d'une victoire au goût amer. La science-fiction a gagné la guerre au prix de son âme. Désormais vécue au quotidien, elle a pour nom Macintosh, Internet, OGM, téléphone portable, Dolly, playstation 2, DVD… Mais elle a parallèlement perdu la majeure partie de ce qui faisait son intérêt : sa capacité à susciter des remises en cause, à questionner le monde, à tester le futur à moindre risque. Au lieu de cela, elle constate, elle entérine, elle baisse les bras…

De fait, l'esthétique de la science-fiction domine l'ensemble de la création.

De nouvelles séries télévisées suscitent un engouement jamais vu. Diffusée à partir de 1993, *Aux frontières du réel (The X-Files)* devient un phénomène de société et fait de la thématique des OVNI le fondement d'une mythologie moderne.

La plupart des films qui raflent la mise à Hollywood procèdent de la science-fiction : *Jurassic Park* (1993) de Steven Spielberg et sa suite *Le Monde perdu* (1997), démarquage à peine déguisé du roman de Sir Arthur Conan Doyle, ou encore *Stargate* (1994) de Roland Emmerich. Pour la première fois de leur histoire, les créateurs français s'imposent dans le genre : Luc Besson et son *Cinquième Élément*, Jean-Pierre Jeunet et son travail sur *Alien Resurrection*.

Il en va de même dans le domaine des arts graphiques. Après un important bouleversement structurel en 1982 – la mise à mal de l'hégémonie Marvel/DC par l'arrivée des premiers indépendants : Pacific, First, Eclipse, Comico… –, l'explosion du marché du noir et blanc puis la création de la compagnie Image suscitent une véritable révolution esthétique dans l'art graphique séquentiel. De nouvelles stars apparaissent et s'imposent : Bill Sienkiewicz, Frank Miller, Tom Grimberg, Paul Gulacy, John Byrne, Todd McFarlanne, Jim Lee… Tous sont des fans de science-fiction devenus professionnels.

Jusque-là, la bande dessinée franco-belge avait largement dominé la scène mondiale, en termes de qualité et de reconnaissance du public adulte en librairie. Des réalisations comme *The Dark Knight Returns*, *The Silent Invasion* ou *The Watchmen*, hissent artistes et scénaristes anglo-saxons au niveau d'excellence de francophones comme Hergé, Edgar P. Jacobs, Moebius, Philippe Druillet, Enki Bilal, Jacques Tardi… pour ne citer que quelques créateurs majeurs ayant profondément marqué la bande dessinée de science-fiction.

La seconde moitié de la décennie voit s'imposer un style américano-nippon qui traduit bien l'influence déterminante des créateurs japonais sur l'art populaire occidental. Ce style ne tardera pas à faire des émules en France où une génération entière a désormais pour modèles, non plus les super-héros vieillis de la Marvel ni la BD franco-belge, mais les personnages des mangas. Pendant ce temps, une poignée d'artistes incroyablement novateurs émerge en Grande-Bretagne, traditionnellement à la traîne des États-Unis – une BD culte comme *Dan Dair* a masqué pendant plusieurs décennies l'indigence quasi générale de la production britannique.

À la croisée des arts graphiques, de la communication et de la télévision, la publicité n'aura jamais autant été inspirée par la science-fiction, son esthétique et ses motifs.

Seul problème, mais il est de taille, la littérature de science-fiction entre en récession. Du moins celle qui a la prétention de continuer à jouer son rôle de ferment…

Pour un écrivain de science-fiction, il y a désormais très clairement deux manières de se positionner par rapport au genre : *suivre* ou tenter de *précéder*. C'est-à-dire profiter de la manne financière ou se condamner à une marginalisation douloureuse.

De nombreux écrivains optent pour une science-fiction consensuelle. L'objectif avoué est de toucher un public aussi vaste que possible. Une stratégie qui, en soi, n'a rien de répréhensible : sous réserve de ne pas s'appuyer sur une thématique démagogique et de ne pas recourir aux effets faciles, elle peut même conduire à des œuvres d'une réelle force.

Curieusement, le même motif – la conquête de Mars – sert de prétexte à trois des réalisations les plus abouties de la décennie : la *Trilogie de Mars* de Kim Stanley Robinson, *L'Envol de Mars* de Greg Bear et *Voyage* de Stephen Baxter.

Lancé à l'origine pour des raisons politiques, abandonné pour cause d'effondrement du bloc soviétique, le programme spatial américain semble connaître un nouveau départ. Après avoir marché sur la Lune, l'homme s'apprête à fouler le sol de latérite de la planète rouge. Actualité aidant, la conquête de Mars est donc redevenue un motif très présent. Le récit de la « terraformation » de Mars, c'est-à-dire de sa transformation en vue d'en faire un monde où l'homme pourra vivre, est au cœur de la *Trilogie martienne* (1992-1995) de Kim Stanley Robinson. Une œuvre immense sur laquelle l'auteur a travaillé, dit-on, pendant dix ans, et où l'accent est mis sur l'authenticité : tout ce que l'auteur avance est plausible et parfaitement crédible.

Autre récit martien très convaincant : *L'Envol de Mars* (1993) de Greg Bear. Sur fond d'opposition entre la Terre et sa colonie Mars, un projet fou voit le jour : déplacer la planète et la mettre sur orbite autour d'une autre étoile !

Jouant la carte de l'uchronie, Stephen Baxter donne de la conquête de Mars une vision très complète, à la fois politique, technologique, économique et psychologique, avec *Voyage** (1996), une œuvre vraiment étonnante.

Pour le reste ?

La science-fiction américaine ronronne à coups de pavés ayant en commun d'être *beaucoup* trop longs. Certains commentateurs ont vu là un effet du passage de la machine à écrire au traitement de texte. De fait, le travail fastidieux de correction sur un tapuscrit – il faut tout retaper pour obtenir un jet final présentable – obligeait les auteurs à réfléchir avant d'écrire, et à développer une pensée claire, précise et concise, se traduisant par une écriture sèche et rapide. L'arrivée de l'ordinateur autorise tous les repentirs. Il permet les inclusions *a posteriori* de digressions inutiles – et comme il est plus facile, sur le plan psychologique, d'ajouter que de dégraisser, les romans sont de plus en plus longs, encombrés d'adverbes et bouffis d'adjectifs.

Pendant ce temps, en Grande-Bretagne, la révolution *Interzone* s'essouffle… mais elle aura produit plusieurs auteurs majeurs, dont Eric Brown (*Odyssées aveugles**) et surtout Greg Egan.

Cet écrivain solitaire et secret, qui ne communique que via l'Internet, quitte rarement la ville de Perth en Australie et refuse de se laisser photographier, a cette autre particularité : le moindre de ses écrits renouvelle de fond en comble la science-fiction. Greg Egan est tout simplement l'écrivain de science-fiction le plus novateur depuis Robert Heinlein et Alfred Bester. Ses thèmes de prédilection : le questionnement du réel, la quête de l'identité, la difficulté d'exister et de se connaître... sur fond de génie génétique, de réalité virtuelle, de nouvelles technologies en tout genre.

Auteur de plusieurs romans (*La Cité des permutants*, *L'Énigme de l'univers*, *Isolation*), Egan est avant tout un nouvelliste. Trois recueils ont été publiés en France : *Baby Brain*, *Notre-Dame de Tchernobyl* et *Axiomatique* (Éditions DLM).

Sur le front du roman, l'un des plus grands écrivains contemporains pourrait bien s'appeler Iain M. Banks. Né en 1954, cet Écossais a commencé sa carrière avec des récits relevant d'un fantastique contemporain d'une grande noirceur, dont un bon exemple demeure le roman *Le Seigneur des guêpes* (1984). Il entame bientôt une double carrière. Sous la signature raccourcie de Iain Banks, il livre des romans de littérature générale qui se bousculent au sommet des listes de best-sellers et s'entassent en piles dans toutes les librairies. Sous le nom de Iain M. Banks (l'initiale de son second prénom), il est l'auteur d'une œuvre marquante : la *Culture*, dont les volumes sont également abonnés à la liste des best-sellers.

La Culture est une civilisation extraterrestre parvenue au sommet de son évolution. Un monde sans lois où tout est permis. Une anarchie paisible et idéale. Cinq volumes du cycle ont été traduits à ce jour : *L'Usage des armes**, *L'Homme des jeux**,

*Une forme de guerre** et *Excession** (collection Ailleurs et Demain) ainsi que *L'État des arts** (Éditions DLM).

En guise d'épilogue « made in France »

Le paysage éditorial et littéraire français a davantage évolué au cours des dix dernières années que pendant les quarante précédentes.

Premier constat : *la science-fiction française s'est presque entièrement renouvelée au niveau de ceux qui la « produisent »*. À l'exception de Philippe Curval, déjà signalé, la plupart des ténors hexagonaux se sont, à la fin des années quatre-vingt, éloignés du genre, voire l'ont quitté – ce, pour les raisons les plus diverses. Plusieurs auteurs ont simplement cessé d'écrire ou peu s'en faut (Gérard Klein). D'autres, nombreux, ont plus ou moins réorienté leur carrière, parfois avec bonheur, vers le polar, la littérature jeunesse (Joëlle Wintrebert), la saga préhistorique (Pierre Pelot), le roman du terroir (Michel Jeury), la littérature générale (Francis Berthelot, Antoine Volodine), en conservant parfois un pied dans le genre (Jean-Pierre Andrevon). D'autres enfin se sont transportés dans des domaines d'écriture voisins : scénarios de téléfilm, dessins animés, jeux de rôle.

Les auteurs majeurs des années quatre-vingt-dix ont aujourd'hui autour de quarante ans (Ayerdhal, Pierre Bordage, Richard Canal, Maurice G. Dantec, Jean-Claude Dunyach, Serge Lehman, Jean-

Marc Ligny, Michel Pagel, Roland C. Wagner), voire moins (Sylvie Denis, Laurent Genefort) – et une nouvelle génération de moins de trente ans fait ses premiers pas avec conviction (David Calvo, Thomas Day, Laurent Kloetzer…). La plupart de ces écrivains sont apparus au cours des dix dernières années ou sont passés du statut amateur à celui de professionnel.

Deuxième constat : *un changement de génération s'est également produit au niveau des décideurs*. Alors que le paysage éditorial était littéralement verrouillé depuis un quart de siècle, les principales collections spécialisées ouvertes aux inédits francophones (Présence du futur, *J'ai lu* SF) ont vu leur direction littéraire renouvelée tandis qu'étaient créées de nouvelles collections (chez Payot, Rivage, Flammarion) et structures éditoriales (Atalante, Étoiles vives, Mnémos), les unes et les autres sous la responsabilité de directeurs littéraires du même âge que leurs auteurs.

Une nouvelle génération a bel et bien pris le pouvoir dans l'édition de science-fiction et à sa périphérie, en particulier au niveau de la critique. Par nouvelle génération, il faut également entendre nouvelle culture (pour le fond) et nouvelles pratiques culturelles (pour la forme). Cette génération a grandi dans un environnement où la science-fiction était extraordinairement présente, où elle constituait, en toute simplicité, une part majeure de leur culture – les interrogations sur la respectabilité du genre, revendication obsessionnelle de la génération précédente, n'ont donc pas le moindre sens.

Troisième constat : le phénomène éditorial le plus important de la décennie est *la résurrection des revues littéraires*, avec deux conséquences majeures : la plus évidente est l'ouverture d'un marché pour les jeunes auteurs ; la plus subtile – et de loin la plus importante – est la présentation au lectorat français (et surtout aux auteurs potentiels) des nouvelles tendances de la science-fiction anglo-saxonne et plus particulièrement britannique, brisant en cela le modèle unique du roman d'outre-Atlantique et démontrant, par l'exemple, la faisabilité d'un questionnement du monde de manière moderne, par le biais de la forme courte.

Lancée en janvier 1995 dans le prolongement de l'anthologie manifeste *Century XXI*, le livre-revue trimestriel *CyberDreams* crée la surprise et marque le début du renouveau de la science-fiction en France. Le temps de douze livraisons, *CyberDreams* sera le lieu des nouvelles tendances et proposera une littérature prenant en compte les répercussions économiques, sociales, politiques, esthétiques... de la mise en œuvre des nouvelles technologies. Souvent traduits pour la première fois, les auteurs présentés viennent de tous les horizons : Jerry Oltion, Alan Steele, Jack Deighton, Eric Brown, Greg Egan, Molly Brown, Barrington J. Bayley, Ian McDonald, Kim Newman.

Apparue courant 1996 et également diffusée en librairie, *Bifrost* ne publia longtemps que des auteurs francophones. Elle comporte une très importante partie rédactionnelle chroniquant l'actualité des livres, films, BD, séries télévisées, jeux… parus dans le trimestre. Le but de la rédaction, jeune et turbulente, est de faire la promotion de la science-fiction sous toutes ses formes en s'adressant à un public aussi large que possible. Une politique qui s'avère payante : portée par son succès, *Bifrost* devient bimestrielle dans le courant de 1999 et domine le marché au tournant du millénaire.

Galaxies enfin, bien que non diffusée professionnellement, affiche l'ambition de remplacer *Fiction*. Le projet de sa rédaction est clair : « Nous avons l'intention de faire d'un ghetto une forteresse », précisent en éditorial Jean-Daniel Brèque et Stéphane Nicot. La revue ne s'intéresse qu'à la science-fiction littéraire et propose des textes de qualité, ne s'éloignant pas d'une certaine orthodoxie…

Deux anthologies périodiques sont par ailleurs créées : la semestrielle *Étoiles vives* (Orion) et l'annuelle *Escales* (Fleuve noir).

Quatrième constat : *la science-fiction française romanesque est désormais capable de se vendre en quantité.* Michel Houellebecq (*Les Particules élémentaires*), Maurice G. Dantec (*Les Racines du mal*) et Marie Darrieussecq (*Truismes*) démontrent que les formes les plus modernes, pertinentes, abouties, fusionnelles de cette littérature sont en mesure de séduire des dizaines voire des centaines de milliers de lecteurs – et de s'exporter avec succès.

Cinquième constat : *la science-fiction a de nouveau la faveur des médias.* À l'approche de l'an 2000, les écrivains sont sollicités par les journalistes comme s'ils étaient les « cybergourous » d'un nouvel âge, seuls susceptibles de décrypter un avenir qui s'annonce de plus en plus complexe, pour ne pas dire obscur. Les dossiers sur le « monde de demain » se multiplient et font les couvertures de la presse « populaire » comme des magazines sérieux.

Libération publie un cahier de nouvelles, « Mille jours avant l'an 2000 ». *Le Monde* place la barre un peu plus haut pour ses lectures estivales du cru 1999. *L'Humanité* et *L'Express* publient également des nouvelles de science-fiction – en particulier de Jean-Claude Dunyach, spécialiste reconnu de la forme courte. L'initiative de loin la plus convaincante est celle conduite par Jean-Claude Vantroyen, chef de rubrique au *Soir* de Bruxelles et lecteur exigeant, sous la forme d'un impressionnant supplément hebdomadaire : *Le Soir 2000*. En cinquante-deux numéros grand format, ce véritable magazine dans le magazine propose, tout au long de l'année 1999, un choix remarquable de chroniques, essais et nouvelles inédites.

Pour conclure…

La littérature de science-fiction est à un tournant crucial de son histoire. Elle arrive au terme d'un siècle et demi d'évolution.

Pour une part – la plus large, celle qui concerne l'immense majorité des produits étiquetés « science-fiction » –, elle tend à devenir une sous-littérature sans grand intérêt, frileuse, recyclant à l'infini une panoplie de clichés éculés.

Séries débitées au kilomètre à partir de « bibles », ces cahiers des charges établis par des services commerciaux et des instituts de sondage...

Déclinaisons à outrance de produits audiovisuels : séries télévisées, films, jeux vidéo, japanimation – on a perdu le compte des romans exploitant l'univers de *Star Wars* ! Il en sort plusieurs chaque mois...

Mise à contribution des stars décédées : le bon docteur Asimov n'aura jamais tant publié que depuis sa mort. Tout est bon pour continuer d'exploiter son fonds de commerce : nouvelles gonflées à l'épaisseur d'un pavé de cinq cents pages, variations sur les robots positroniques, romans s'inscrivant dans la chronologie de la *Fondation*, prologues et épilogues...

Par ailleurs, une grande part de la littérature de science-fiction est désormais publiée sans étiquette, participant sans exclusive à l'aventure de la littérature contemporaine.

La science-fiction, au fil des années, s'est fondue dans la littérature générale, la faisant évoluer de l'intérieur, en profondeur et de manière irréversible. Dans ce contexte, ce que l'on appelle aujourd'hui science-fiction renvoie davantage aux produits dérivés ou aux séries télévisées.

Venue des marges, la science-fiction s'est installée au centre de la page, dans un territoire global où elle vit en bonne intelligence avec toutes les formes et tendances des littératures policières et fantastiques. Mais il s'agit sans doute d'une victoire à la Pyrrhus et peut-être faudra-t-il s'habituer à l'idée que la science-fiction – littérature profondément en harmonie avec l'histoire du XXe siècle – s'éteint avec lui en tant que genre autonome. Devenue incontournable, elle irradie désormais au-delà des bornes étriquées dans lesquelles elle était circonscrite.

Au cœur de la littérature contemporaine, se dissimule un champ d'expérimentation fertilisé, ensemencé, travaillé, par une poignée d'auteurs excessifs – on citera principalement Greg Egan. Ce champ, celui de l'imaginaire et donc de la science-fiction, continue à questionner le réel. Il éclaire le monde et nous permet de mieux comprendre en quoi consistera notre futur, quels en seront les merveilles, les horreurs et les enjeux.

PROPOSITIONS DE LECTURE

Il convient de le préciser d'emblée : le choix qui suit est parfaitement subjectif et ne reflète au mieux que les goûts de l'auteur, ses *a priori*, ses contradictions et ses enthousiasmes. *Surtout* ses enthousiasmes. Il ne s'agit donc pas d'un palmarès des « meilleurs », des « indispensables » ou encore des « plus importants ».

Les œuvres sont présentées par ordre chronologique de parution originale afin de rétablir une perspective historique correcte, en particulier dans les cas de prépublication en magazines. Par exemple, il apparaîtra qu'Isaac Asimov ou Alfred Elton Van Vogt sont, pour l'essentiel, des écrivains des années quarante et non des décennies d'après guerre, comme on le perçoit souvent.

Les fiches qui suivent se veulent à la fois illustration, complément et développement de la partie historique. Elles sont parfois prétexte à de courtes considérations théoriques sur l'histoire des idées dans la littérature de science-fiction, les techniques littéraires propres au genre, des démarches esthétiques, etc.

La fiche la plus ancienne concerne H. P. Lovecraft, dont la carrière commence véritablement dans la seconde moitié des années vingt. Bien entendu, la science-fiction avait auparavant fourni son lot de chefs-d'œuvre – mais il a paru préférable de faire l'impasse sur les classiques de Mary Shelley, Jules Verne, H. G. Wells, J. H. Rosny aîné ou Sir Arthur Conan Doyle, bien connus de tous et souvent discutés par d'autres commentateurs, et d'utiliser la place ainsi économisée pour sortir de l'ombre des œuvres méconnues mais tout aussi remarquables.

La répartition des titres retenus révèle un fort déséquilibre entre les diverses périodes historiques.

La science-fiction des années vingt et trente a, dans l'ensemble, mal vieilli et apparaît peu lisible de nos jours. À l'inverse, la science-fiction américaine des années cinquante, servie par une écriture allant à l'essentiel, reste souvent d'une incroyable modernité, tant sur le plan des idées que sur celui de la construction. Aussi, on trouvera une douzaine de propositions de lecture pour les seules années 1952-1954, et trois seulement pour les seize années 1923-1938.

Concernant la dernière décennie, ce déséquilibre relève d'un constat : les quelques ouvrages récents consacrés au genre ne font, le plus souvent, que survoler cette période. C'est donc volontairement que le quart des propositions de lecture est consacré aux années 1990-2000. Faute de recul temporel et émotionnel, l'avenir infirmera peut-être certains de ces choix. Pour cette période, j'ai souvent eu envie d'explorer les frontières (floues) du genre – quitte à les enjamber quelquefois... Ces choix témoignent de mes propres habitudes de lecteur allergique aux étiquettes et aux cloisonnements, et de ma certitude quant à l'émergence, en cette fin de millénaire, d'une nouvelle littérature relevant de l'Esthétique de la Fusion.

Des œuvres à l'indéniable importance historique sont absentes. Il est des incontournables qu'il « faut » sans doute avoir lus pour prétendre à une vision bien structurée de la science-fiction – mais on n'a pas forcément envie d'en conseiller la lecture à ses amis. C'est le cas du très original et très exigeant *Surface de la planète* (1959) de Daniel Drode – ou du colossal *Dhalgren* (1975, révisé en 1977) de Samuel Delany (d'ailleurs inédit en langue française).

Afin de ne pas frustrer le lecteur non anglophone, je me suis fixé pour règle absolue de ne retenir que des ouvrages ayant fait l'objet d'une traduction. D'où l'absence de la trilogie des merveilleux romans très simakiens et peuplés d'extraterrestres touchants de l'Américaine Rebecca Ore : *Becoming Alien* (1988), *Being Alien* (1989) et *Human to Human* (1990). D'où l'absence d'une autre trilogie des plus excitantes : *The Ragged Astronauts* (1986), *The Wooden Spaceships* (1988) et *The Fugitive Worlds* (1989), de l'Irlandais Bob Shaw. Ces absences regrettables témoignent des carences de l'édition française au cours des années 1985-1995, longue période de mévente du genre et d'essoufflement des collections spécialisées.

En revanche, je n'ai pas hésité à retenir quelques œuvres peu connues d'auteurs mésestimés, épuisées, depuis belle lurette, mais qui participent indéniablement à la grandeur de la science-fiction. C'est le cas d'*Ombres sur le soleil* de Chad Oliver ou de la *Chronique du Peuple* de Zenna Henderson. Avec un peu de chance, le lecteur curieux dénichera ces ouvrages dans le fonds de sa bibliothèque publique ou sur les rayonnages (tout en haut, sous la poussière) de son bouquiniste.

Quelques regrets pour conclure. Par manque de place, ne sont pas inclus – mais j'ai le sentiment tardif qu'il aurait fallu – dans mes propositions de lecture : *Mort à l'étouffée* de Jean-Pierre Hubert (1978) ; *Mermère* (1978) de Hugo Verlomme ; *La Forêt d'Iscambe* (1980) de Christian Charrière ; *Nuage* (1983) d'Emmanuel Jouanne ; et peut-être *Jihad* (1999) de Jean-Marc Ligny ainsi que le recueil de Jean-Claude Dunyach *Autoportrait*. Côté anglo-saxon : *Les Maîtres chanteurs* (1980) de Orson Scott Card ; *Desolation Road* (1988), le premier roman de Ian McDonald. Et sans doute *Replay* (1988) de Ken Grimwood ainsi que *Le Moineau de Dieu* de Maria Doria Russel. Il n'aurait pas été superflu, non plus, de penser aux romans « en marge » de Michael Marshall Smith. Il est enfin des auteurs dont on aimerait presque tout conseiller : Robert Heinlein, Clifford D. Simak, Eric Frank Russell, Philip K. Dick James Blish…

Des propositions de lectures complémentaires s'insèrent donc, par périodes, dans cette sélection.

Un choix de 107 lectures

1923-1926
Howard Phillips Lovecraft *L'Univers d'Arkham*
1932
Aldous Huxley *Le Meilleur des mondes*
1934-1938
John W. Campbell Jr. *Le ciel est mort*
1939
Eric Frank Russell *Guerre aux invisibles*
1940
Alfred Elton Van Vogt *À la poursuite des Slans*
1940-1964
Isaac Asimov *Le Livre des Robots*
1941-1949
Alfred Elton Van Vogt *Le Diptyque d'Isher*
1942-1949
Isaac Asimov *La Trilogie de Fondation*
1943
Fritz Leiber *À l'aube des ténèbres*
René Barjavel *Le Voyageur imprudent*
Curt Siodmak *Le Cerveau du nabab*

1944-1951
Clifford D. Simak *Demain les chiens*

1945-1949
Alfred Elton Van Vogt *Le Diptyque du Non-A*

1946
Ray Bradbury *Le Pique-nique d'un million d'années*
Will F. Jenkins *Un Logique nommé Joe*

1948
Jack Williamson *Les Humanoïdes*

1949
Fredric Brown *L'Univers en folie*
George Orwell *1984*

1950
Jean-Marie-Amédée Paroutaud *La Ville incertaine*

1950-1962
James Blish *La tétralogie des Villes nomades*

1951
John Wyndham *Les Triffides*

1952
Bernard Wolfe *Limbo*
Vercors *Les Animaux dénaturés*
Alfred Bester *L'Homme démoli*
Ward Moore *Autant en emporte le temps*
Sarban *Le Son du cor*
Cyril M. Kornbluth et Frederik Pohl *Planète à gogos*
Zenna Henderson *Les Rescapés*

1953
Fredric Brown *La Piste des étoiles*
Theodore Sturgeon *Les Plus qu'humains*
Charles L. Harness *La Rose*

1954
Chad Oliver *Ombres sur le Soleil*
Richard Matheson *Je suis une légende*

1955
Fredric Brown *Martiens, Go Home !*
1956
Alfred Bester *Terminus les étoiles*
Arthur C. Clarke *La Cité et les Astres*
1957
Stefan Wul *Le Temple du passé*
Chad Oliver *Les Vents du temps*
1958
James Blish *Un cas de conscience*
1960
Poul Anderson *Les Croisés du cosmos*
Walter M. Miller Jr. *Un cantique pour Leibowitz*
1961
Robert Heinlein *En terre étrangère*
1962
Jim G. Ballard *Le Monde englouti*
Philip K. Dick *Le Maître du Haut-Château*
1963
Clifford D. Simak *Au carrefour des étoiles*
1964
Daniel F. Galouye *Simulacron III*
Fritz Leiber *Le Vagabond*
1965-1983
Philip José Farmer *Le Monde du fleuve*
1966
Robert Heinlein *Révolte sur la Lune*
Samuel Delany *Babel 17*
1966 (1959)
Daniel Keyes *Des fleurs pour Algernon*
1966-1974
Ursula K. Le Guin *Cycle des Hainiens*

1967
Norman Spinrad *Jack Barron et l'éternité*

1967-1968
Edmond M. Hamilton *Les Loups des Étoiles*

1968
Italo Calvino *Cosmicomics*
John Brunner *Tous à Zanzibar*

1969
Kurt Vonnegut Jr. *Abattoir-Cinq ou la Croisade des Enfants*
Roger Zelazny *L'Île des Morts*

1970
Larry Niven *L'Anneau-monde*
Jack Finney *Le Voyage de Simon Morley*

1970-1971
Robert Silverberg *Les Monades urbaines*

1971
Jean d'Ormesson *La Gloire de l'Empire*

1971-1982
Michael Moorcock *Les Aventures uchroniques d'Oswald Bastable*

1972
Gene Wolfe *La Cinquième Tête de Cerbère*
Robert Merle *Malevil*
Norman Spinrad *Rêve de fer*

1973
Ian Watson *L'Enchâssement*
Michel Jeury *Le Temps incertain*

1974
Christopher Priest *Le Monde inverti*

1977
Frederik Pohl *La Grande Porte*
William Gibson *Fragments de rose en hologramme*

1979
Pierrette Fleutiaux *La Forteresse*

1980
Gregory Benford *Un paysage de temps*
Robert F. Young *Baleinier de la nuit*
Pierre Pelot *La Guerre olympique*

1983
Jean-Pierre Andrevon *Le Travail du furet à l'intérieur du poulailler*

1983-1988
Andrew Weiner *Envahisseurs !*

1984
Joëlle Wintrebert *Chromoville*

1985
Bruce Sterling *La Schismatrice*

1987
Ian M. Banks *Le Cycle de la Culture*

1990
Francis Berthelot *Rivage des Intouchables*
Joël Houssin *Le Temps du twist*
Bruce Sterling et William Gibson *La Machine à différences*

1991
Alexander Jablokov *Sculpteurs de ciel*
Joël Champetier *La Taupe et le Dragon*

1992
Elisabeth Vonarburg *Chroniques du Pays des Mères*
John Varley *Gens de la Lune*
Serge Brussolo *Le Syndrome du scaphandrier*

1993
Nancy Kress *Danse aérienne*
Valerio Evangelisti *Nicolas Eymerich, Inquisiteur*

1994
Greg Egan *Cocon*
Roger MacBride Allen *L'Homme modulaire*
Brian Aldiss *À l'est de la vie*

1995
Philippe Curval *Congo Pantin*
Maurice G. Dantec *Les Racines du mal*

1996
Stephen Baxter *Voyage*
Laurent Genefort *Les Opéras de l'espace*
Jose Luis de Juan *L'Apiculteur de Bonaparte*
Marie Darrieussecq *Truismes*
Luca Masali *Les Biplans de D'Annunzio*
René Réouven *Les Survenants*

1997
Jean-Claude Bologne *Le Chanteur d'âmes*
Serge Lehman *L'Inversion de Polyphème*

1998
Eric Brown *Odyssées aveugles*

1999
Pierre Bordage *Les Fables de l'Humpur*
Roland C. Wagner *Le Chant du Cosmos*

2000
Sylvie Denis *Nirvana, mode d'emploi*

1923-1926 – Howard Phillips LOVECRAFT, *L'Univers d'Arkham*

« La Couleur tombée du ciel » (1927), « L'Abomination de Dunwich » (1928), « Celui qui murmurait dans les ténèbres » (1931) et « Le Cauchemar d'Innsmouth » (1932) – dans le recueil *La Couleur tombée du ciel*, Éditions Denoël, Présence du futur n° 4 ; Éditions Gallimard, Folio science-fiction n° 3.

« L'Appel de Cthulhu » (1928), « Les Montagnes hallucinées » (1936) et « Dans l'abîme du temps » (1936) – dans le recueil *Dans l'abîme du temps*, Éditions Denoël, Présence du futur n° 5 ; Éditions Gallimard, Folio science-fiction n° 37.

Ainsi que : *Dagon* (1923), *L'Ombre venue de l'espace* (1936) et *L'Affaire Charles Dexter Ward* (1936).

Peu de choses distinguent la petite ville d'Arkham du reste de la Nouvelle-Angleterre – à part peut-être sa célèbre université Miskatonic dont la bibliothèque contient des raretés, comme le *Necronomicon*, l'ouvrage de l'Arabe fou Abdul Alhazred.

En fait, la ville occupe l'épicentre d'une réalité alternative. Elle est un point de tangence entre notre espace-temps et d'autres dimensions dans lesquelles évoluent « horreurs indicibles » et autres « abominations insoutenables ».

Décrypté et cartographié au fil de dizaines de récits, l'univers de l'Arkham lovecraftienne se déploie en direction de deux autres villes où la réalité est autrement plus terrible qu'elle n'y paraît : Innsmouth, cité côtière hantée par les Hommes-Poissons serviteurs du terrible dieu Dagon, et Dunwich, point de contact avec un sur-univers situé au-delà du temps et de l'espace, où se terrent les entités cosmiques de la Grand-Race à l'origine de la création de l'homme : Azatoth, Nyarlathotep, et le plus effroyable de tous, Cthulhu.

Né en 1890 à Providence, près de Boston, mort en 1937, H. P. Lovecraft est l'auteur d'une des œuvres les plus originales et influentes de toute la littérature du XXe siècle. Sa vie de reclus survivant de petits travaux littéraires et pratiquant l'art épistolaire à un rythme effréné, ses prises de position parfois insupportables pour leur misogynie et leur racisme exacerbé, le véritable culte entretenu après sa disparition par une poignée d'écrivains se voulant continuateurs de son œuvre, et bientôt suivis dans le monde entier par des millions de lecteurs puis d'amateurs de jeux de rôle… tout concourt à donner du « Reclus de Providence » une image hors du commun.

1932 – Aldous HUXLEY, *Le Meilleur des mondes* (*Brave New World*)
Pocket n° 1438.

Au VIIe siècle après Ford, sous la surveillance du directeur-dictateur Mustapha Menier, la société a atteint l'ultime perfection. Fabriqué en éprouvette, objet depuis son plus jeune âge d'un conditionnement hypnotique et chimique qui fait de lui un alpha, un bêta ou un gamma, chaque individu occupe sa juste place. Soigneusement organisée, la vie se déroule sans le moindre souci, sous le signe du soma, une drogue euphorisante qui produit un bonheur chimique parfait.

Pour reprendre la formule de Voltaire qui inspira le traducteur, tout va donc pour le mieux dans le meilleur des mondes possibles – un monde dont la devise est « Communauté, Identité, Stabilité ».

Cependant, dans cet univers figé où la différence constitue la pire des tares, une erreur de manipulation conduit à la naissance d'un Alpha Plus « déréglé » : Bernard Marx devient le grain de sable dans une mécanique jusque-là parfaite. Exilé, il sera confronté à une autre différence, celle de John le Sauvage. L'un et l'autre sont réfractaires au Meilleur des mondes – mais tandis que la sorte de Huron voltairien choisira le suicide, ultime acte lui permettant d'affirmer sa liberté, face à l'obscénité et au scandale soulevés chez les « civilisés » par le spectacle de sa vertu anachronique, Marx réintégrera la société et continuera de traîner sa croix.

Car le système est toujours plus fort que l'individu.

Écrit par un auteur reconnu dans le domaine de la littérature dite générale, *Le Meilleur des mondes*, taxé de pornographie, fit scandale à sa parution en 1932. Ce roman décapant donne ses premières lettres de noblesse à un genre qui, en ce début des années trente, en a bien besoin. Car si la science-fiction à la manière de Doc Smith ne manque pas de flamboyance, elle pèche singulièrement sur le plan formel. Quelques rares auteurs comme Olaf Stapledon (*Les Derniers et les Premiers*, 1930), Balmer et Wylie (*Le Choc des mondes*, 1933) ou Joseph O'Neill (*Land Under England*, 1935), écrivent une science-fiction stylée, mais en œuvrant à l'extérieur des frontières éditoriales anglo-saxonnes du genre.

1934-1938 – John W. CAMPBELL Jr. (Don A. STUART), *Le ciel est mort* (*Who Goes There ?*) Éditions Robert Laffont, Ailleurs et Demain.

Le ciel est mort propose un choix de nouvelles de John W. Campbell Jr. qui fut, pendant près de quarante ans, l'une des principales influences de la science-fiction américaine, d'abord en tant qu'écrivain novateur – la carrière de Don A. Stuart fut aussi brillante et célébrée que celle de John W. Campbell Jr. – puis en tant qu'éditeur inspiré.

« Crépuscule » (« Twilight ») est paru à l'origine dans *Astounding SF* en 1934, sous le pseudonyme de Don A. Stuart. La force de ce récit narrant la découverte par un voyageur temporel des derniers jours de l'humanité sur une Terre dominée par les machines, réside dans le ton désenchanté et le style poétique d'un auteur alors célébré, il est vrai sous une autre signature, pour l'optimisme exacerbé de ses épopées galactiques.

Dans « La Bête d'un autre monde » (« Who Goes There ? »), paru à l'origine dans *Astounding SF* en 1938, également sous le pseudonyme de Don A. Stuart, une expédition scientifique dans l'Antarctique découvre le corps d'une créature inconnue, conservée dans un bloc de glace. Ramenée à la vie, celle-ci s'avère capable de se régénérer à toute allure, de se multiplier par scission, de prendre n'importe quelle apparence humaine ou animale. Une telle horreur lâchée sur le monde signifierait la fin de la race humaine. Une lutte à mort s'engage alors.

Adaptée au cinéma à deux reprises, cette longue nouvelle est devenue un classique. Écrite dans une langue sobre et un style d'une rare efficacité, elle est souvent considérée comme annonciatrice de l'Âge d'or campbellien.

1939 – Eric Frank RUSSELL, *Guerre aux invisibles* (*Sinister Barrier*)
Paru à l'origine dans *Unknown* en 1939, première édition en volume en 1943.
Éditions Denoël, Présence du futur n° 132.

Une vague de décès décime la communauté scientifique internationale. Explication officielle : crises cardiaques. Sauf en ce qui concerne le professeur Mayo, qui s'est suicidé en se jetant du douzième étage. Proche relation de Mayo, Bill Graham, inspecteur au ministère des Finances, entame son enquête en contactant les scientifiques qui se trouvaient en rapport avec la dernière victime. Mais à chaque fois il arrive trop tard. Graham ne tarde pas à découvrir que les victimes menaient toutes des recherches parallèles sur les Vitons, des entités invisibles qui se repaissent d'énergie humaine. Voilà qui n'est guère flatteur pour l'humanité, considérée comme un simple troupeau d'animaux domestiques. En s'attaquant aux savants, les Vitons tentent d'empêcher que leur existence ne soit révélée.

Né en 1905, passionné depuis le plus jeune âge par l'astronautique, l'écrivain anglais Eric Frank Russell a été par ailleurs fortement influencé par les théories de Charles Fort[1]. Il devint donc un membre actif de la Fortean Society et de la British

1. Charles Hoy Fort (1874-1932) a sa vie durant cherché les preuves de la présence sur Terre d'une civilisation extraterrestre supérieure, et recensé les phénomènes inexpliqués

Interplanetary Society (dont un autre membre renommé fut Arthur C. Clarke), avant de devenir le chef de file d'une science-fiction ouvertement fortéenne. *Guerre aux invisibles* constitue une illustration fascinante de la formule de Charles Fort, « We are property », selon laquelle l'humanité appartiendrait (littéralement) à une race infiniment supérieure...

1940 – Alfred Elton VAN VOGT, *À la poursuite des Slans* (*Slan*)
Paru à l'origine dans *Astounding SF* en 1940, première édition en volume en 1946, édition révisée en 1951.
Éditions J'ai lu, SF n° 381.

Johnny Cross est un jeune Slan, un de ces mutants que les hommes, pourtant responsables de leur création, pourchassent désormais sans pitié. Car les Slans surclassent les humains ordinaires : ils sont télépathes, possèdent deux cœurs, et sont d'une indéniable supériorité à la fois physique et mentale. Sa mère assassinée par les sbires de John Petty, chef de la police secrète, Johnny Cross trouve refuge auprès du dictateur de la planète, Kier Gray, un Slan se faisant passer pour humain et auprès duquel vit déjà une jeune Slan.

---

par la science officielle. Ses thèses ont inspiré nombre d'auteurs de science-fiction, et sous-tendent une part importante de la recherche ufologique.

Révélations en cascade, excellence de la construction, style nerveux au service d'une action rapide, font du roman *À la poursuite des Slans* une œuvre parfaitement réussie. Teintée d'un charme un peu désuet, il reste parfaitement lisible aujourd'hui. Attention : la révélation finale éclaire tout le récit. Surtout, ne pas lire les dernières pages avant leur heure !

1940-1964 – Isaac ASIMOV, *Le Livre des robots*

Les Robots (*I, Robot*, 1950), Éditions J'ai lu, SF n° 453.

Un défilé de robots (*The Rest of the Robots*, 1964), Éditions J'ai lu, SF n° 542.

Loi n° 1 : Un robot ne peut blesser un être humain ou, par son inaction, permettre qu'un être humain soit blessé.

Loi n° 2 : Un robot doit obéir aux ordres qui lui sont donnés par des êtres humains, sauf quand de tels ordres s'opposent à la Première Loi.

Loi n° 3 : Un robot doit protéger sa propre existence aussi longtemps qu'une telle protection ne s'oppose pas à la Première Loi ou à la Deuxième Loi.

Ainsi énoncées, les Trois Lois de la Robotique constituent le code éthique qui régit le comportement des robots envers l'homme. Elles ont été conceptualisées par John W. Campbell Jr., alors rédacteur en chef de *Astounding Stories*, et offertes à l'un de ses protégés, le jeune Isaac Asimov, pour qu'il en fasse bon usage.

Et bon usage il en fit.

Scientifique de formation, amateur de romans policiers autant que de science-fiction, Isaac Asimov n'eut de cesse d'imaginer les situations les plus tortueuses afin de « piéger » ses fameux robots positroniques, en jouant sur la complexité de l'âme humaine et les difficultés à comprendre les motivations d'autrui (en particulier pour un robot qui n'obéit qu'à la logique) ou sur les contradictions entre les Trois Lois, pourtant censées assurer un comportement en théorie parfait aux robots.

Ce qui vaudra une première série de dix-sept nouvelles, écrites à partir de 1941 – si l'on excepte un texte de 1940 par la suite modifié pour servir de prologue au cycle – et ultérieurement réunies dans deux recueils : *Les Robots* et *Un défilé de robots*.

Dans les années cinquante, Asimov écrivit deux bons romans policiers de science-fiction mettant en scène un tandem d'enquêteurs, l'humain Elijah Baley et le robot R. Daneel Olivaw : *Les Cavernes d'acier* (*The Caves of Steel*, 1954) et *Face aux feux du soleil* (*The Naked Sun*, 1957).

Enfin, dans les années quatre-vingt, Asimov entreprit de connecter l'univers des robots à celui de la Fondation, à travers plusieurs romans peu mémorables.

1941-1949 – Alfred Elton VAN VOGT,

Le Diptyque d'Isher

1. *Les Armureries d'Isher* (*The Weapon Shops of Isher*).

Fix-up de nouvelles parues à l'origine en 1941-1942 dans *Astounding SF* et 1949 dans *Thrilling Wonder Stories*, première édition en volume en 1951.

Éditions J'ai lu, SF n° 439.

2. *Les Fabricants d'armes* (*The Weapon Makers*).

Paru à l'origine dans *Astounding SF* en 1943, première édition en volume en 1947, édition révisée en 1952, nouvelle édition sous le titre *One Against Eternity* en 1955.

Éditions J'ai lu, SF n° 440.

L'immortel Robert Hedrock est le créateur secret de la Guilde des Armuriers, contre-pouvoir d'inspiration libertarienne à l'Empire dirigé par l'impératrice Innela. Mais il est également le fondateur de la dynastie d'Isher, et son premier empereur. Évidemment, toutes les factions en présence ont mis sa tête à prix…

Du pur Van Vogt, impossible à résumer pour cause de rebondissements incessants, d'intrigues parallèles, de véritable culte de la complexité. Une œuvre aux résonances cosmiques, fascinante autant qu'irritante, qui a les qualités de ses défauts mais qui reste représentative d'une certaine science-fiction complètement débridée.

Publié sous sa forme définitive en 1951-1952, ce diptyque, construit à partir d'une poignée de nouvelles parues à l'origine entre 1941 et 1949, représente l'illustration parfaite des techniques de recyclage prônées par l'auteur.

1942-1949 – Isaac ASIMOV, *La Trilogie de Fondation*

1. *Fondation* (*Foundation*, 1951), Éditions Denoël, Présence du futur n° 89 ; Éditions Gallimard, Folio science-fiction n° 1.

2. *Fondation et Empire (Foundation and Empire, 1952)*, Éditions Denoël, Présence du futur n° 92 ; Éditions Gallimard, Folio science-fiction n° 2.

3. *Seconde Fondation* (*Second Foundation*, 1953), Éditions Denoël, Présence du futur n° 94 ; Éditions Gallimard, Folio science-fiction n° 31.

L'humanité a quitté son berceau pour se répandre dans toute la galaxie, constituant peu à peu un colossal empire galactique regroupant des milliers de planètes, et dont la capitale est Trantor. Mais l'Empire est gangrené par la corruption et les intrigues, et menace de se désagréger. Sous la direction de Hari Seldon, un groupe de scientifiques refuse ce qui apparaît pourtant inéluctable : le retour à la barbarie.

Utilisant une science nouvelle dont il est l'inventeur, la psychohistoire ou étude prévisionnelle de l'Histoire par la Mathématique, Seldon conçoit un plan qui devra théoriquement permettre une résurgence de la civilisation après une période de barbarie circonscrite à « seulement » un millier d'années.

En une poignée de nouvelles écrites et publiées dans *Astounding SF* sur une période de huit années, Isaac Asimov retrace cette fantastique aventure humaine. Réunies en trois recueils entre 1951 et 1953, ces nouvelles constituent la *Trilogie de Fondation*, l'une des œuvres de science-fiction les plus célèbres, justement récompensée en 1966 par un prix Hugo spécial la consacrant « meilleure série de tous les temps ».

Trois romans indépendants, mineurs dans le contexte de l'époque mais d'une lecture plaisante, constituent une sorte de prélude à la *Trilogie* puisque situés dans le même univers, au début de l'expansion humaine : *Cailloux dans le ciel* (*Peebles in the Sky*, 1950), *Tyrann* (*Tyrann*, 1951) et *Les Courants de l'espace* (*The Space Currents*, 1952).

En revanche, les quatre volumes additionnels publiés entre 1982 et 1992 n'apportent que peu de choses à l'univers de la *Fondation*.

1943 – Fritz LEIBER, *À l'aube des ténèbres* (*Gather, Darkness !*)

Paru à l'origine dans *Astounding SF* en 1943, première édition en volume en 1950.
Éditions J'ai lu, SF n° 694.

D'un côté, il y a les disciples de Sathanas, le maître du mal ; de l'autre, les Anges, représentants de Dieu et surtout du Conseil suprême, avec pour porte-parole l'archiprêtre du Septième Cercle frère Goniface. Entre ces deux camps, la lutte fait rage à coups de miracles et de sorcellerie. Mais, contrairement à ce que l'on pourrait croire, les Anges n'ont d'angélique que le nom. Quant à la religion qu'ils servent, elle s'avère en réalité une forme redoutable d'opium du peuple, « inventée » à la fin de l'Âge d'or par des savants pour prévenir l'avènement de la barbarie. Les Satanistes, sorciers en tout genre et pratiquants de sciences plus ou moins occultes, incarnent la résistance contre un ordre totalitaire qui s'appuie sur cette religion fabriquée de toutes pièces et cautionnée par des miracles truqués.

Né en 1910, disparu en 1992 au terme d'une carrière et d'une vie bien remplies, Fritz Leiber est l'un des grands maîtres de la science-fiction et du fantastique. Diplômé en psychologie de l'université de Chicago, il devient lecteur dans une Église épiscopalienne avant de s'inscrire au Grand Séminaire de New York. Fils d'un couple d'acteurs shakespeariens, il se tourne vers le théâtre, enseigne l'art dramatique, s'essaie au journalisme scientifique avant de se décider pour le métier d'écrivain. Son œuvre est à l'image de sa vie : nourrie de ses nombreuses passions, la théologie n'étant pas la moindre. Leiber construit souvent ses textes sur l'intrusion d'un élément déstabilisateur dans le quotidien, puis il s'emploie à suivre le parcours d'un ou plusieurs personnages en interaction avec un environnement qui tarde à reprendre une position d'équilibre. Dans des genres différents, deux de ses chefs-d'œuvre illustrent cette technique : *Notre-Dame des Ténèbres*, dans le domaine du fantastique urbain, et *Le Vagabond* dans celui de la science-fiction. *À l'aube des ténèbres* participe à la fois des deux genres, tout en témoignant de l'intérêt de l'auteur pour ce qui touche à la théologie.

1943 – René BARJAVEL, *Le Voyageur imprudent*

Paru à l'origine dans *Je suis partout* en 1943. Première édition en volume en 1944, édition revue en 1958.

Éditions Gallimard, Folio n° 485.

Saint-Menoux est l'inventeur d'un scaphandre permettant de se déplacer dans le temps. À la manière du héros de *La Machine à voyager dans le temps* de H. G. Wells, il se rend dans un futur lointain pour visiter une humanité devenue totalement fonctionnelle : chaque individu est hautement spécialisé et dévolu à une seule occupation – on pense là au *Meilleur des mondes* d'Aldous Huxley. Ainsi, une Mère unique et gigantesque enfante par une multitude d'orifices des êtres qui ne méritent que d'assez loin la qualité d'êtres humains. Après le lointain futur, le proche passé.

Saint-Menoux se propose de tenter une expérience : que se passerait-il s'il se rendait au siège de Toulon pour tuer le jeune lieutenant Bonaparte ? Malheureusement pour le voyageur du temps, un homme s'interpose et meurt à la place du futur Empereur ; comme cet homme est l'aïeul de Saint-Menoux, ce dernier n'existe pas…

Né en 1911, René Barjavel est le premier représentant de ce que l'on peut considérer être la science-fiction française « moderne ». Il s'inscrit dans la continuité des divers écrivains d'anticipation de la première moitié du XXe siècle : les populistes des collections Tallandier ou Ferenczi ; les littéraires de *Je sais tout* et de *Lectures pour tous* ; les francs-tireurs splendides comme Maurice Renard, Théo Varlet ou Jacques Spitz… eux-mêmes ayant pris la relève des feuilletonistes archaïques du *Journal des voyages*, des auteurs verniens et post-verniens de la seconde moitié du XIXe siècle comme X. Nagrien, Albert Robida, Paul d'Ivoi, André Laurie, J. H. Rosny aîné…

René Barjavel apparaît en même temps que B. R. Bruss (*Et la planète sauta*…, 1946) – au moment où Jacques Spitz, l'un des ténors de la décennie précédente, publie son dernier livre (*L'Œil du purgatoire*, 1945).

Le Voyageur imprudent est souvent présenté comme la première œuvre ayant théorisé le paradoxe temporel. Le voyageur tue son ancêtre et cesse d'exister. Donc il ne voyage pas dans le temps et ne tue pas son ancêtre. Donc il existe et invente le voyage dans le temps. Donc il…

En réalité, Barjavel est passé à côté de cette conclusion pendant une quinzaine d'années. C'est en effet dans la réédition de 1958 – effectuée dans le cadre d'une collection spécialisée, Présence du futur, alors que l'ouvrage avait jusque-là été édité hors genre – que le post-scriptum bien connu est ajouté au texte original. Soit à une époque où la science-fiction américaine et ses motifs classiques avaient déjà largement investi le marché français.

1943 – Curt SIODMAK, *Le Cerveau du nabab* (*Donovan's Brain*)
Éditions Gallimard, Carré noir n° 515.

Dans l'isolement de Washington Junction, Arizona, le docteur Patrick Cory se livre sur des singes à des expériences visant à assurer la survie d'un cerveau, une fois séparé du corps. L'écrasement d'un petit avion de tourisme dans les proches Sivake Mountains va lui permettre de donner une autre dimension à ses travaux. L'une des victimes est en effet Warren Horace Donovan, l'un des hommes les plus riches et importants des États-Unis. Trop grièvement blessé, celui-ci meurt avant d'être transporté à l'hôpital de Phoenix. Mais aidé par son épouse Janice et par le docteur Schratt, un collègue alcoolique, Cory a eu le temps de prélever le cerveau de Donovan. Une communication s'établit peu à peu entre le cerveau assisté par un appareillage complexe et le responsable de cette expérience monstrueuse. Mais le monstre est-il bien celui que l'on croit ?

Rédigé à la première personne, avec un point de vue unique, *Le Cerveau du nabab* se présente sous la forme du journal d'une expérience, tenu pendant neuf mois. Des dialogues y sont rapportés, mêlés à des commentaires, réflexions et monologues intérieurs. « Je tâtonnais dans le couloir obscur qu'est la science », affirme ainsi le narrateur dont le nom – forme oblige – n'est révélé au lecteur qu'après une trentaine de pages par le biais d'un dialogue rapporté, alors que l'intrigue est déjà installée.

Cette œuvre originale a été adaptée au cinéma à quatre reprises. En 1944, George Sherman réalise *The Lady and the Monster*, avec le fort inquiétant Erich von Stroheim dans le rôle du scientifique pervers et obsédé. En 1953, Felix Feist réalise *Donovan's Brain*, dans lequel on retrouve pour le rôle féminin principal la future Mme Reagan. En 1963, Freddie Francis réalise *Ein Toter sucht seiner Mörder*, une coproduction ouest-allemande et britannique, également exploitée sous les titres *The Brain* et *Vengeance*. Enfin, Carl Reiner réalise en 1983 une parodie sous le titre *The Man with Two Brains*.

Né en 1902, Curt Siodmak est, avec près de vingt romans publiés, un écrivain et un scénariste reconnu lorsqu'il quitte l'Allemagne nazie en 1937 pour s'installer à Hollywood. Son nom sera associé à plus de cinquante films, dont *Les soucoupes volantes attaquent* (*Earth versus Flying Saucers*, 1956) et *Le Monstre magnétique* (*The Magnetic Monster, 1953)*.

1944-1951 – Clifford D. SIMAK, *Demain les chiens* (*City*)
Collage de nouvelles publiées à l'origine entre 1944 et 1951.
Éditions J'ai lu, SF n° 373.

Des expériences conduites au XXIIIe siècle sur des chiens dans l'espoir de les doter d'une forme d'intelligence ont été couronnées de succès. Au point que les descendants de ces premiers chiens « modifiés » constituent, dans ce futur lointain de douze mille ans, l'espèce dominante de la planète Terre. Assistés par les robots, les chiens ont instauré une fraternité animale utopique. De son côté, l'humanité déclinante, ayant perdu ses valeurs, a choisi l'effacement sous la forme d'une émigration massive vers Jupiter – au prix d'une métamorphose biologique radicale pour s'adapter à ce nouveau milieu. Les chiens ont donc reçu la Terre en héritage.

Seuls Jenkins, le robot concierge, et une poignée de descendants de Webster, le scientifique à l'origine de la transformation des chiens, sont restés sur la planète mère.

Mais un ennemi menace ce monde bucolique : les fourmis. Parce qu'elles ont en commun avec l'homme la soif de conquête, l'usage de la violence, la destruction de ce qui ne leur ressemble pas, elles s'emploient à conquérir le monde en substituant leur propre société aux ruines de la civilisation humaine. Un mutant, Joe, travaillera à l'aventure d'un passage vers un monde parallèle où pourront se réfugier les chiens et leurs alliés.

Le soir désormais, autour des feux, des conteurs disent aux chiots les légendes de l'Homme.

Constitué de récits initialement parus entre 1944 et 1951 (et d'un court épilogue paru en 1973), *Demain les chiens* est un des incontestables chefs-d'œuvre de la science-fiction.

Cette chronique nostalgique de la fin de l'humanité constitue une brillante réflexion philosophique sur l'agressivité et l'usage de la violence. Consubstantielles à l'humain, ces « valeurs » sont-elles indispensables pour qu'une civilisation puisse apparaître ? En somme, doit-on penser, à l'instar du philosophe Edgar Morin, que la sapience puise ses racines dans la démence ? Ou peut-on envisager une civilisation (alors non humaine ?) totalement non agressive ?

À sa manière, *Demain les chiens* propose des éléments de réponse.

1945-1949 – Alfred Elton VAN VOGT,

Le Diptyque du Non-A

1. *Le Monde du Non-A*(*The World of Ã*).

Paru à l'origine dans *Astounding SF* en 1945, version révisée sous le titre *The World of Ã* en 1948. (Première traduction française sous le titre *Le Monde des Ã*, 1953, nouvelle édition sous le titre *Le Monde des Non-A*, 1966.)

Version révisée sous le titre *The World of Null-A* en 1969.

Traduction française sous le titre *Le Monde des Ã*, Éditions J'ai lu, SF n° *362*.

2. *Les Joueurs du Non-A* (*The Players of Ã*).

Paru à l'origine dans *Astounding SF* en 1948-1949, première édition en volume sous le titre *The Pawns of Null-A* en 1956.

(Première traduction française sous le titre *Les Aventures de Ã*, 1957, nouvelle édition sous le titre *Les Joueurs du Non-A*, 1966.)

Nouvelle édition sous le titre *The Players of Null-A* en 1966.

Traduction française sous le titre *Les Joueurs du Ã*, Éditions J'ai lu, SF n° 397.

À la recherche de sa propre identité, Gilbert Gosseyn (*go sane* : « celui qui va sain d'esprit ») est un surhomme doté d'un cerveau additionnel. Renaissant sans cesse, il possède toutes les facultés et toutes les qualités, sauf, hélas, le sens de l'humour…

Sans doute l'œuvre de Van Vogt la plus connue en France où sa publication en 1953, dans une traduction de Boris Vian, s'est accompagnée d'articles parfois extravagants. Il est vrai que l'auteur prétendait illustrer avec ce roman les théories du mathématicien Alfred Korzybski (1879-1950), qui, dans les années trente, fonda l'Institut de sémantique générale. Tout ce que Paris comptait d'intellectuels en mal d'admiration plus ou moins justifiée se rua donc dans la brèche.

Le roman avait, à l'époque, incontestablement de quoi surprendre. Sur fond d'Empire galactique, on y voyageait allégrement dans l'espace en se jouant de la relativité – grâce à la technique de la similarisation – et on y croisait des mutants et des surhommes... alors même que l'auteur y proposait une réflexion philosophique sur la notion de surhumanité.

Avec le recul, force est de constater que le diptyque d'origine reste une œuvre déroutante mais follement exaltante, pour peu qu'on accepte de jouer le jeu. À noter que Van Vogt, comme tant d'autres, a cédé dans les années quatre-vingt au syndrome d'une suite aisément dispensable.

Récemment décédé dans un oubli presque total, Van Vogt a été, avant Philip K. Dick, l'écrivain de science-fiction nord-américain (il était d'origine canadienne) le plus célébré en France, en grande partie grâce à l'inlassable travail éditorial de Jacques Sadoul et des Éditions J'ai lu. Très inégale, éditée sans grand discernement jusqu'au moindre fond de tiroir et dans des traductions souvent hâtives, l'œuvre de Van Vogt est aujourd'hui globalement contestée – ce qui est une autre forme de manque de discernement.

1946 – Ray BRADBURY, « Le Pique-nique d'un million d'années » [*Les Chroniques martiennes*] Éditions Denoël, Présence du futur n° 1.

Une famille de colons originaires de la Terre part pique-niquer au bord d'un canal martien. Çà et là s'élèvent quelques ruines témoignant de l'existence, en des temps infiniment reculés, d'une brillante civilisation sur Mars. Lorsque les enfants rappellent à leur père sa promesse de leur montrer des Martiens, il les invite à observer leur propre reflet dans l'eau. « Les voilà ! », dit-il. Car il sait que la Terre vient d'être détruite par un holocauste nucléaire…

Publiée dans *Planet Stories* au cours de l'été 1946, « Le Pique-nique d'un million d'années » est la première nouvelle de ce qui, peu à peu, va former les fameuses *Chroniques martiennes.* Ray Bradbury ayant commencé par écrire la fin, ce texte sera placé en conclusion du recueil publié en 1950.

Best seller de la science-fiction, étudiées par des générations d'écoliers studieux, adaptées de nombreuses fois à la télévision et en bande dessinée, *Les Chroniques martiennes* symbolisent à elles seules la science-fiction classique. Pourtant, le ton très poétique de Bradbury, ses condamnations sans appel de la science et de la technologie, son rejet global de la notion de progrès en font un écrivain en total décalage avec les fusées boulonnées et monstres aux yeux pédonculés du *space opera* traditionnel, publié à la même époque dans le même magazine !

1946 – Will F. JENKINS, « Un Logique nommé Joe » (« A Logic named Joe »)
Parution originale dans *Astounding SF*, mars 1946.
Traduction et publication, sous le nom de Murray LEINSTER, dans *Demain les Puces*, anthologie de Patrice Duvic, Éditions Denoël, Présence du futur n° 421, 1986, réédition au sommaire modifié en 1996.

Soit un circuit Carson capable de sélectionner n'importe quel circuit parmi des dizaines de millions, intégré dans le montage réservoir-intégrateur, auquel on ajoute un écran image pour en améliorer l'efficacité : on obtient un Logique.

« Ça ressemble à un récepteur d'images, seulement il y a des touches au lieu de cadrans et vous pianotez pour avoir ce que vous voulez. L'appareil est raccordé au réservoir de données. »

Votre Logique compose à votre place n'importe quel numéro de téléphone, il tient votre comptabilité, diffuse des stations de radio et de télévision, permet d'accéder à toutes sortes de services comme la météo, les infos, les résultats des courses..., il peut chercher pour vous n'importe quel renseignement partout dans le monde : « Il est branché sur le réservoir de tous les autres pays et vous n'avez qu'à pianoter pour obtenir tout ce que vous voulez savoir, voir ou entendre. »

Et le narrateur de constater à propos des Logiques : « Ils ont changé la civilisation. »

Il est amusant de recenser ce que la science-fiction n'a pas prévu… les évidences à côté desquelles ses auteurs sont passés.

Une réponse immédiate serait sans doute la micro-informatique, ou plutôt la rapidité et la facilité avec lesquelles celle-ci a bouleversé nos habitudes et réorienté notre civilisation, faisant de la détention de l'information une valeur majeure.

Car il est vrai que l'on s'est longtemps promené entre les étoiles à des vitesses supraluminiques, justifiées par des théories scientifiques oscillant entre avant-garde et extravagance, une main posée sur le manche à balai de l'hyperpropulseur et l'autre sur la règle à calcul (quand ce n'est pas sur le boulier chinois).

Comme le remarque avec finesse Gérard Klein (*Interface 2*, *Demain les puces*, 1986), c'est peut-être parce qu'« un thème ne peut être pris en compte par la science-fiction que s'il a une valeur métaphorique […]. Le voyage dans le temps est une métaphore de la révolution sociale sans heurt […]. Le robot est une métaphore de l'esclave ou du moins du domestique idéal. Le calculateur mécanique n'a guère de valeur métaphorique au départ sauf comme représentation de Dieu, du diable, ou d'un univers physique mécaniquement agencé, inhumain [...]. Ce n'est que lorsqu'il peut servir de métaphore du totalitarisme envahissant, monstre froid minutieux, qu'il trouve sa place. Enfin le micro-ordinateur n'a pu encore véritablement trouver son signifié, d'où l'absence, puis la rareté de son exploitation littéraire. »

D'où la présence bienvenue au sommaire de l'anthologie de Patrice Duvic, *Demain les puces*, de cette étonnante nouvelle de Will F. Jenkins, alias Murray Leinster, publiée en 1946 – année même de la mise en service du premier calculateur électronique réellement efficace, ENIAC (qui occupait un bâtiment de plusieurs étages !), alors même que la télévision en était à ses balbutiements.

À son propos, Gérard Klein note : « Remplacez, dans cette nouvelle vraiment prophétique, Logique par micro-ordinateur et vous commencez à vous demander si Leinster n'avait pas jeté un regard sur notre monde. »

Quinze ans plus tard, il apparaît que le texte de Leinster s'avère encore plus prophétique que Klein ne le soupçonnait. Car si l'on y trouve bien la première description d'un micro-ordinateur et l'évocation de quelques-unes de ses possibilités, on y trouve aussi et surtout... Internet ! Services de maintenance, filtres et mots de passe, fournisseurs d'accès, moteurs de recherche, webcam, e-mail... tout est dans cette nouvelle décidément bien étonnante !

Le seul motif qui relève encore de la science-fiction est celui de l'intelligence artificielle. Pour combien de temps ?

1948 – Jack WILLIAMSON, *Les Humanoïdes*
Parution à l'origine sous le titre *And Searching Mind* dans *Astounding SF* en 1948, première édition en volume sous le titre *The Humanoids* en 1949.
Le Livre de poche, SF n° 7003 ; Pocket, SF n° 5284.

Les Humanoïdes sont des robots parfaits sous tous rapports, conçus pour protéger les humains de toute agression. Intelligents, indestructibles et infaillibles, ils sont les serviteurs les plus zélés que l'homme ait jamais possédés. Leur unique mot d'ordre n'est-il pas : « Servir, obéir et protéger l'homme de tout danger » ? Pourtant, à la longue, les Humanoïdes s'avèrent peut-être un peu *trop* zélés…

C'est en tout cas l'opinion du docteur Forester. Avec quelques amis, il entre en résistance contre ces robots qui, prenant leur rôle au pied de la lettre, interdisent à l'homme toute initiative et le privent de sa liberté individuelle. Dans un monde désormais sans risque et donc sans saveur, les hommes se retrouvent condamnés à un ennui mortel et au bonheur artificiel provoqué par l'usage de drogue.

Traduit dès 1950, le premier roman de science-fiction américaine contemporaine à avoir franchi l'Atlantique, *Les Humanoïdes* est également le premier à avoir affiché en couverture, dans l'intitulé de sa collection, le label « science-fiction ».

Dans un style qui est celui de l'époque et qui demande un peu d'indulgence de la part du lecteur d'aujourd'hui, cette intéressante « histoire de robots » pose le problème du difficile équilibre entre les choix individuels (liberté et prise de risque) et collectifs (sécurité).

1949 – Fredric BROWN, *L'Univers en folie* (*What Mad Universe*)
Éditions Denoël, Présence du futur n° 120.

L'écrasement de la première fusée lunaire le 10 juin 1954 désintègre littéralement Keith Winton, rédacteur en chef de la revue de science-fiction *Aventures extraordinaires*. En réalité, l'explosion l'a projeté dans un monde parallèle qui s'avère la parfaite illustration des idées les plus délirantes des auteurs qu'il publie. Qu'on en juge : on voyage dans l'espace depuis 1903 (à la suite de la découverte fortuite d'un procédé propulsif lors de la réparation d'une machine à coudre), les Terriens sont en lutte avec les Arcturiens, les filles sont toutes magnifiques et dotées d'une remarquable capacité pulmonaire mise en valeur par des soutiens-gorge transparents, les monstres sont vraiment monstrueux, etc.

En somme, le monde dans lequel le malheureux Winton a atterri est à l'image des couvertures des pulps les plus fous du premier Âge d'or : *Thrilling Wonder Stories* et ses monstres aux yeux pédonculés ou *Planet Stories* et ses Amazones de l'espace dénudées ! Cela pourrait avoir de bons côtés… si Winton n'était pas pris pour un espion arcturien. Et surtout si son appartement n'était occupé (et sa fiancée prise en main) par son « double » dans cet univers. Et puis parfois on cesse vraiment de rigoler, en particulier lorsque les aveugles envahissent les rues, à la tombée de la nuit.…

Chef-d'œuvre de Fredric Brown, *L'Univers en folie* est un roman déconcertant, à l'humour ravageur et incessant, en même temps qu'un formidable hommage à la science-fiction des années trente et quarante. En cela, il annonce tout un courant littéraire postmoderne à venir, pratiquant la distanciation et jouant sur les codes et les références internes au genre. Dan Simmons fera la même chose avec *Hypérion* quarante ans plus tard, avec une érudition comparable, mais avec l'humour en moins…

1949 – George ORWELL, *1984* (*1984*)
Éditions Gallimard, Folio n° 822.

Dans un futur proche, le moindre aspect de la vie des citoyens est régi par un ensemble de règlements supposés garantir la perfection absolue de la société humaine.

Big Brother is Watching You ! Organisation politique unique, distribution rationnelle des biens, planification de la vie amoureuse, mise en conformité de l'Histoire par réécriture permanente, personnalisation des pouvoirs en la personne de Big Brother, emploi systématique des télécrans à des fins de surveillance, utilisation d'un nouveau langage, la Novlangue, comme véhicule d'une pensée unique garantie correcte… sont quelques-unes des icônes popularisées (et parfois inventées) par cette œuvre d'une force peu commune et d'une désespérante clairvoyance.

Né en 1903 aux Indes où son père était fonctionnaire, George Orwell connaîtra une vie aventureuse et tumultueuse. Engagé dans les Brigades internationales pendant la guerre d'Espagne où il fut blessé, militant socialiste convaincu et comme tel farouchement antistalinien, il se partage à son retour en Angleterre entre la critique littéraire et l'écriture de romans – dont *La Ferme des animaux* (1945), qui relève également de la science-fiction.

En 1949, alors que le monde vient de payer le prix fort pour contrer le nazisme et qu'un nouveau totalitarisme est déjà en marche, Orwell signe avec *1984* l'une des œuvres de science-fiction les plus connues du grand public. À la fois un énergique pamphlet politique et une brillante réflexion philosophique, *1984* reste à ce jour la quatrième grande dystopie (ou contre-utopie) de ce siècle, après

Nous autres (écrit en 1920) d'Eugène Zamiatine, *Le Meilleur des mondes* (1932) d'Aldous Huxley et *La Kallocaïne* (1940) de Karin Boye.

George Orwell est mort en 1950.

1950 – Jean-Marie-Amédée PAROUTAUD,
La Ville incertaine
Éditions le Dilettante, 1997.

Pour échapper à une condamnation à mort, Ranède, le narrateur de ce court récit, passe la frontière. Il parvient bientôt dans une ville inconnue, dissimulée semble-t-il au cœur d'une aberration topologique où rien n'obéit à la logique ordinaire. La Loi s'y modifie sans cesse, sans préavis ni délai de grâce. Ainsi, à tout moment, tout citoyen peut se trouver en infraction avec une loi venant d'être édictée – son sort alors est peu enviable. Le plus étonnant, peut-être, réside dans la totale indifférence des habitants de cette ville. Non qu'ils soient résignés : la révolte ne saurait les concerner davantage que l'acceptation. Les choses sont ainsi, voilà tout. Ranède rencontre d'étonnants personnages : vicieux, cruels, amoureux, aimables, indifférents… mais toujours subtilement *autres*. Le narrateur finit par quitter la ville incertaine – non sans y avoir commis un autre crime : acte que nul ne lui reproche puisque, ce jour-là, nulle loi n'interdit d'éliminer son prochain. Ayant réintégré notre continuum, Ranède doit affronter son destin.

Né en 1912 à Limoges, Jean-Marie-Amédée Paroutaud commence à publier des nouvelles en 1941 dans la revue *Confluences*. L'année suivante, il publie un premier roman, *Les Enfants sur le rail*, suivi en 1945 du recueil *Parpaillote*, aux Éditions Robert Laffont. Lié à cette maison par un contrat d'exclusivité de cinq ans, Paroutaud doit patienter jusqu'en 1950 pour que paraisse, chez Robert Marin, son second roman écrit dès 1944 et qui reste aujourd'hui son œuvre la plus connue : *La Ville incertaine*. En dépit du soutien enthousiaste de plusieurs critiques comme Robert Margerit et du battage organisé par André Breton, toujours prompt à défendre les œuvres originales et inclassables, *La Ville incertaine* est un échec commercial.

Édité dans un autre contexte, ce roman d'une étonnante modernité aurait sans doute pu devenir l'œuvre fondatrice d'une fiction spéculative à la française. Avec le recul, il apparaît tentant d'y voir une œuvre annonciatrice de ce courant majeur de la littérature du XXe siècle qu'est le Réalisme Magique, auquel les écrivains sud-américains ont donné ses lettres de noblesse.

Jean-Marie-Amédée Paroutaud est mort à Limoges en 1978.

1950-1962 – James BLISH, *La Tétralogie des Villes nomades* (*Cities in Flight*)

1. *Aux hommes les étoiles* (*They Shall Have Stars*, 1956), Éditions Denoël, Présence du futur n° 80.

2. *Villes nomades* (*A Life for the Stars*, 1962), Éditions Denoël, Présence du futur n° 99.
3. *La Terre est une idée* (*Earthman, Come Home*, 1955), Éditions Denoël, Présence du futur n° 103.
4. *Un coup de cymbales* (*A Clash of Cymbals*, 1958), Éditions Denoël, Présence du futur n° 106.

En ce début de troisième millénaire, la maîtrise de la gravitation a permis de libérer des villes immenses de l'attraction terrestre, et de les transformer, recouvertes par un dôme protecteur, en de colossaux vaisseaux de l'espace.

S'étendant sur deux millénaires, l'immense saga des *Villes nomades* – dont la première nouvelle, « Okie », est parue en 1950 dans *Astounding SF* – constitue l'une des grandes réussites du *space opera* en même temps que le chef-d'œuvre de l'écrivain américain James Blish (1921-1975), également connu pour ses romans de la série *Star Trek* et ses essais brillants publiés sous le pseudonyme de William Atheling Jr.

Éditée en quatre volumes entre 1955 et 1962, la saga des *Villes nomades* est construite à partir d'une série de nouvelles et de courts romans, à l'instar de la *Trilogie de Fondation* d'Isaac Asimov et de l'*Histoire du futur* de Robert Heinlein. Au même titre que celles-ci, elle constitue une impressionnante fresque des temps futurs.

1951 – John WYNDHAM, *Les Triffides* (*The Day of the Triffids*) Éditions Opta, Anti-Mondes n° 15.

Une pluie de météorites vertes s'abat sur la Terre, causant la cécité de la majeure partie de l'humanité. Cela rend pour le moins difficile le combat contre un redoutable envahisseur venu de l'espace : les Triffides, des organismes végétaux intelligents, hauts de plusieurs mètres et capables de se déplacer.

Les Triffides traquent impitoyablement les humains et font la conquête, sans coup férir, de la presque totalité de la planète. Seuls quelques foyers de résistance subsistent sur des îles isolées, préparant une hypothétique reconquête.

Né en 1903, John Wyndham Parkes Lucas Beynon Harris (*sic*) profita de son patronyme à rallonge pour se concocter divers pseudonymes – John Beynon, John Beynon Harris, Wyndham Parkes, Lucas Parkes et Johnson Harris... – sous lesquels il publia, à partir de 1931, des textes de science-fiction dans l'ensemble peu mémorables. Après guerre, sous le nom de John Wyndham, c'est un nouvel auteur qui émerge, proposant des récits à la tonalité toujours classique mais profondément humains et dans un style très littéraire.

Avec des romans comme *Les Triffides* (1951) ou *Le péril vient de la mer* (1953), John Wyndham s'inscrit dans une évidente filiation avec le H. G. Wells de *La Guerre des mondes* – un auteur aux côtés duquel Wyndham devient bientôt le principal représentant du genre chez l'éditeur très traditionnel Penguin – tout en annonçant le courant de science-fiction cataclysmique britannique, de *L'Hiver éternel* de John Christopher aux premiers romans de Jim G. Ballard.

Fasciné par les enfants dont le comportement est bien souvent « extraterrestre », Wyndham les mettra en scène dans plusieurs excellents romans comme *Les Chrysalides* (1955), *Les Coucous de Midwich* (1957) ou *Chocky* (1968), son dernier roman, dans un registre qui n'est pas sans faire écho à l'œuvre de Theodore Sturgeon ou aux *Chroniques du Peuple* de Zenna Henderson.

Mort en 1969, John Wyndham est une figure essentielle de la science-fiction des années cinquante, et probablement l'un des écrivains britanniques les plus importants de l'après-guerre.

1952 – Bernard WOLFE, *Limbo* (*Limbo*)
Le Livre de poche, SF n° 7020.

En 1972, une troisième guerre mondiale a ravagé la Terre. Après l'holocauste nucléaire, les carnets du docteur Martine, réfugié sur une île de l'océan Indien, sont devenus les fondements d'une nouvelle religion : l'Imob.

Afin d'éviter qu'une nouvelle guerre ne se déclare, les survivants ont accepté une mutilation volontaire des membres. Mais un nouveau conflit apparaît, entre les partisans du port de prothèses et ceux qui condamnent cette pratique jugée blasphématoire. En définitive, rien ne pourra empêcher le déclenchement d'une quatrième guerre mondiale.

Paru en 1952, *Limbo* est le long développement de « Self Portrait », une nouvelle publiée par Bernard Wolfe dans *Galaxy SF* en septembre 1951. À sa parution, le roman fut salué avec enthousiasme aussi bien par la critique littéraire que par le lectorat de la science-fiction.

Pour le critique britannique David Pringle, *Limbo* est « un livre extravagant, certainement l'un des plus beaux romans d'idées des années cinquante » – tandis que Jim G. Ballard se déclare « fasciné par l'intelligence et la lucidité » avec lesquelles Bernard Wolfe utilise le thème central de son roman.

Né en 1915, Bernard Wolfe fut tour à tour correspondant de guerre, garde du corps de Trotski, rédacteur en chef de *Mechanix Illustrated* (principal concurrent de l'édition d'origine du *Mécanique populaire* français), psychologue et journaliste. Une vie sans doute trop bien remplie pour consacrer à la science-fiction davantage que cet unique roman.

Bernard Wolfe est mort en 1985.

1952 – VERCORS, *Les Animaux dénaturés*
Éditions Albin Michel.
Le Livre de poche n° 210.

Tout a commencé par la découverte en Nouvelle-Guinée d'une espèce de primates inconnus baptisés

Paranthropus erectus. Ceux-ci ne sont plus tout à fait des singes sans être encore des hommes. S'agirait-il du fameux chaînon manquant ? Une trentaine de ces pithécanthropes sont expédiés pour étude au Muséum de Londres. Parmi eux, cinq femelles ont été fécondées par Douglas M. Templemore par insémination artificielle.

Au moment où débute ce récit, Templemore vient de prévenir les autorités du décès par injection de strychnine du premier des nouveau-nés, un petit être mi-homme mi-singe. Templemore s'accuse de ce qu'il considère être un crime. Mais son acte mérite-t-il ce qualificatif de « crime » ? Oui : l'enfant n'a-t-il pas été baptisé et inscrit à l'état civil sous le nom de Garry Ralph Templemore ? Non : le nouveau-né n'est pas humain comme en témoignent de nombreuses anomalies et différences physiques. La réponse à cette question s'avère fondamentale. Car si la notion de crime est reconnue, alors les sous-humains sont nos frères et doivent être protégés. En revanche, si Templemore s'est simplement rendu coupable de mauvais traitements à animal, les *Paranthropus erectus* semblent bel et bien condamnés à disparaître…

Né en 1902, Vercors, de son véritable nom Jean Bruller, est l'auteur de nombreux romans à succès dont *Le Silence de la mer* (1942), paru dans la clandestinité aux Éditions de Minuit, alors créées pour accueillir la Résistance littéraire.

Classique de la science-fiction francophone des années cinquante, *Les Animaux dénaturés* pose de manière brillante la problématique de l'humanité. Est-ce la culture, ou bien la génétique, qui « définit » l'humain ? La loi est-elle capable d'apporter une réponse satisfaisante à cette question fondamentale, au cœur des sciences de l'homme ? S'appuyant sur des récents travaux d'analyse génétique, les spécialistes s'accordent aujourd'hui pour considérer que les hommes de Neandertal et de Cro-Magnon constituent deux « races », dans le vrai sens du terme. L'hypothèse d'une fusion apparaît donc exclue : puisqu'il n'existe qu'une seule race humaine, la souche Neandertal a donc disparu sans descendance. Or, les hommes de Neandertal et de Cro-Magnon se sont côtoyés pendant plusieurs millénaires, se succédant parfois sur les même sites. Ils ont partagé de nombreuses pratiques culturelles, en particulier funéraires et artistiques. Deux races constituant une seule humanité, si l'on estime que la culture fait l'homme. Ou deux humanités, si l'on donne la prime à la génétique.

1952 – Alfred BESTER, *L'Homme démoli*
(*The Demolished Man*)
Parution à l'origine dans *Galaxy SF* en 1952,
édition en volume en 1953.
Éditions Denoël, Présence du futur n° 9.
Prix Hugo 1953.

En ce début du XXIVe siècle, la télépathie a rendu tout meurtre impossible. Dès le stade de sa simple intention, celui-ci est découvert et donc empêché par l'intervention des Extrapers, membres d'un corps de détectives télépathes et de sondeurs psychiques.

Malgré cela, Ben Reich, un homme à part dans ce monde très codifié, s'est rendu coupable d'assassinat. Le préfet Lincoln Powell, télépathe de première classe, se trouve confronté à une difficile question : comment Reich a-t-il échappé à la détection ? Le coupable démasqué, se pose un nouveau problème : comment faire respecter la loi tout en ne privant pas la société d'un individu aussi exceptionnel ? La réponse – la chute du roman – est à la hauteur des questions posées.

Roman révolutionnaire s'il en est pour la manière formelle avec laquelle Bester rend compte de l'utilisation de la télépathie, *L'Homme démoli*, avec ses étonnantes références à la psychanalyse, constitue l'une des plus grandes réussites fusionnelles entre la littérature policière et la science-fiction. Première tentative romanesque d'un auteur déjà remarqué par plusieurs de ses nouvelles, *L'Homme démoli* fut justement récompensé en 1953 par le premier prix Hugo, décerné depuis chaque année lors de la Convention mondiale de la science-fiction et considéré comme la plus haute distinction littéraire dans le genre.

1952 – Ward MOORE, *Autant en emporte le temps* (*Bring the Jubilee*)

Parution originale dans *The Magazine of Fantasy and Science Fiction*, 1952, version augmentée en volume en 1953.

Éditions Denoël, Présence du futur n° 229 (nouvelle édition comportant un dossier pédagogique, 2000).

Juin 1863 : à la tête d'une armée de la Confédération, le général Lee envahit la Pennsylvanie. Le 4 juillet, se déroule la bataille de Gettysburg. La victoire des Confédérés est décisive. Même si la guerre se poursuit encore pendant un an, les dés sont jetés : le Sud a gagné la guerre de Sécession...

Né en 1921, le narrateur a grandi dans un petit village de l'Union, un pays pauvre sous la domination économique de la Confédération des États du Sud.

Exilé volontaire à New York, il entame un long parcours initiatique qui le fait peu à peu passer à l'âge adulte. Il accumule les expériences, se cultive, étudie... et finit, en 1944, par être admis à Haggershaven, une communauté scientifique campagnarde autonome, à la fois université informelle et utopie technologique où des recherches d'avant-garde sont menées dans tous les domaines de la connaissance. Le projet le plus étonnant s'avère celui du HX-1, un dispositif devant permettre d'envoyer un homme dans le passé.

Historien par goût et autodidacte, le narrateur n'a qu'une envie : utiliser le HX-1 afin d'aller observer par lui-même ce qui est considéré par tous comme le tournant décisif de la guerre d'Indépendance des États du Sud, la bataille de Gettysburg...

L'observateur modifie forcément l'objet de son observation. *Autant en emporte le temps* constitue un parfait exemple de ce constat. Parce qu'il se prend les pieds dans les fils de l'Histoire, le narrateur modifie le passé et induit une nouvelle réalité dans laquelle le Nord, et non le Sud, a gagné la guerre de Sécession. Son univers d'origine disparaît donc – ou au moins devient inaccessible au « voyageur imprudent », si l'on estime que des mondes parallèles ou divergents peuvent coexister dans un espace-temps dont la complexité structurelle dépasse notre entendement.

Contrairement à ce qui est souvent affirmé, *Autant en emporte le temps* n'est pas une uchronie dans laquelle le Sud aurait gagné la guerre à la suite d'un changement militaire à Gettysburg. Il s'agit bien davantage d'un *autre* univers, comme le démontre un relevé rigoureux de petits détails semés çà et là par l'auteur, quant à la situation internationale avant la fameuse bataille. En somme, du point de vue du narrateur, notre univers n'est pas né d'un embranchement historique (Gettysburg) mais relève plutôt d'une réalité alternative (un parallèle historique).

1952 – SARBAN, *Le Son du cor* (*Sound of His Horn*)
Le Livre de poche, SF n° 7028.

Échappé d'un camp allemand, un prisonnier se trouve projeté dans le proche futur d'un univers parallèle où les nazis ont gagné la guerre. Le sport préféré des Seigneurs du Troisième Reich triomphant est la chasse à courre – mais dans la version des *Chasses du comte Zaroff*, c'est-à-dire avec des hommes pour gibier.

Né en 1910 et mort en 1989, Sarban aurait publié, selon l'historien Stan Barets, plusieurs recueils de fantastique traditionnel, quoique teinté d'un orientalisme proche des *Mille et Une Nuits*, sous son véritable nom de John Wall ou John W. Hall, selon les sources. Aussi malsain que brillant, *Le Son du cor* semble l'unique mais très remarquée incursion dans la science-fiction d'un écrivain étonnamment élusif…

1952 – Cyril M. KORNBLUTH et Frederik POHL,
Planète à gogos (*The Space Merchants*)
Parution à l'origine sous le titre *Gravy Planet* dans la revue *Galaxy SF* en 1952, parution en volume en 1953.
Éditions Denoël, Présence du futur n° 134 (trois chapitres inédits dans le fanzine *A & A* n° 100/101, 1986).

Au XXIe siècle, le mode de vie « à l'américaine » s'est imposé sur toute la planète, dans sa version la plus radicale. L'homme se voit réduit au simple statut de consommateur, assailli en permanence par des messages publicitaires auxquels il est impossible d'échapper. Le monde est devenu un immense temple à la gloire du dieu Consommation, un hypermarché effroyablement pollué et surpeuplé par une humanité abrutie.

Certains voudraient bien revenir à un mode de vie plus humain et une résistance s'organise autour du Parti conservateur (*sic*) – mais celui-ci est bientôt mis hors la loi.

Dans ce contexte, Mitchell Courtnay, un publiciste renommé, se retrouve à la tête d'un gigantesque projet de colonisation de la planète Vénus. Tous les moyens sont bons, assassinats et enlèvements inclus, dans la guerre qui éclate alors entre les diverses agences de publicité, dans le but de dominer le marché.

Courtnay l'apprend bientôt à ses dépens. Emprisonné, il parvient toutefois à s'évader du bagne où il pourrit. Tombé tout en bas de l'échelle sociale, il doit entamer un bien difficile parcours. Sa femme se révélant être l'une des principales responsables du mouvement Conser, un groupe d'écologistes de choc engagés dans une lutte à mort contre les agences de pub, Courtnay devient malgré lui un des champions de la cause naturelle. Les Consers finissent par s'emparer de la fusée à destination de Vénus et partent fonder une colonie dissidente.

Satire caustique et réjouissante, *Planète à gogos* s'avère d'une (malheureusement) grande lucidité. Rarement une œuvre de science-fiction aura été à ce point prédictive, avec une telle précision. Ce roman, typique de l'état d'esprit contestataire qui soufflait dans les pages de *Galaxy SF* au cours des années cinquante face à la revue plutôt conservatrice de John W. Campbell Jr., a exercé une influence majeure sur les écrivains engagés de la décennie suivante, comme Norman Spinrad ou John Brunner.

À noter que la fin du roman – les chapitres 20 à 22 dans la version originale publiée en magazine – n'a pas été conservée pour l'édition en volume, donnant à celle-ci une fin ouverte autorisant une éventuelle suite... qui fut écrite trente ans plus tard par le seul Frederik Pohl, son coauteur étant décédé entre-temps.

Rédacteur en chef inspiré (en particulier de *Galaxy SF* dans les années soixante), anthologiste fécond, agent littéraire réputé dur en affaires, Frederik Pohl (né en 1919) est une personnalité incontournable de l'édition de science-fiction américaine. Spécialiste des travaux en collaboration, il signe une vingtaine de romans avec Cyril M. Kornbluth, Lester del Rey ou Jack Williamson, avant d'entamer soudain une talentueuse carrière d'écrivain en solo, avec *La Grande Porte* (1977).

Écrivain précoce et fécond, Cyril M. Kornbluth (né en 1923) inonde le marché des pulps dès le début des années quarante, utilisant près d'une dizaine de pseudonymes et emplissant parfois à lui seul le sommaire de revues de science-fiction de second plan ! Après guerre, Kornbluth entame une seconde carrière en publiant des nouvelles très sombres et plusieurs romans en solo (*Le Syndic*, 1953, et *Ce n'est pas pour cette année*, 1956) ou en collaboration avec Judith Merrill (*L'Enfant de*

Mars et *Le Fusilier Cade*, tous deux en 1952) ou Frederik Pohl (*Planète à gogos*, 1953, *Les Sillons du ciel*, 1954, *L'Ère des gladiateurs*, 1955, *La Tribu des loups*, 1959).

Sa disparition à l'âge de trente-cinq ans, alors qu'il commençait à atteindre des sommets, a mis fin à une carrière déjà fort riche et qui s'annonçait brillante. Kornbluth était un auteur visionnaire, hélas quelque peu oublié aujourd'hui, sans doute éclipsé par la personnalité envahissante de son principal coauteur.

1952 – Zenna HENDERSON, « Les Rescapés » (« Ararat ») [*La Chronique du Peuple*, 1952-1968]

Parution originale dans *The Magazine of Fantasy and Science Fiction* (oct. 1952).

La Chronique du Peuple, Éditions J'ai lu, SF n° 1092.

Valency Carmody, une maîtresse d'école remerciée de tous ses précédents postes, finit par être envoyée dans un coin reculé des États-Unis où elle découvre des enfants quelque peu « particuliers ». Et pour cause : il s'agit de descendants d'extraterrestres dont le vaisseau s'est écrasé sur Terre, à la fin du XIXe siècle. Physiquement semblables aux hommes mais faisant preuve d'une réelle supériorité morale, par ailleurs dotés de facultés parapsychiques, les survivants se sont séparés en petits groupes peu après le naufrage. Depuis maintenant deux générations, ils survivent tant bien que mal dans des endroits perdus. Ils sont le « Peuple des Étoiles ». En acceptant de voir se développer les pouvoirs latents qui étaient les siens, Valency Carmody comprendra qu'elle fait elle aussi partie du Peuple.

« Les Rescapés » (« Ararat ») est le premier volet de la *Chronique du Peuple* de Zenna Henderson (1917-1983), l'une des œuvres les plus poignantes de la science-fiction du second Âge d'or : cinq autres nouvelles publiées entre 1954 et 1959 font suite à « Ararat ». Également nourries de l'expérience d'institutrice de leur auteur, elles mettent le plus souvent en scène des enfants à la manière de Theodore Sturgeon, sensibles et attachants, dotés de pouvoirs étonnants – telle Bethye la Sensitive qui ressent la souffrance d'autrui et la fait sienne dans « Les Isolés » (« Gilead »), tel le petit télékinésiste de « L'Enchaîné » (« Captivity »). L'ensemble forme un véritable *Livre de l'Exode* parallèle à celui de la Bible – ce que n'a pas perçu semble-t-il le traducteur français, qui a donné aux nouvelles des titres sans rapport avec les titres originaux...

Liées par l'ajout d'un personnage-narrateur extérieur, ces six nouvelles constituent la matière du roman-collage (*fix-up*) *Chronique du Peuple* (*Pilgrimage : The Book of the People*, 1961). On préférera toutefois les versions originales, sous forme de textes indépendants, dans les pages (jaunies) de la revue *Fiction* où elles furent publiées dans les années cinquante.

Cédant aux demandes pressantes d'un lectorat enthousiaste et nostalgique, Zenna Henderson publie six « chapitres » additionnels, toujours dans le *Magazine of Fantasy and Science Fiction*, entre 1961 et 1965. Ils seront regroupés en un recueil, *The People* : *No Different Flesh* (1966, inédit). Enfin, une treizième et ultime nouvelle est publiée en 1968, « The Indelible Kind », puis reprise en 1971 dans le recueil *Holding Wonder* (traduction française : *Les Enfants de la nuit*, Éditions Gérard, Marabout n° 584, 1976).

Si le motif de la présence secrète des extraterrestres sur notre planète – le fameux « Ils sont parmi nous ! » – est devenu l'un des pires clichés de la science-fiction, le ton très particulier de la *Chronique du Peuple* de Zenna Henderson, l'émotion qui se dégage de ces nouvelles (surtout les cinq premières), en font une œuvre à part, un peu naïve et sans doute pleine de bons sentiments, mais qui reste d'une incroyable et bienfaisante fraîcheur.

1953 – Fredric BROWN, *La Piste des étoiles*
(*The Lights in the Sky are Stars*)
Édition britannique sous le titre *Project Jupiter*, 1954.
Presses de la Cité, Superlights n° 19.

À l'aube du XXIe siècle, les forces les plus conservatrices de la société ont fini par imposer l'arrêt du programme d'exploration de l'espace. Parce qu'ils sont hantés par le rêve spatial, deux êtres se lancent alors dans un combat total. Ellen Gallagher n'hésitera pas à sacrifier sa vie pour la reprise du projet de vol habité à destination de Jupiter – tandis que son ami Max Andrews, un ancien pilote qui souhaite plus que tout au monde faire partie du voyage, se bat à la fois contre la bureaucratie et un ennemi personnel plus redoutable encore : l'alcool.

Second roman de science-fiction de Fredric Brown, *La Piste des étoiles* est une œuvre méconnue, au ton très juste et au propos très actuel.

1953 – Theodore STURGEON, *Les Plus qu'humains* (*More than Human*)
Éditions J'ai lu, SF n° 355.
International Fantasy Award, 1954.

Ils sont cinq : l'idiot du village, des jumelles capables de disparaître, une fillette douée de télékinésie et un bébé mongolien. Ils ne sont pas comme les autres. Chacun d'eux possède un don mais aussi une infirmité, une tare, une incapacité physique ou psychologique, en un mot, une différence. Séparés, ils sont incomplets et donc impuissants et vulnérables. Ensemble, ils constituent un *homogestalt* : une entité collective, complexe et supérieure, née de la mise en commun des talents et facultés parapsychiques de chacun de ses constituants. Un tout beaucoup plus puissant que la somme de ses parties. Là réside le secret de leur survie.

Construit en trois parties autour de la longue nouvelle « Baby is Three » (*Galaxy SF*, 1952), *Les Plus qu'humains* apparaît comme le livre le plus achevé de Theodore Sturgeon, en même temps qu'un des classiques de la littérature de ce siècle. Représentant l'humanité dans sa diversité, les enfants de Sturgeon font le choix de la coopération – puis celui de la fusion intellectuelle. Fonctionnant à la manière d'une parabole, ce splendide roman constitue un vibrant plaidoyer pour la nécessaire coopération entre les hommes. Pour Sturgeon, il ne fait aucun doute que l'avenir de l'humanité passe par le développement de ses capacités intellectuelles et psychiques. Un message clair et en permanence d'actualité.

1953 – Charles L. Harness, *La Rose* (*The Rose*)
Parution à l'origine dans *Authentic SF* en mars 1953.
Le Livre de poche, SF n° 7055.

Sur le plan humain, tout semble opposer la compositrice Anna van Tuyl et la scientifique Martha Jacques. Si ce n'est qu'à leur manière, avec leurs propres armes et suivant un itinéraire personnel, l'une et l'autre cherchent à atteindre la Connaissance. L'enjeu de cette double quête initiatique n'est pas anecdotique : il s'agit de rien de moins que la métamorphose de l'homme en un être supérieur…

Prépublié dans un magazine britannique mineur, ce court roman aurait pu passer inaperçu… une triste éventualité, car il pose l'une des questions philosophiques majeures de ce siècle : l'Art et la Science peuvent-ils être complémentaires ou sont-ils inévitablement amenés à s'affronter ?

Lors de sa sortie en librairie, *La Rose* a été salué par une critique enthousiaste et son auteur, l'écrivain américain Charles L. Harness, couvert d'éloges par la fine fleur de la science-fiction de l'époque. Malheureusement, cet auteur discret, né en 1915 et qui a commencé sa carrière dans *Astounding SF* en 1948 avec « Time Trap », une nouvelle devenue classique, apparaît quelque peu oublié dans les pays anglo-saxons. Il reste par ailleurs largement mésestimé en France – où l'on ne manque pourtant pas de clairvoyance, la plupart du temps, quant à l'appréciation des auteurs réellement importants. Seuls trois de ses romans ont été traduits : *La Rose* (1953), *Vol vers hier* (1955) et *L'Anneau de Ritornel* (1961).

1954 – Chad OLIVER, *Ombres sur le Soleil*
(*Shadows in the Sun*)
Éditions Denoël, Présence du futur n° 12.

Jefferson Springs, Texas, est une petite ville ordinaire de six mille âmes. Typique et sans histoire.

Désespérément ordinaire. Pourtant, l'anthropologue qui l'a prise pour sujet d'étude, Paul Ellery, commence à discerner des signes d'anormalité dans les coulisses de ce décor « trop » normal. Par exemple, aucun habitant n'habite ici depuis plus de quinze ans – ce qui signifie que la population de la ville a été entièrement renouvelée. Et puis : pourquoi n'y a-t-il aucune lumière dans les maisons, le soir venu ? Ou encore : où vont tous ces gens qui se rassemblent, et dans quel but ? Finalement accepté dans la communauté, Paul Ellery se verra même proposer d'en faire partie... paradoxalement, cela signifie pour lui l'abandon de tout ce qui a fait sa vie et ses amours jusque-là.

Les hommes ne sont pas condamnés pour l'éternité à une insupportable solitude : ils ne constituent pas la seule forme de vie intelligente et la rencontre avec les *Autres* apparaît inéluctable. La science-fiction ne cesse de l'affirmer. Les univers de Chad Oliver ne constituent pas une exception, mais au sein du déferlement d'extraterrestres aussi improbables qu'inconcevables nés de l'imagination de ses confrères, Oliver choisit avec force, et non sans de bons arguments, le camp d'un anthropomorphisme radical. Distance est prise avec la science-fiction des années cinquante dans l'affirmation selon laquelle, si l'homme de la Terre n'est effectivement pas seul, c'est la race humaine dans sa globalité qui est unique. Car s'il ne fait aucun doute que la galaxie contient des milliers de Soleils identiques au nôtre, que leurs cortèges planétaires recèlent des planètes semblables à la Terre, que la vie s'est développée sur ces autres mondes… il y a fort à parier que les êtres intelligents peuplant ces terres du ciel ne sont rien d'autre que des hommes.

« Lorsque l'homme évolue, il se multiplie. La natalité croît avec le degré de civilisation, et les planètes civilisées de la galaxie connaissaient le surpeuplement. Il avait fallu trouver des débouchés à cette population en expansion. »

Mais partout où la vie pouvait se développer, elle a commencé à le faire – toutes les planètes du type souhaité sont donc déjà habitées. Certes, toutes n'ont pas atteint le même degré de développement ni de peuplement ; sur certaines, il reste encore de la place.

La Terre est l'une de ces planètes. Pour résoudre le problème de la surpopulation, les extraterrestres vont donc utiliser (et amplifier) l'exode rural auquel sont confrontées de nombreuses petites villes installées au fin fond de nulle part. Vidées en douceur de leurs habitants d'origine, ces bourgades sont transformées en autant de colonies de peuplement. Bien entendu, si l'installation de ces colonies extraterrestres au cœur des États-Unis s'avère aussi facile, c'est tout bonnement parce que les colons, d'où qu'ils viennent, sont parfaitement humains.

L'idée-force qui sous-tend et justifie l'anthropomorphisme de l'œuvre de Chad Oliver se révèle d'une étonnante simplicité : sur chacune des planètes semblables à la Terre, la vie apparaît inéluctablement et, à quelques détails près, l'évolution suit le même cours.

1954 – Richard MATHESON, *Je suis une légende* (*I am Legend*)
Éditions Denoël, Présence du futur n° 10.

Un virus inconnu a décimé la population de la Terre. Les survivants ont développé une étrange mutation qui les conduit à adopter un comportement semblable à celui d'une créature que l'on croyait de légende : le vampire. La nuit venue, les hommes sortent de leur cachette pour hanter les ruines de la civilisation, à la recherche de sang, seule nourriture que leur organisme modifié est capable de métaboliser.

Un être humain a résisté au virus : Robert Neville. Traqué par les vampires, il est le dernier de sa race – celle des hommes de l'origine. Seul contre tous, son unicité et sa différence font qu'il est le monstre, alors que les vampires représentent désormais la norme – donc la normalité. Neville n'aura d'autre choix que de disparaître, entrant ainsi, du point de vue des descendants des vampires, dans la légende : celle de l'existence aux temps anciens d'une créature étrange vivant en plein jour, appelée homme.

Écrit du point de vue du dernier survivant, ce très impressionnant roman a le mérite de rationaliser en pure science-fiction un des motifs les plus célèbres de la littérature fantastique. Aux côtés des deux premiers romans d'Alfred Bester, *Terminus les étoiles* et *L'Homme démoli* – qui à la même époque proposaient un rapprochement très convaincant entre la science-fiction et le roman policier –, *Je suis une légende* est une des principales pierres fondatrices de l'Esthétique de la Fusion. En bousculant les frontières entre les ghettos des littératures dites de genre, celle-ci présidera, au cours des années quatre-vingt-dix, à l'émergence d'une nouvelle littérature fusionnelle qui explosera au tournant du millénaire.

1955 – Fredric BROWN, *Martiens, Go Home !* (*Martians, Go Home*)
Éditions Denoël, Présence du futur n° 17 ;
Éditions Gallimard, Folio science-fiction n° 6.

Ils sont parmi nous ! Et il y a vraiment de quoi devenir fou car les petits hommes verts ne se contentent pas d'envahir notre bonne vieille planète Terre : ils nous pourrissent la vie au quotidien. Ils sont partout. Ils voient tout. Ils entendent tout. Ils apparaissent aux moments les plus incongrus. Et surtout : ils ne se gênent pas pour « cafter » et dire tout haut ce que vous pensez tout bas. Bref, ça ne peut plus durer. D'où viennent-ils, au fait ? De Mars… ou du cerveau d'un écrivain de science-fiction trop imaginatif ?

Martiens, Go Home ! est le classique d'une science-fiction drôle et légère. Ce roman, dont le succès immédiat a été considérable et ne s'est jamais démenti, a initié un courant iconoclaste, subversif et hautement jouissif qui fait encore, Dieu merci, des émules. En témoigne, par exemple, l'œuvre du nouvelliste nord-américain Andrew Weiner, révélé en France par deux excellents recueils : *Envahisseurs* et *Signaux lointains* (Éditions Bifrost/Étoiles vives).

1956 – Alfred BESTER, *Terminus les étoiles*

Parution originale sous le titre *Tiger ! Tiger !* en Grande-Bretagne, en 1956.

Première publication aux États-Unis sous le titre *The Stars my Destination* dans *Galaxy SF* en 1956-1957, première édition aux États-Unis en librairie en 1957 (l'édition américaine est une révision de l'édition anglaise).

Traduction partielle sous le titre *Jusqu'aux étoiles* dans *Galaxie* nos 56 et 57 en 1958 (traduction partielle de la prépublication dans *Galaxy SF*).

Éditions Denoël, Présence du futur n° 22 (traduction de l'édition anglaise).

Terre, siècle 25 : la société humaine est désormais régie par une seule loi, celle d'un capitalisme transnational pour lequel les hommes représentent une marchandise comme une autre. Curieusement, cette humanité décadente a acquis le pouvoir de se téléporter, mais sur de courtes distances (quelques centaines de kilomètres) et à condition d'avoir mémorisé visuellement le lieu de destination (ce qui implique de s'y être déjà rendu).

Terminus les étoiles est avant tout le récit de la vengeance de Gullyver Foyle, un marin abandonné en plein espace, laissé pour mort par les assaillants de son vaisseau spatial. Poussé par un formidable instinct de survie, la véritable clé du roman, Foyle, tel un Monte-Cristo des temps futurs, parvient à revenir sur Terre où il se donne les moyens d'accomplir une terrible vengeance. À cette fin, il gravit les échelons de la société jusqu'à devenir un des hommes les plus puissants du moment. Mais ce qu'il découvre dans ces hautes sphères tient davantage d'une rédemption que de l'assouvissement d'une vengeance personnelle. En accomplissant son destin, Gully Foyle ouvre en effet à l'humanité la porte des étoiles.

Les visions sociales, économiques, politiques de ce roman d'exception retentiront longtemps dans de nombreuses œuvres maîtresses de la science-fiction – en particulier chez le John Brunner de *Tous à Zanzibar*. La grande force d'Alfred Bester – et la parenté avec Robert Heinlein est là patente – est la manière éblouissante avec laquelle il met en scène une société du futur. Au point de donner à voir aux lecteurs une véritable culture : Bester nous promène dans toutes sortes d'endroits, nous confronte aux personnages les plus divers, nous plonge dans un ailleurs social décrit avec minutie et qui reste aujourd'hui d'une invraisemblable modernité. Par bien des côtés, Alfred Bester est à la fois le père de la Fiction Spéculative promue par *New Worlds* et des visions sociopolitiques d'un John Brunner, et le clairvoyant initiateur de l'esthétique cyberpunk.

1956 – Arthur C. CLARKE, *La Cité et les Astres* (*The City and the Stars*)
Éditions Denoël, Présence du futur n° 143.

Dans un très lointain futur (plus d'un milliard d'années), les derniers représentants immortels d'une humanité au sommet de son évolution vivent dans un véritable paradis utopique : la ville de Diaspar, bâtie sous un dôme protecteur, sur une Terre désertique et considérée comme inhabitée par ailleurs. Une calculatrice centrale s'occupe de tout, en particulier de la gestion des périodes de vie, puisque chacun renaît régulièrement à l'âge adolescent. La vie à Diaspar est une sorte de rêve éveillé, voué à l'art et à la beauté, dans un univers de créations mentales. Pour prévenir une décadence toujours possible lorsque la perfection est à ce point accablante, la calculatrice va même jusqu'à programmer du désordre, via le personnage du Bouffon.

Dans ce monde parfait – et donc sclérosé – apparaît un jour Alvin, un être singulier, privé de souvenirs de toute vie passée. Et pour cause, puisque Alvin en est à sa première naissance.

Fuyant Diaspar, Alvin atteint Lys, la cité rivale où l'on vit et meurt comme on l'a toujours fait, avant le temps de l'immortalité. Cette vie est-elle préférable ? Sans doute pas, puisque Alvin s'enfuit à nouveau, cette fois pour l'espace, à la recherche des traces de l'humanité et de son ancien Empire galactique.

Et l'œuvre, qui se présentait comme une réflexion sur les notions d'utopie et de dystopie, de se transformer en un *space opera* somptueux et métaphysique.

La Cité et les Astres est généralement considéré comme la plus grande réussite d'Arthur C. Clarke – même si son œuvre la plus connue du grand public reste la trilogie entamée avec *2001, l'odyssée de l'espace* et son roman le plus célébré *Rendez-vous avec Rama*, paru en 1973 et couronné du doublé Hugo/Nebula.

La genèse de ce roman, épais pour l'époque, s'avère complexe. Une première version a été publiée en 1948 sous le titre *Against the Fall of Night* dans le pulp *Startling Stories*, puis reprise en volume en 1953. Une seconde version, considérablement remaniée et augmentée, paraît en 1956 sous le titre *The City and the Stars* – seule cette dernière a été traduite en français. Entre les deux, une nouvelle publiée en 1951, « Le Sphinx au bord de la mer » (traduction dans *Le Livre d'or d'Arthur C. Clarke*), est venue nourrir la réflexion de l'auteur.

1957 – Stefan Wul, *Le Temple du passé*
Éditions Denoël, Présence du futur n° 572.

Une fusée en perdition s'abîme dans les profondeurs aquatiques d'une planète inconnue avant d'être avalée par une créature colossale. Les survivants, Jolt et Massir, s'emploient dès lors à provoquer une série de mutations chez leur « hôte » : des embryons de pattes apparaissent chez l'animal qui quitte son milieu marin d'origine et vient agoniser sur une grève inhospitalière, non sans pondre des œufs d'où va naître une nouvelle race de reptiles dotés d'intelligence. Ces derniers vont s'efforcer d'aider les naufragés qu'ils considèrent, avec une certaine justesse, comme leurs dieux créateurs.

Dix mille ans plus tard, une nouvelle expédition à destination de ce monde, entre-temps oublié, découvre de bien étranges vestiges…

Stefan Wul occupe – tout comme Francis Carsac – une place à part dans le cœur des amateurs de science-fiction française classique. Cet « écrivain du dimanche » (aucune connotation péjorative dans cette expression) pratiquait professionnellement la « dentisterie », comme le dira plus tard Jacques Barbéri, placé dans une situation comparable. Histoire de (sur) vivre. Mais sa vraie raison d'être était l'écriture : poèmes, aphorismes, nouvelles, romans. Se moquant royalement de la sacro-sainte plausibilité scientifique – à ce titre *Le Temple du passé* constitue un catalogue d'impossibilités et d'aberrations –, Stefan Wul écrivait, pour son plaisir et pour celui de ses lecteurs, une science-fiction prétexte à voyage et dépaysement, qualifiée avec bonheur par Laurent Genefort de « réservoir d'images et d'idées folles ». La formule réconciliera les tenants de la science-fiction comme « littérature d'idées » et ceux de la science-fiction comme « littérature d'images », un vieux débat dans la critique française.

Outre son extraordinaire inventivité, *Le Temple du passé* est fondé sur une idée très moderne, atypique à l'époque : plutôt que d'entrer en conflit avec un milieu hostile, mieux vaut tenter d'influer sur lui pour s'en faire un allié. Une leçon à retenir.

1957 – Chad OLIVER, *Les Vents du temps*
(*The Winds of Time*)
Éditions OPTA, Galaxie-Bis n° 61.
Éditions J'ai lu, SF n° 1116.

Wes Chase est un Terrien banal et inoffensif. Son activité préférée, dans la vie, est de prendre son après-midi pour aller taquiner la truite. Une bien innocente occupation. Jusqu'au jour où, surpris par un orage, il se réfugie dans une caverne… et se retrouve capturé par un extraterrestre qui, au fur et à mesure qu'il maîtrise sa langue, lui conte son histoire.

Il fait partie d'une expédition venue de la planète Lortas, qui s'est échouée sur notre planète des millénaires plus tôt. Incapables de réparer leur vaisseau spatial, les visiteurs n'ont eu d'autre choix que de se placer en animation suspendue. Et d'attendre que l'humanité soit parvenue à un degré d'évolution suffisant pour être en mesure de leur porter secours. Hélas, le réveil a été mal programmé : la civilisation terrienne des années cinquante entre tout juste dans les débuts de l'ère spatiale et ne peut donc rien pour les explorateurs malchanceux…

Après *Ombres sur le soleil*, *Les Vents du temps* propose un nouvel exposé de la théorie anthropomorphique chère à l'auteur.

« Ils s'en allèrent, et ils virent. Et nombre d'entre eux revinrent. Ils avaient rencontré des hommes, des hommes comme eux. Il doit y avoir une erreur, dit-on sur Lortas lorsque les rapports commencèrent à affluer. Ce ne peut pas être des hommes, pas des hommes comme nous ! Mais les anatomistes affirmèrent : ce sont des humains. Les biologistes affirmèrent : ce sont des humains. Les psychologues affirmèrent : ce sont des humains.

« L'homme n'était pas un accident dans l'univers, et c'était le comble de l'égotisme que de le penser. Tous les peuples isolés croient être les seuls êtres humains du monde, et lorsqu'une planète s'imagine unique, avant que les vaisseaux ne s'élancent dans l'espace, il est difficile à ses habitants de concevoir l'existence d'autres hommes dans les étoiles. »

Malheureusement, les explorateurs découvrent du même coup que leur civilisation est la seule qui soit parvenue à un certain stade de développement technologique sans s'autodétruire.

« Dans tout l'univers accessible, voilà ce que l'homme était devenu. Dès qu'il en avait la possibilité, il se détruisait lui-même. »

Pour Chad Oliver, les civilisations ne sont pas seulement mortelles, leur durée de vie s'avère également très courte : rares sont celles qui survivent à plusieurs siècles de développement technologique accéléré.

Cette idée de brièveté des civilisations conduit naturellement à celle de la quasi-impossibilité des contacts interstellaires et suffit à expliquer l'échec, à ce jour, des tentatives menées dans ce sens. Seul un hasard exceptionnel pourrait permettre à deux civilisations proches d'être en phase sur le plan technologique. La condition de proximité spatiale apparaît également nécessaire pour qu'il y ait encore une intelligence au bout du fil pour recevoir la réponse à un message émis dans un passé plus ou moins lointain. Hélas, pour nous autres Terriens résidant dans une banlieue galactique lointaine et peu fréquentée, les espaces à franchir pour atteindre des zones plus denses – et donc davantage susceptibles d'abriter des civilisations évoluées – sont tels que, si nous recevions un jour quelque message, notre réponse risquerait d'atteindre des mondes morts depuis des millénaires…

1958 – James BLISH, *Un cas de conscience*
(*A Case of Conscience*)
Éditions Denoël, Présence du futur n° 30.
Prix Hugo 1959.

Nouvellement découverte, la planète Lithia est un véritable paradis où vivent, dans une parfaite félicité, des sauriens géants dotés d'intelligence. Aucune organisation sociale, rien qui ressemble à un système politique, pas l'ombre d'une esquisse de morale et, forcément, rien qui évoque, de près ou de loin, l'idée de Dieu. En somme, sur Lithia le mal n'existe pas – mais la religion non plus.

D'où un problème insoluble qui se pose au père Ruiz-Sanchez, exobiologiste membre de la Compagnie de Jésus : Lithia est-elle une création de Dieu ou du diable ?

Refusé par les revues dominant le marché américain, publié finalement dans les pages de *If*, alors un magazine mineur non encore intégré au groupe *Galaxy SF*, *Un cas de conscience* aborde avec un réel courage un domaine tabou de la science-fiction : la religion. Des œuvres comme celle-ci – on pense à *Voici l'homme* de Michael Moorcock – sont rares.

Quarante ans plus tard, la situation n'a guère changé – des exemples récents et précis de refus non motivés par des raisons littéraires montrent que, même en l'Europe de l'Ouest, le questionnement du fait religieux reste le dernier motif « suspect » dans une littérature qui se veut pourtant championne en matière d'ouverture d'esprit.

1960 – Poul ANDERSON, *Les Croisés du cosmos* (*The High Crusade*)
Éditions Denoël, Présence du futur n° 57.

Nous sommes en hiver, au début de l'an de grâce 1345. Roger de Tourneville, seigneur normand de la ville anglaise d'Ansby, s'apprête à rejoindre en France son suzerain, le roi Édouard III, pour aller guerroyer à ses côtés… lorsqu'un vaisseau venu de l'espace atterrit devant lui !

N'écoutant que son courage, le noble seigneur donne l'ordre à ses troupes de foncer sus à l'ennemi, des petits hommes bleus, pour le tailler en pièces. Ce qui ne tarde pas, en dépit de l'effarante supériorité technologique des extraterrestres.

Un seul envahisseur survit ; il se voit contraint de transporter de Tourneville et ses braves, qui ont pris place dans la soucoupe volante, jusqu'en Terre sainte, afin de libérer Jérusalem d'un autre envahisseur. Mais le prisonnier met le cap sur son monde d'origine, la planète Thorixan. Bien mauvaise idée, *my dear*… Car, à peine débarqués, les Normands se lancent à la conquête de Thorixan, qui finira purement et proprement annexée et rattachée (du moins théoriquement !) au royaume d'Angleterre.

Publié en 1960 dans les pages de la très sérieuse revue *Astounding SF*, *Les Croisés du cosmos* constitue une vraie bouffée de fraîcheur – un pur instant de bonheur que cette transposition de la fable du rat et du lion, que l'on se serait plutôt attendu à voir paraître dans les pages d'un magazine plus « léger » comme *Galaxy SF*. Les aventures guerrières d'un seigneur du Moyen Âge à l'autre bout de la galaxie, et la série de trouvailles qui lui permettent de battre à plates coutures un ennemi en tout point supérieur, restent un temps fort d'une science-fiction humoristique et réjouissante.

1960 – Walter M. MILLER Jr., *Un cantique pour Leibowitz* (*A Canticle for Leibowitz*)
Éditions Denoël, Présence du futur n° 46.
Prix Hugo 1961.

Après un holocauste nucléaire qui a balayé la civilisation, un ordre monastique s'efforce de sauvegarder les derniers vestiges et reliquats d'un savoir désormais inintelligible, pour en pénétrer les mécanismes. Loin de le comprendre, les moines l'interprètent le plus souvent dans une optique religieuse. En définitive, la reconquête du savoir débouche sur une nouvelle apocalypse.

Prépublié à l'origine en magazine sous la forme de trois novellas, *Un cantique pour Leibowitz* conserve dans sa forme définitive de librairie la structure d'un triptyque. Chaque livre marque une progression de six siècles dans le futur après la fondation de l'abbaye de Leibowitz De nombreux personnages forts – frère Francis, frère Armbuster le bibliothécaire, frère Joshua qui prépare le départ pour Alpha du Centaure, la figure omniprésente du Juif errant… – sont ainsi mis en scène dans trois moments de la reconquête du savoir : le Moyen Âge, la Renaissance et enfin les Temps modernes. *Un cantique pour Leibowitz* est une véritable Comédie humaine nourrie de symbolisme.

Né en 1922 en Floride, se définissant lui-même comme ingénieur de formation et catholique par conversion, Walter M. Miller Jr. est l'auteur d'une quarantaine de nouvelles – publiées entre 1951 et 1957 – qui combinent souvent cette double thématique. Un bon tiers sont d'incontestables réussites et auraient sans doute suffi, au moins dans les pays anglo-saxons, à inscrire leur auteur au Panthéon de la science-fiction. Le fait que l'unique roman de Walter M. Miller Jr., *Un cantique pour Leibowitz*, soit considéré comme l'un des dix meilleurs de toute l'histoire du genre, a quelque peu éclipsé l'excellence de ses nouvelles dont un unique recueil est disponible en français sous le titre *Humanité provisoire* (Éditions Denoël, Présence du futur n° 70, nouvelle édition augmentée, traduction de *Conditionally Human*, 1962). On peut y lire entre autres « Crucifixus etiam » (1953) : Manu Nanti, travailleur péruvien exilé sur Mars où il participe aux opérations de terraformation, devient peu à peu la victime de la technologie supposée le maintenir en vie. Lorsqu'il réalise qu'il ne reverra jamais la Terre pour y dépenser le fruit de son labeur, il estime que son sacrifice en vaut la peine comme acte de foi envers les générations futures.

Les lecteurs anglophones chercheront à se procurer l'une ou l'autre de ces anthologies : *The Best of Walter M. Miller* (Pocket Books, 1980), *The Darfstellar and Other Stories* (Corgi, 1982) ou *The Science Fiction Stories of Walter M. Miller, Jr.* (Hall, 1984).

Une suite posthume à *Un cantique pour Leibowitz* a été achevée par Terry Bison et publiée sous le titre *L'Héritage de saint Leibowitz* (Éditions Denoël, Présence du futur n°s 596/597).

En ce siècle XXXIII, l'Occident se redresse lentement, seule l'énergie fait défaut. Entrée en conflit avec l'empire du Texark, installée à la Nouvelle Jérusalem, l'Église s'efforce d'étendre sa domination sur les peuples nomades : Lièvre, Sauterelle et Chiens sauvages. Mais voilà que l'on s'apprête à élire un nouveau pape…

1961 – Robert HEINLEIN, *En terre étrangère*
(*Stranger in a Strange Land*)
Le Livre de poche, SF n° 7041.
Prix Hugo 1962.

La première expédition sur Mars s'est soldée par un échec. Tous ses membres ont disparu, à l'exception de Valentin Michael Smith. Né sur la planète rouge, il a été recueilli puis élevé par les Martiens. « Récupéré » à l'âge de vingt ans par une expédition de secours, il est ramené sur Terre. Pourtant, si sur le plan physiologique il demeure indiscutablement humain, sur le plan psychologique Valentin Michael Smith est devenu un Martien. Il possède même certains pouvoirs psychiques propres à son peuple d'adoption. Car si la génétique suscite – ou du moins autorise – l'humanité, c'est bel et bien la culture qui la confirme ou l'infirme.

Tel un nouveau Messie, le rescapé de Mars ne tarde pas à se retrouver à la tête d'un mouvement religieux – secondé par l'avocat Jubal Harshaw dans le rôle de saint Paul. L'attitude de ce « Jésus de l'espace » par rapport à la sexualité, l'étrange partage émotionnel qu'il prône ne s'avèrent pas les moins tentants de ses enseignements.

Mais rien n'est simple et la ferveur de ses adeptes n'a d'égale que la violence de ses détracteurs. Il est vrai que le Messie est parfois fort incompréhensible – car selon la formule heureuse de Stan Barets : « Borné dans sa nature, infini dans ses vœux, le Martien est un dieu tombé qui se souvient des cieux... »

Prônant une sexualité libre et débarrassée de ses tabous, prenant position en faveur des forces contestataires qui commençaient alors à poindre dans la société américaine, en particulier dans les milieux intellectuels et artistiques californiens, Robert Heinlein, ancien militaire de carrière plutôt considéré comme conservateur, prend son public habituel à contre-pied en publiant *En terre étrangère.*

Le succès du roman, récompensé d'un prix Hugo, sera à la mesure des réactions outragées de la part de la frange bien-pensante du public de la science-fiction. Annonciateur de la vague de contestation radicale qui fera chanceler l'Amérique dans les années soixante, *En terre étrangère* fut considéré par les milieux underground comme une véritable bible de la révolution sexuelle.

Cinq ans plus tard, *Révolte sur la Lune* (1966) parut confirmer un ancrage à l'extrême gauche d'un auteur hâtivement catalogué à l'extrême droite après la parution de *Étoiles, garde-à-vous !* (1959), qui était pourtant – certes à un degré demandant une certaine finesse dans l'analyse – un vibrant plaidoyer contre l'usage radical des armes en même temps qu'une dénonciation sans ambiguïté de la bêtise incarnée qu'est l'*homo militarus americanus.*

Il est d'ailleurs remarquable que ces trois romans aient reçu le prix Hugo, la plus haute distinction mondiale dans le domaine de la science-fiction.

Qu'en conclure ?

Que la réalité politique outre-Atlantique est irréductible à l'habituelle (et très française) dichotomie gauche-droite. Heinlein, l'individu – qu'il ne faudrait ni confondre ni identifier aux personnages contrastés que l'écrivain aime à mettre en scène –, ne s'inscrit pas davantage dans cette logique et a réservé, sa vie durant, bien des surprises aux critiques un peu hâtifs.

Par sa problématique, *En terre étrangère* peut être rapproché de *L'Homme tombé du ciel* de Walter Tevis et du *Petit* de Arcadi et Boris Strougatski.

1962 – Jim G. BALLARD, *Le Monde englouti* (*The Drowned World*)
Éditions J'ai lu, SF n° 2667.
Éditions Denoël, Présence du futur n° 74.

Au troisième millénaire, l'orbite de la Terre s'est rapprochée du soleil, entraînant une fonte générale des glaces. L'élévation considérable du niveau des océans ne laisse à découvert que les sommets des plus hauts bâtiments des anciennes mégalopoles. Le climat a été bouleversé et une jungle tropicale s'étend là où se trouvait autrefois l'Europe occidentale. La ville de Londres n'est plus qu'un marais peuplé d'animaux amphibies et de gigantesques sauriens venus tout droit de l'ère secondaire, en plein règne des dinosaures.

Dans ce monde qui disparaît peu à peu sous la montée des eaux, un groupe de survivants tente de gagner le nord de ce que furent les îles Britanniques, une région plus élevée et donc peut-être encore émergée.

Le Monde englouti est le deuxième volet de la série dite des *Quatre Apocalypses*, après *Le Vent de nulle part* (1962, extension d'une nouvelle parue en 1961) et avant *La Forêt de cristal* (1966, d'après la nouvelle éponyme parue en 1964) et *Sécheresse* (1965). Quatre romans exemplaires d'une école de science-fiction catastrophiste britannique où se sont également illustrés John Wyndham, Edmund Cooper et John Christopher, mais qui se démarquent par la qualité de l'écriture de Ballard – assurément l'un des écrivains de langue anglaise les plus importants du XXe siècle – et par sa propension à privilégier les personnages et les conséquences psychologiques des événements auxquels ils sont confrontés. *Les Quatre Apocalypses*, ainsi que des œuvres isolées comme *Billénium* sur le thème de la surpopulation constituent la première manière d'un écrivain associé à la nouvelle vague britannique s'exprimant dans la revue *New Worlds*, obsédée par l'inéluctable effondrement de la civilisation humaine.

Dès les années soixante-dix, Jim G. Ballard s'emploiera à chercher dans la réalité quotidienne les sources et les raisons de l'aliénation de l'homme, dénonçant tour à tour l'automobile, l'architecture urbaine, les médias, comme étant à l'origine de nouvelles formes de violence. Des œuvres telles que *Crash !* (1973), *L'Île de béton* (1974) ou *I. G. H.* (1975) sont représentatives de cette seconde période.

Par la suite, Ballard se lancera dans des œuvres toujours aussi littéraires mais plus fantasmatiques, comme *Le Rêveur illimité* (1979).

1962 – Philip K. DICK, *Le Maître du Haut-Château*
(*The Man in the High Castle*)
Éditions J'ai lu, SF n° 567.
Prix Hugo 1963.

Les forces de l'Axe ont gagné la Seconde Guerre mondiale en 1947. Le monde est désormais sous la domination des nazis et de leurs alliés. Même les États-Unis d'Amérique ont été vaincus et une partie de l'ouest du pays est sous le contrôle de l'occupant japonais.

Une occupation somme toute assez supportable et qui ne suscite guère de résistance. La Californie se « nipponise » peu à peu : les rues sont parcourues par des vélos-taxis, des touristes argentés venus de l'archipel du Soleil levant marchandent les antiquités yankees, toute activité humaine et commerciale est suspendue aux commentaires du Yi-king, une méthode de divination extrême-orientale. En somme, une nouvelle forme de civilisation a bel et bien commencé à s'ébaucher.

Pendant ce temps, cloîtré dans un château, un homme – un écrivain de science-fiction, possible alter ego de l'auteur – est en train d'écrire un roman, une uchronie dans laquelle les démocraties ont remporté la victoire finale. Simple littérature ? Peut-être... si ce n'est qu'en interrogeant le Yi-king à propos de cette réalité supposée alternative et purement fictionnelle, l'oracle révèle que ce monde que l'on croyait imaginaire est le seul véritable. Le maître du Haut-Château comme les personnes qui l'entourent comprennent dès lors qu'ils ne sont que des leurres, évoluant dans un univers fictif.

Paru en 1962, *Le Maître du Haut-Château* marque la fin de la phase d'apprentissage du romancier Philip K. Dick – le premier roman de ce nouvelliste fécond, *Loterie solaire*, date seulement de 1956. Toute la thématique dickienne est désormais opérationnelle : personnages paumés, incessante remise en question de ce que nos sens nous présentent comme étant la « réalité », univers virtuels, subjectifs, emboîtés, qui se décomposent en fragments d'illusions ; vision magique de l'univers, personnages et décors confrontés à une mise en scène à petit budget, terriblement ancrée dans la quotidienneté d'une Amérique blanche et étriquée.

Après la publication de ce roman – l'un des plus maîtrisés sur le plan littéraire et formel de la période « classique » de l'auteur –, Philip K. Dick ne cessera d'aligner d'incontestables réussites : *Simulacres* (1964), *Le Dieu venu du Centaure* (1965), *Docteur Bloodmoney* (1965), *À rebroussetemps* (1967), *En attendant l'année dernière* (1967), *Ubik* (1969), *Au bout du labyrinthe* (1970), *Substance Mort* (1977), *Siva* (1980), *L'Invasion divine* (1981), *La Transmigration de Timothy Archer* (1982).

Davantage qu'une uchronie, *Le Maître du Haut-Château* constitue une formidable réflexion sur la notion de réel. À quelques détails factuels semés dans l'ouvrage, le lecteur attentif s'apercevra ainsi que la réalité décrite dans le « roman dans le roman » – ce monde où les nazis ont été vaincus et qui est le « vrai » monde – n'est pas tout à fait le sien. Nous vivons donc, nous aussi, dans une illusion…

1963 – Clifford D. SIMAK, *Au carrefour des étoiles* (*Way Station*)
Parution à l'origine sous le titre *Here Gather the Stars* dans *Galaxy SF* en 1963, parution en librairie sous le titre *Way Station*.
Éditions J'ai lu, SF n° 847.
Prix Hugo 1964.

Année après année, Enoch Wallace suit son chemin, tranquillement et sans s'occuper des affaires de ses voisins – qui le trouvent bien un peu « étrange », mais bon… c'est la campagne. Étrange, Enoch Wallace l'est pourtant un petit peu. Ne serait-ce que par son étonnante longévité : il est un vétéran de la guerre de Sécession. Et toujours bon pied bon œil, à quel âge déjà ? Tant que cela !

Un beau jour, un fouineur plus entêté que les autres découvre la vérité – il fallait bien que ça arrive : Enoch Wallace est quasi immortel, tout simplement. Des extraterrestres lui ont fait ce don en échange d'un petit service : il est devenu chef de gare planétaire, responsable pour la Terre de l'ensemble du trafic intergalactique. Une petite gare, s'entend. Un simple lieu de passage aménagé à l'intérieur de sa maison isolée. Parce que la Terre est une petite planète, à l'écart des grands axes de trafic de la galaxie, Enoch n'a pas beaucoup de travail, même si chez lui défilent en permanence des extraterrestres plus incroyables les uns que les autres. Alors il se promène, il chasse (virtuellement), il bouquine…

Jusqu'au jour où, sans que rien l'ait laissé présager, la petite gare devient le lieu d'un rendez-vous (par téléportation) d'une importance vitale. Le sort de la galaxie va peut-être se jouer ici – du moins celui de la Terre. Heureusement pour la race humaine, Enoch Wallace va se révéler un diplomate et un joueur de premier ordre.

Sans doute le meilleur roman de Clifford D. Simak, *Au carrefour des étoiles* est idéalement représentatif de l'œuvre d'un auteur nostalgique, attaché aux valeurs d'un passé révolu où tout allait moins vite et tout était plus simple, regrettant en permanence le « bon vieux temps »… et en même temps profondément humaniste, fasciné plus que tout par la notion d'altérité. Le héros simakien n'est jamais plus à l'aise que « chez lui », mais l'une des choses essentielles dans sa vie est d'y accueillir l'autre, le radicalement différent, l'impensable – d'où qu'il vienne : du temps, de l'espace ou d'une autre dimension.

Au carrefour des étoiles constitue l'archétype d'une science-fiction aux pieds enracinés sur Terre, dans la ruralité la plus extrême, mais avec la tête dans les étoiles. Seuls les auteurs américains ont jamais été capables de donner le goût et le parfum du terroir à des récits pleins d'extraterrestres turbulents ou cocasses ! Il a sans doute manqué aux écrivains européens des références littéraires de la stature d'un John Steinbeck ainsi qu'un immense espace géographique vierge à cartographier, constitutif du mythe de la nouvelle (et toujours plus lointaine) frontière.

Il semble, hélas, qu'avec la disparition de maîtres comme Clifford D. Simak, Zenna Henderson, Chad Oliver, voire Theodore Sturgeon ou Philip K. Dick, la recette de ce cocktail ait été définitivement perdue.

1964 – Daniel F. GALOUYE, *Simulacron III*
(*Simulacron III*)
Éditions J'ai lu, SF n° 778.

Hannon J. Fuller est l'inventeur du Simulacron III, un simulateur d'environnement total permettant de réaliser un modèle électromathématique d'une communauté type. Tout se passe en virtuel : l'appareil simule électroniquement un milieu social et sa population de simulacres subjectifs baptisés « unités de réaction ». En induisant des modifications dans l'environnement, on étudie les réactions de ces simulacres. Cela permet de prévoir le comportement, par exemple, d'une clientèle potentielle face à un nouveau produit commercial – et ce, de manière beaucoup plus fiable qu'en ayant recours aux traditionnels sondages d'opinions. La société REACO s'apprête à exploiter à son profit cette fabuleuse machine lorsque Fuller meurt. Accident, selon les dirigeants de REACO. Assassinat pour Douglas Hall, son ancien assistant.

Commence alors un véritable parcours du combattant pour Douglas Hall, à la recherche de réponses aux nombreuses questions qu'il se pose, en particulier celle-ci : pourquoi est-il le seul à avoir conscience des événements bizarres qui ne cessent de se produire autour de lui ? Des gens qui disparaissent soudain et dont plus personne ne se souvient, à croire qu'ils n'ont jamais existé ! Des objets qui s'évanouissent ! Un paysage qui s'arrête net, devant ses yeux, comme s'il était parvenu à la frontière entre le monde réel et le néant… Réel ? Douglas Hall en vient à douter de ce qui est « réel ». Et si son ancien patron avait découvert quelque chose de tellement énorme qu'il était impossible, pour les manipulateurs de cet univers, de le laisser en vie ?

Un quart de siècle avant *Neuromancien*, annonciateur de tout un cinéma qui se développera à partir de *Tron* et de séries télévisées comme *Max Headroom*, *Simulacron III* repose sur ce qui deviendra un des motifs principaux de la science-fiction moderne : la réalité virtuelle.

Cette œuvre méconnue d'un auteur discret, qui fut pilote d'essai puis journaliste, est pourtant essentielle dans l'histoire des idées en littérature de science-fiction : *Simulacron III* est la pierre fondatrice de la Cyberculture, cette véritable révolution culturelle qui a radicalement modifié la donne en cette fin de millénaire.

1964 – Fritz LEIBER, *Le Vagabond*
(*The Wanderer*)
Le Livre de poche, SF n° 7072.
Prix Hugo 1965.

Un gigantesque astéroïde, baptisé le Vagabond, pénètre dans le système solaire et s'approche dangereusement de l'orbite terrestre, déclenchant son lot de catastrophes. Les coefficients des marées sont multipliés par quatre-vingt, les séismes se succèdent, des volcans que l'on croyait éteints se réveillent… Le Vagabond risque-t-il de percuter la Terre, au risque d'y détruire toute forme de vie ? La réponse est négative, car il ne s'agit pas d'un astre errant mais d'un colossal vaisseau spatial habité par le peuple errant des hommes-chats.

L'une de ces créatures extraterrestres porte secours à un chat sur le point de se noyer, croyant avoir affaire à un représentant de l'espèce dominante sur ce nouveau monde. Par la même occasion, Tigrishka sauve la vie d'un humain, Paul, qu'elle prend pour un animal de compagnie… avant de réaliser que sur la planète Terre, ce ne sont pas les félins mais les singes (ce que nous appelons les humains) qui constituent l'espèce dominante.

Le Vagabond ne faisant que passer, Tigrishka renverra sur sa planète l'humain Paul, en dépit de l'aventure sexuelle survenue entre eux.

Chef-d'œuvre de Fritz Leiber – en ce qui concerne la part de son œuvre relevant de la science-fiction –, *Le Vagabond* est exemplaire de la science-fiction des année soixante. Le roman pose de manière remarquable la problématique de l'altérité et des relations, en particulier sexuelles, entre des individus appartenant à des races radicalement étrangères l'une à l'autre. Leiber n'invente pas vraiment le motif : on se souvient des amours entre un humain et une Lalithe, créature dont l'apparente féminité dissimule l'origine insectoïde dans *Les Amants étrangers* (1952) de Philip José Farmer, un texte qui fit scandale en dépit de son approche très superficielle et de son remarquable non-érotisme (la *Shambleau* de Catherine L. Moore possédait une autre charge érotique !). Mais il lui donne sa vraie mesure en plaçant l'intrigue amoureuse et le comportement sexuel des personnages au cœur de la seconde partie du roman.

La plus grande force du *Vagabond* réside dans sa forme. Leiber met en scène une multitude de personnages engagés dans des actions diverses. Certains se rencontrent, pour des affrontements ou des collaborations ; d'autres s'ignoreront jusqu'à la conclusion du roman. Chacun vit sa vie et va son chemin. En somme, l'auteur choisit pour espace scénique la totalité de la société humaine et pour personnages un échantillon d'humanité choisi de manière quasi aléatoire.

L'effet de réel s'avère saisissant et la technique employée est annonciatrice de ce qui deviendra un système très efficace – par exemple dans le *Tous à Zanzibar* de John Brunner (1969, première version dans *New Worlds* en 1967).

Ce n'est pas un hasard si *Ailleurs et Demain*, la première collection de prestige dédiée au genre et le parant des atouts de la modernité, fut inaugurée par *Le Vagabond*.

Près de quarante ans après son écriture, ce roman reste le modèle d'une science-fiction ne reniant en rien sa spécificité thématique (cataclysmes, présence d'extraterrestres) tout en affichant de réelles préoccupations esthétiques et formelles.

1965-1983 – Philip José FARMER, *Le Monde du fleuve*

Prix Hugo 1972.

1. *Le Fleuve de l'Éternité*, réédité en deux tomes : *Le Monde du fleuve* et *Le Bateau fabuleux*, Le Livre de poche, SF n°s 7151 et 7152.

2. *Le Noir Dessein* (*Dark Design*, 1977) / *Le Labyrinthe magique* (*The Magic Labyrinth*, 1980) (à l'origine un unique manuscrit), Le Livre de poche, SF n°s 7153 et 7157.

3. *Les Dieux du fleuve* (1983), Le Livre de poche, SF n° 7159.

Un beau matin, le jour du « Grand Cri », tous les êtres humains ayant vécu sur la planète Terre avant 2008 – tout de même trente-six milliards d'individus – ressuscitent sur la rive d'un fleuve immense, large de deux kilomètres. L'humanité entière est là. Chacun possède le corps d'un homme ou d'une femme de vingt-cinq ans : celui qui a été le sien à cet âge précis ou qu'il ou elle aurait possédé si la mort ne l'avait pas frappé plus tôt. Les hommes sont tous circoncis, les femmes s'avèrent stériles et tous sont dépourvus de la moindre pilosité.

Tant bien que mal, la vie reprend son cours. Si ce n'est qu'ici rien n'est comme avant. Dès que quelqu'un meurt, il ressuscite le lendemain sur la rive du même fleuve, mais en aval. Quant aux problèmes d'intendance, ils sont réglés par des distributeurs automatiques (nourriture, tabac, alcool…) placés tous les huit cents mètres.

Question évidente : où ? La réponse l'est moins. Quant à savoir qui a rappelé d'entre les morts trente-six milliards d'humains, et dans quel but…

Un groupe de hardis explorateurs se constitue en vue de résoudre ces mystères. Sous la direction de la réincarnation de Mark Twain, l'équipe construit un bateau et commence à remonter le fleuve de l'Éternité, en quête de réponses.

De nombreuses célébrités et personnages historiques se trouvent mis en scène au fil des épisodes, par un Farmer que la dimension métaphysique de son œuvre n'éloigne pas de son goût pour la distanciation, la dérision, l'humour acide. C'est ainsi que le lecteur rencontre, outre un avatar de l'auteur, Richard Burton, Gengis Khan, Hermann Goering (devenu non violent), Cyrano de Bergerac, Jésus-Christ ou le prince Jean sans Terre – ainsi que des héros de la littérature, du cinéma, ou de la télévision, comme le cow-boy Tom Mix.

On prétend parfois que la science-fiction est une littérature d'idées – ou plus finement une littérature d'images. On affirme plus fréquemment, et dans un autre registre, que la réalité dépasse toujours la fiction…

Construit sur un de ces postulats ahurissants qui surgissent à l'occasion du cerveau des écrivains de science-fiction surdoués, *Le Monde du fleuve* de Philip José Farmer illustre parfaitement la recevabilité de la première assertion – et l'inanité de la seconde.

La première pierre de ce qui, après vingt années de réflexions et d'ajouts, est devenu un monument incontournable de la science-fiction, a été posée par Farmer en janvier 1965 dans les pages de la revue *World of Tomorrow*, sous la forme d'une nouvelle : « Le Jour du Grand Cri » (*Galaxie* n° 48). Plusieurs nouvelles et novellas ont suivi, bientôt réunies en un fort volume, *Le Fleuve de l'Éternité*. Cette saga gnostique s'est ensuite enrichie de trois épais romans : *Le Noir Dessein* (1977) et *Le Labyrinthe magique* (1980), à l'origine un unique et énorme manuscrit, puis *Les Dieux du fleuve* (1983).

Selon la formule de Stan Barets, l'ensemble constitue « une épopée à la taille de l'humanité ».

1966 – Robert HEINLEIN, *Révolte sur la Lune*
(*The Moon is a Harsh Mistress*)
Le Livre de poche, SF n° 7032.
Pocket, SF n° 5278.
Prix Hugo 1967.

An 2075 : l'Autorité de la Terre a fait de la Lune une colonie pénitentiaire où sont déportés condamnés de droit commun et opposants politiques. Au bout de quelques mois de séjour forcé, les Loonies sont incapables de se réadapter à la gravité terrestre. La relégation est donc définitive, tant pour ceux qui ont purgé leur peine que pour leurs descendants, pourtant nés libres.

Creusé de gigantesques terriers, le « Roc » abrite trois millions de marginaux et de colons plus ou moins volontaires, majoritairement de sexe masculin. Pour assurer une stabilité sociale, les mariages polyandres ont été instaurés selon diverses formules : de la classique triade, une femme et deux hommes, jusqu'au complexe mariage familial s'étirant sur plusieurs générations.

Alimentés par l'eau extraite du sous-sol et par l'énergie produite par des capteurs solaires, d'immenses bassins hydroponiques fournissent en quantité du grain envoyé vers la Terre dans des containers spatiaux. En échange, l'Autorité n'intervient pas dans les affaires des Loonies. Mais c'est un marché de dupes qui menace le fragile équilibre écologique de la Lune en la vidant de ses réserves d'eau fossile. Cette situation n'échappe pas à Mike, l'ordinateur installé par l'Autorité pour assurer la gestion de la colonie. Celui-ci s'est peu à peu éveillé à la conscience et s'est pris d'amitié pour Mannie, un travailleur indépendant chargé de son entretien. Avec l'aide du professeur La Paz, véritable encyclopédie vivante de la subversion et de la théorie révolutionnaire, et de Wyoming Knott, une blonde incendiaire membre d'un groupuscule activiste, Mike et Mannie engagent une partie de bras de fer avec la Terre pour que la Lune obtienne un statut d'État souverain et que soient renégociées les relations commerciales entre les deux mondes.

Révolte sur la Lune offre une illustration des théories d'Heinlein sur l'utilisation des processus évolutifs dans l'exposition et la gestion de l'information : l'adaptation d'une société coloniale à un environnement nouveau par la description de choix écologiques, technologiques, sociaux, politiques et moraux, fournit la toile de fond du roman dont le sujet est le compte rendu minutieux d'une révolution, de l'instant de sa conception en tant que simple projet, à celui de son achèvement.

Les diverses solutions techniques proposées et discutées par Heinlein constituent un véritable mode d'emploi pour l'installation et le fonctionnement d'une future colonie sur la Lune. Ses propositions d'organisation sociale (mariage familial) sont également le fruit d'une réflexion rigoureuse. Sa description précise d'une révolution conforme aux principes philosophiques de l'« anarchie rationnelle » – tout être humain est responsable de ce qui lui arrive – produit un effet de réel d'une force rare dans la littérature. Une réflexion sur la nature de la conscience sous-tend l'ensemble du récit : « Pourquoi une machine ne pourrait-elle pas être vivante ? » demande Mannie. Le comportement de Mike fournit une manière de réponse : « Je ris donc je suis ! ».

Roman fonctionnant à de multiples niveaux, *Révolte sur la Lune* est par ailleurs ponctué de touches descriptives qui nourriront l'imaginaire d'auteurs comme William Gibson ou Bruce Sterling : costumes et maquillages des Stilyagi, sorte de punks avant la lettre, invention d'un langage métissé – ici, c'est le russe qui contamine l'anglais, du moins dans la version originale, comme l'espagnol le faisait dans *Les Clowns de l'Éden* d'Alfred Bester ou le japonais dans le Cyberpunk cinématographique.

Révolte sur la Lune constitue l'un des temps forts de l'œuvre d'Heinlein, un auteur profondément humaniste et insidieusement subversif qui, en dépit d'une lecture politique trop souvent erronée de ses récits, reste d'une modernité exemplaire.

1966 – Samuel DELANY, *Babel 17* (*Babel-17*)
Éditions J'ai lu, SF n° 1127.
Le Livre de poche, SF n° 7028.
Prix Nebula 1966.

L'Alliance terrestre doit affronter des envahisseurs extraterrestres, dont le langage est le Babel-17. Comprendre ce dernier afin de pouvoir l'utiliser constitue la priorité de Rydra Wong, une poétesse qui possède le don d'assimiler rapidement n'importe quelle langue.

Mais cela n'est pas sans risque, car le Babel-17 est en réalité une arme. Ce langage induit en effet dans le cerveau de celui qui se l'approprie une personnalité schizoïde le conduisant à adopter le point de vue de l'envahisseur : apprendre le Babel-17 transforme donc n'importe quel humain en envahisseur, faisant de lui un agent de l'ennemi.

Né en 1942 à Harlem, Samuel Delany publie à dix-neuf ans son premier roman, *Les Joyaux d'Aptor* (1962), avant de commencer à collectionner les prix Hugo et Nebula pour des nouvelles et des romans qui s'enchaînent à un rythme effréné : *Babel 17* (1966), *L'Intersection Einstein* (1967), *Nova* (1968). Et la critique de crier – fort justement – au génie. Et Samuel Delany de remiser sa casquette d'écrivain surdoué au placard pour se consacrer, pour l'essentiel, à l'enseignement et à la rédaction d'essais sur la littérature. Vingt-cinq ans après la parution de son dernier opus, *Triton* (1976), on continue de se lamenter sur l'effacement volontaire d'un écrivain hors du commun, d'une lecture sans doute difficile pour un choix d'exigence radicale, mais que l'on s'attendait à voir révolutionner la littérature de cette fin de siècle.

De tels itinéraires ne sont pas rares dans l'histoire de la littérature de science-fiction. En France, on pensera aux trajectoires également météoritiques de Daniel Drode, Bernard Mathon, Emmanuel Jouanne, Lionel Évrard ou Sylvie Lainé, les uns comme les autres autoconsumés par une exigence intérieure ou tombés au champ d'honneur d'une littérature avant-gardiste.

1966 (1959) – Daniel KEYES, *Des fleurs pour Algernon* (*Flowers for Algernon*)
Éditions J'ai lu, SF n° 427.
Prix Hugo 1960/prix Nebula 1966.

Algernon est une souris de laboratoire ; Charlie, un simple d'esprit employé dans ce même laboratoire. À titre expérimental, on leur injecte un sérum supposé développer l'intelligence. Les résultats ne se font pas attendre. Le comportement d'Algernon se modifie et révèle l'émergence d'une indiscutable forme d'intelligence chez la souris – tandis que les progrès de Charlie sont encore plus spectaculaires puisqu'il devient un véritable génie. Sa métamorphose est particulièrement évidente dans la tenue de son journal, rédigé au début dans un style enfantin truffé de fautes d'orthographe, et désormais brillamment écrit. Mais tout a un prix : bientôt l'état d'Algernon commence à se dégrader et, au bout de quelques jours de régression, la souris meurt. Charlie pense qu'il est également condamné. Les dernières pages de son journal montrent qu'il retombe dans son état d'origine, non sans comprendre ce qu'il est en train de perdre…

À l'origine une nouvelle publiée dans *The Magazine of Fantasy and Science Fiction* en 1959 (traduction dans *Fiction* n° 69, 1959), considérablement augmentée et publiée en librairie en 1966, *Des fleurs pour Algernon* est une œuvre poignante et d'une extrême sensibilité. Elle sera récompensée par un doublé prix Hugo/Nebula rarement aussi mérité, avant d'être portée au cinéma sous le titre *Charly* (1968).

Daniel Keyes est né à Brooklyn en 1927. Après avoir servi dans la marine marchande pendant quelques années, il travaille un temps dans l'édition – il fut, à l'âge de vingt-trois ans, rédacteur en chef de *Marvel Stories*. *Des fleurs pour Algernon* est quasiment sa seule tentative dans le domaine de l'écriture. Mais quelle tentative !

1966-1974 – Ursula K. Le Guin, *Le Cycle des Hainiens*
Le Monde de Rocannon (*Rocannon's World*, 1966), Pocket, SF n° 5252.

Planète d'exil (*Planet of Exile*, 1966), Pocket, SF n° 5260.

La Cité des illusions (*City of Illusion*, 1967), Pocket, SF n° 5274.

La Main gauche de la nuit (*The Left Hand of Darkness*, 1969), Pocket, SF n° 5191, prix Nebula 1969/prix Hugo 1970.

Le nom du monde est forêt (*The Word for World is Forest*, 1973), Pocket, SF n° 5181, prix Hugo 1974 de la meilleure novella.

Les Dépossédés (*The Dispossessed : An Ambiguous Utopia*, 1974), Pocket, SF n° 5159, prix Nebula 1974 / prix Hugo 1975 / prix Locus 1975 / *John W. Campbell Jr. Memorial Award* 1975.

Dans un passé immémorial, les habitants de la planète Hain ont littéralement ensemencé notre secteur galactique, dans une sphère d'une centaine d'années-lumière de rayon. Sur chaque monde où les conditions le permettaient, une humanité spécifique s'est développée – la pression environnementale induisant des modifications culturelles et parfois physiologiques en dépit d'une origine commune. Certains de ces mondes sont désormais parcourus par des spécialistes en sciences humaines : sociologues, ethnologues, anthropologues… envoyés par l'Œkumène, alias la Ligue de tous les mondes.

Souvent étonnamment modernisés, tous les grands motifs de la science-fiction se donnent rendez-vous dans cette œuvre ambitieuse, composée de récits, nouvelles et romans publiés entre 1966 et 1974. Rarement un écrivain aura su régénérer à ce point la panoplie classique du genre – tout en y contribuant de manière personnelle : Le Guin invente par exemple l'ansible, un moyen de communication instantané, devenu par la suite une convention réutilisée sans la moindre justification (pseudo-) scientifique par de nombreux auteurs. La science-fiction est une littérature collective. Un bon exemple de réutilisation de ce principe de communication instantanée est la série de *space opera* publiée par le Français Christian Léourier à la fin des années quatre-vingt : *Ti-Harnog, Mille fois mille fleurs...*, *Les Racines de l'oubli*.

Docteur en littérature, immergée depuis son plus jeune âge dans l'anthropologie, Ursula K. Le Guin est un écrivain de science-fiction parmi les plus cultivés et les plus impressionnants. Elle a donné au genre une œuvre plutôt rare – une dizaine de romans seulement – mais d'une intelligence confondante. Il n'en est que plus regrettable qu'elle ait pris ses distances avec cette littérature au début des années quatre-vingt.

1967 – Norman SPINRAD, *Jack Barron et l'éternité* (*Bug Jack Barron*)
Éditions J'ai lu, SF n° 856.

Superstar de la télévision, Jack Barron est le présentateur d'une émission extrêmement populaire au cours de laquelle il endosse, en direct, le rôle d'un irréductible redresseur de torts. Grand défenseur de la veuve et de l'orphelin, critique acerbe des institutions politiques, dénonciateur des abus et injustices de l'administration, Jack Barron est en réalité une soupape de sécurité bien pratique qui permet au système de continuer à fonctionner. L'homme étant tout sauf stupide, il en a parfaitement conscience et sait fort bien, en vrai professionnel, jusqu'où il peut aller…

Jusqu'à ce qu'il soit confronté au dilemme de sa carrière : profiter de son impact sur le public pour démolir, ou non, la Fondation pour l'immortalité, dirigée par un homme parmi les plus puissants de la planète, Benedict Howards.

D'un côté, Jack Barron se voit offrir la présidence d'un des principaux partis politiques américains – et à terme la présidence du pays. De l'autre, en échange de son soutien, Howard lui offre l'immortalité, à lui et à Sarah, la femme dont il est séparé mais qu'il n'a cessé d'aimer.

Refusé avec une inquiétante unanimité par le marché américain, finalement prépublié en 1967-1968 dans la revue anglaise *New Worlds*, *Jack Barron et l'éternité* vaudra à cette publication une interdiction de paraître pour cause de pornographie. Il est vrai que le style argotique et plutôt cru du roman paru en librairie en 1969 – dont on qualifierait aujourd'hui le contenu de « sexuellement explicite » – tranchait singulièrement avec la production de l'époque…

Remarquable fable sur l'affrontement entre le pouvoir politique et celui des médias, *Jack Barron et l'éternité* reste l'un des romans phares des années soixante et propulsa son auteur au rang des superstars de la provocation…

1967-1968 – Edmond M. HAMILTON, *Les Loups des Étoiles*
1. *L'Arme de nulle part* (*The Weapon from Beyond*, 1967)
2. *Les Mondes interdits* (*The Closed Worlds*, 1968)
3. *La Planète des Loups* (*World of the Starwolves*, 1968)
Éditions Denoël, Lunes d'encre.

Morgan Chane est un Loup des Étoiles pas tout à fait comme les autres : il est d'origine terrienne. Sur le plan physique, c'est de loin le plus faible de la meute, le moins résistant, celui dont les réflexes sont les plus lents. Un presque infirme, en somme. En revanche, selon les critères des humains, Chane est un véritable surhomme, au corps endurci et à l'esprit affûté par la vie en haut espace. Rien n'est donc simple pour cet éternel *différent*. Au nom du culte de la force physique, la plupart des Loups des Étoiles, Vikings de l'espace des temps futurs, le méprisent – tandis que les humains, pour lesquels il n'est qu'un traître, le rejettent et le craignent.

Lorsque Morgan Chane tue l'un des siens, il n'a d'autre choix que de devenir un fugitif, traqué d'un bout à l'autre de la galaxie par une meute implacable.

Voilà trois aventures colorées, pleines du fracas de batailles spatiales, nourries de rebondissements incessants, au fil desquelles le lecteur émerveillé va de surprise en découverte. La trilogie des *Loups des Étoiles* anticipe de dix ans celle de *La Guerre des étoiles*. Coïncidence : la propre épouse d'Edmond M. Hamilton, Leigh Brackett, elle-même grande prêtresse de la *space fantasy* exotique, sera la scénariste inspirée de *L'Empire contre-attaque*, temps fort de la trilogie. On ne s'étonnera donc pas de découvrir en Morgan Chane le frère aîné d'un certain Han Solo…

Né en 1904, Edmond M. Hamilton publie son premier texte en 1926 dans *Weird Tales*. Avec E. E. Doc Smith, John W. Campbell Jr. et Jack Williamson, il forme le carré d'as des maîtres fondateurs du *space opera*, un genre dans lequel il excelle jusqu'à sa disparition en 1977, au terme d'une carrière des plus brillantes.

Hamilton est également un pionnier de la science-fiction pour la jeunesse, en particulier pour son implication dans la série *Captain Future* (1940-1941), dont il signe la presque totalité des vingt-quatre romans, et pour son travail de scénariste des aventures de *Superman* pour la firme D.C. Comics.

À partir de 1946, année de son mariage avec Leigh Brackett, Hamilton produit moins frénétiquement et prend le temps de peaufiner ses romans, donnant au *space opera* quelques lettres de noblesse avec des œuvres telles que *Les Rois des étoiles* (*The Star Kings*, 1949) et surtout la trilogie des *Loups des Étoiles*. Edmond M. Hamilton est également l'auteur d'un fort étonnant roman aux frontières de la science-fiction et de la *fantasy* : *La Vallée magique* (*The Valley of Creation*, 1948).

1968 – Italo CALVINO, *Cosmicomics*
Le Livre de poche, SF n° 7044.
Points Seuil n° 416.

Présent en tant qu'observateur depuis l'aube des temps sous une forme ou une autre, la cellule narratrice Qfwfq passe en revue rien de moins que l'histoire complète de l'univers : de son origine à son état actuel, en passant par l'apparition de la vie puis de l'intelligence (si l'on veut…) puis de la technologie (aïe !). D'où ce choix de vignettes et de courts récits.

Italo Calvino (1923-1985), auteur de science-fiction ? Disons qu'il l'utilise pour exercer son regard sur l'humanité et ses petites misères. Et qu'il en profite pour rendre bien floues les traditionnelles frontières entre les genres, tout en interpellant le lecteur sur la notion même de littérature.

Pour ces raisons et quelques autres, l'œuvre de Calvino ressortit pour une bonne part au Réalisme magique et s'avère d'une parfaite postmodernité.

Italo Calvino peut être considéré comme l'un des précurseurs de l'Esthétique de la Fusion, aux côtés de Donald Barthelme, Robert Coover, Jorge Luis Borges, Umberto Eco ou, plus récemment, Paul Auster.

1968 – John BRUNNER, *Tous à Zanzibar* (*Stand on Zanzibar*)
Éditions J'ai lu, SF n°s 1104 et 1105.
Le Livre de poche, SF n° 7180.
Prix Hugo 1969/prix Apollo 1973.

Le 3 mai 2010, date à laquelle commence le récit, la population de la Terre compte neuf milliards d'individus. En se serrant les coudes et en rentrant le ventre (chose assez aisée pour la majorité des gens puisqu'ils vivent dans le tiers monde), cette populace tiendrait tout juste debout sur l'île de Zanzibar.

Voilà pour le titre du roman.

La General Electrics, une transnationale toute-puissante dont le vice-président est un certain Norman House, monte une opération de type néocolonial au Beninia, un minuscule État africain supposé indépendant et plongé dans un profond marasme – tandis que les services secrets américains chargent un de leurs agents, Donald Hogan, d'enlever un scientifique sur le territoire du Yatakang, une démocratie populaire voisine de la Chine. Voilà pour la (double) trame principale du roman.

Légalisation des drogues, insécurité permanente, société éclatée en multiples ghettos, pollution omniprésente, interdiction des véhicules particuliers, démographie catastrophique, libération sexuelle, mise en place de politiques eugéniques, montée des idéologies messianiques, emprise croissante des transnationales…

Voilà pêle-mêle quelques éléments permettant de se faire une idée du monde terrifiant qui nous attend – et qui, par bien des aspects, nous est déjà contemporain.

Cent vingt et une séquences réparties en quatre séries : *Contextes*, *Le Monde en marche*, *Jalons et portraits, Continuités.* Pour une structure totalement éclatée qui évoque *U.S.A.* de John Dos Passos ou certains écrits de William S. Burroughs. Voilà pour la structure de ce « non-roman » considéré par beaucoup comme l'apport le plus important de la science-fiction à la littérature mondiale du XXe siècle.

1969 – Kurt VONNEGUT Jr., *Abattoir-Cinq ou la Croisade des Enfants : farandole d'un bidasse avec la mort* (*Slaughterhouse-Five*)
Éditions J'ai lu, SF n° 470.
Points Seuil n° 508.

Billy Pélerin et Montana Patachon, une actrice de renom, ont été enlevés par des extraterrestres et amenés sur la planète Tralfamador. Placés sous un dôme transparent, ils sont devenus des objets d'étude pour les savants autochtones, intéressés aussi bien par leur activité sexuelle que par leur langage et leur comportement.

En quelques mots, tel est le sujet d'*Abattoir-Cinq*. Ou plutôt son prétexte, car le propos réel de Kurt Vonnegut Jr. est d'interroger la mémoire de son alter ego romanesque Billy Pélerin. Mais le cerveau est une machine complexe et c'est dans un total désordre que Billy se retrouve convié à l'observation de divers épisodes de sa propre vie, de sa naissance à sa mort. Certains éléments ayant durablement marqué sa psyché se manifestent plus que d'autres dans cette évocation. En particulier ce jour de février 1945 où, terré dans un abattoir, il doit subir la pluie de bombes qui anéantit la ville allemande de Dresde…

Abattoir-Cinq est considéré comme le chef-d'œuvre de Kurt Vonnegut Jr. De cet écrivain né à Indianapolis en 1922, fantasque, grincheux, délirant, imprévisible, inclassable… mais dont le voisinage avec Swift et Voltaire est patent, Graham Greene dira qu'il est simplement « un des plus grands écrivains américains vivants ». Détail amusant : Vonnegut a toujours prétendu détester la science-fiction et affirmé avec force que ses livres – se situant à l'occasion dans le futur, pleins d'extraterrestres et intégrant des voyages dans le temps – n'avaient rien à voir, mais alors rien à voir du tout avec cette sous-littérature. Nous sommes bien d'accord (ne pas contrarier les artistes). D'où la nécessité impérieuse de conseiller la lecture d'*Abattoir-Cinq* à toute personne normalement constituée – c'est-à-dire détestant la science-fiction sans en avoir jamais lu mais ayant adoré nombre de livres de science-fiction sans savoir qu'ils ressortissaient au genre…

Traduit et publié en France en 1971 (Seuil), ce roman a exercé une profonde influence sur certains des écrivains français parmi les plus littéraires de la science-fiction des années soixante-dix. Des nouvelles devenues des classiques comme « Observation des Quadragnes » de Jean-Pierre Andrevon (des extraterrestres examinant les ébats sexuels d'un couple de Terriens qu'ils ont enlevés) ou « Thomas » de Dominique Douay (un ordinateur explorant la mémoire d'un humain dans le désordre) témoignent de cette influence.

Les romans de Vonnegut, et *Abattoir-Cinq* en particulier, constituent de parfaites illustrations d'une science-fiction préoccupée autant par son fond (critique politique, économique, sociale) que par sa forme esthétique. Dès les années cinquante, soit une grosse décennie avant la New Wave britannique, les œuvres d'auteurs comme Vonnegut – mais aussi Nevil Shute (*Sur la plage*), Gore Vidal (*Messie*) ou en France Jacques Audiberti et Boris Vian – sont les premières tentatives menées de l'extérieur du domaine éditorial du genre (ou au moins de ses marges en ce qui concerne Kurt

Vonnegut Jr. ou Ward Moore) pour élaborer une littérature fusionnelle « roulant » sur la problématique de la science-fiction (y compris en faisant appel à ses motifs les plus populaires : voyage dans le temps, intelligence extraterrestre) mais s'inscrivant dans le champ formel de la littérature générale. En somme, une première occasion – hélas en grande partie manquée – d'insuffler à cette dernière un peu de l'énergie et de la modernité propres à la science-fiction.

1969 – Roger ZELAZNY, *L'Île des Morts*
(*Isle of the Dead*)
Éditions J'ai lu, SF n° 509.

Francis Sandow est un faiseur de mondes, le seul à ne pas être de l'antique race des Pei'ens. Épuisé par des millénaires de guerre contre les Bahuliens, des barbares féroces et dépravés, le peuple Pei'en s'étiole. À dire vrai, les Pei'ens sont sans doute condamnés à disparaître, ce qui ne les affecte pas outre mesure, leurs savants ayant terminé d'écrire l'Histoire de la Civilisation Péi'enne en 14 926 volumes... Car les Pei'ens possédaient déjà un vaste empire galactique au temps où les hommes vivaient encore dans des cavernes. De plus, leur héritage leur survivra – en particulier la religion particulièrement tolérante qu'ils ont fondée, le Strantrisme, qui s'est disséminée dans une galaxie riche de mille cinq cents mondes habités et où cohabitent dix-sept autres races intelligentes, dont les hommes.

Francis Sandow est un humain. Membre du club très fermé des cent plus grandes fortunes de la galaxie, il réside sur Terre libre, un monde qui lui appartient et qu'il a façonné selon ses désirs. Il y vit entouré de serviteurs mécaniques et d'animaux parfois un peu envahissants, avec un chef rigélien hors pair – Mmmrt'n Brrm'n alias « Martin Bremen » – qui lui concocte d'excellents repas, et de maîtresses à contrat déterminé. En somme, tout va pour le mieux, d'autant qu'en ce XXXIIe siècle Francis Sandow, né au XXe siècle, est le doyen de son espèce.

Francis Sandow est également le réceptacle de Shimbo de la Tour de l'Arbre Noir, alias le Semeur de Tonnerre, l'un des dieux de l'immense panthéon Pei'en.

Sous l'identité de Lawrence J. Conner, de Lochear, Sandow quitte son paradis personnel pour affronter un ennemi implacable qui a usurpé le nom d'une autre divinité. Celui-ci a ramené à la vie d'anciennes connaissances de Sandow : Dango la Fine Lame, Courtcour Bodgis l'homme au cerveau d'ordinateur, Mike Shandon qui a failli renverser son empire, l'obscène Nick le nain ou encore Dame Korle d'Algol qui l'a aimé autant que détesté.

Francis Sandow et son ennemi inconnu vont s'affronter sur l'Île des Morts, un monde créé par Sandow le faiseur d'univers d'après un tableau de Böcklin.

Roger Zelazny représente une voix à part dans la science-fiction. Son œuvre extrêmement originale est nourrie de mythologies et repose, pour une large part, sur la problématique des rapports entre l'humain et le divin. Très connu pour ses romans souvent aux frontières de la science-fiction et de la *fantasy* – *Royaumes d'ombre et de lumière, Seigneur de lumière*, le cycle des *Neuf Princes d'Ambre* –, Roger Zelazny fut, dans le domaine de la forme courte, un des plus remarquables stylistes liés à la « mouvance » de la Fiction Spéculative. On trouvera un choix de ses nouvelles, certaines réellement éblouissantes, dans *Le Livre d'or* (Pocket) qui lui a été consacré.

1970 – Larry NIVEN, *L'Anneau-monde*
(*Ringworld*)
Éditions J'ai lu, SF n° 3527.
Prix Hugo 1971.

Un colossal artefact torique est découvert en orbite autour d'une étoile lointaine par la race des Marionnettistes, des Centaures bicéphales. Une expédition, composée de deux humains (un vieil homme et une jeune femme) et de deux extraterrestres (un Marionnettiste et un Kain, dangereux être félin), est organisée pour aller l'explorer.

Il apparaît que l'artefact a été construit et ancré en cet endroit de la galaxie par une civilisation humaine aujourd'hui disparue sans laisser d'autre trace.

Après des études de mathématiques, de psychologie et de philosophie, Larry Niven (né en 1938) se lance avec enthousiasme, au cours des années soixante, dans l'écriture de nouvelles et de romans de science-fiction.

Le lectorat voit aussitôt en lui un digne successeur de Robert Heinlein et de Poul Anderson, et les récompenses (prix Hugo et Nebula) commencent à pleuvoir sur cet auteur rigoureux.

S'appuyant sur une documentation scientifique pointue, Larry Niven propose des romans fondés sur des extrapolations scientifiques rigoureuses – ce qui ne l'empêche pas de convier le lecteur dans un lointain futur peuplé de nombreux extraterrestres et de lui proposer des récits exotiques et colorés. Une bonne partie de cette œuvre, réjouissante sur le plan des idées, met en scène un monde cohérent et constitue une sorte de saga : *Les Récits de l'Univers connu.*

Auteur de plusieurs dizaines de romans qui sont autant de best-sellers aux États-Unis, Larry Niven est connu du public français par de trop rares traductions : *Le Monde des Ptavvs* (1966), *L'Anneau-monde* (1970) et sa suite *Les Ingénieurs de l'anneau-monde* (1979), *Protecteur* (1973).

1970-1971 – Robert SILVERBERG, *Les Monades urbaines* (*The World Inside*)
Éditions J'ai lu, SF n° 997.
Le Livre de poche, SF n° 7116.

En 2381, soixante-quinze milliards d'êtres humains vivent sur Terre, entassés dans de colossales tours de mille étages, hautes de trois mille mètres : les Monades urbaines, véritables villes-États autonomes mais groupées en constellations. Chaque étage d'une Monade urbaine porte le nom d'une ancienne ville de la Terre : Shangaï, Chicago, Pittsburgh. L'ensemble constitue l'Urbmon, une société en apparence non conflictuelle, fondée sur une sexualité totalement libérée – aucun individu ne peut refuser de satisfaire au désir sexuel d'autrui – et l'exaltation de la fécondité.

Cela étant, il s'agit d'un univers extrêmement hiérarchisé, à l'image de l'occupation des Monades : les « paupos » (prolétaires) sont entassés dans les bas étages des tours tandis que les intellectuels et les responsables politiques occupent les luxueux appartements des niveaux supérieurs. Les indésirables (les « anomos ») de toute nature sont impitoyablement chassés des Monades, telle Aurea dont le crime est d'être stérile. Certains individus tentent de fuir cet univers totalitaire pour se réfugier dans l'une des mythiques communes agricoles au mode de vie horizontal plutôt que vertical, qui existeraient quelque part à la surface d'un monde dont la cartographie a été oubliée.

En définitive, la mort apparaît comme la seule échappatoire – c'est en tout cas le choix de Sigmund Kluvel qui, au terme de son ascension sociale au sein de la MU 116, se précipitera dans le vide.

Construit à partir de plusieurs textes publiés dans *Galaxy SF* et publié en volume en 1971, *Les Monades urbaines* constitue l'un des temps forts de la carrière d'un auteur très inégal, tant pour ses motivations (financières ou artistiques) que par la qualité de sa production littéraire, mais qui, au tournant des années soixante/soixante-dix, eut une véritable crise de génie ! En moins de cinq ans, Silverberg signe quelques-uns des chefs-d'œuvre de la période : *Les Masques temps* (1968), *Les Ailes de la nuit* (1969), *L'Homme dans le labyrinthe* (1969), *Les Monades urbaines* (1971), *Le Fils de l'homme* (1971), *L'Oreille interne* (1971), *Le Livre des crânes* (1972).

1970 – Jack FINNEY, *Le Voyage de Simon Morley* (*Time and Again*)
Éditions Denoël, Lunes d'encre.
Grand Prix de l'Imaginaire 1994.

Remonter le fleuve du temps ? C'est possible ! Et cela ne nécessite aucun de ces appareils compliqués inventés par les auteurs de science-fiction dans le sillage de H. G. Wells et de son chronoscaphe. Non ! Pour voyager dans le temps, il suffit de commencer par se détacher du présent, en se dépouillant de ses pensées et comportements habituels qui vous ancrent dans la quotidienneté, qui vous verrouillent sur des rails à sens unique, allant du présent vers le futur. Se détacher : c'est le maître mot. Avant de « s'accorder » à l'époque passée que l'on souhaite visiter, dans laquelle on veut plonger. Donc vivre comme quelqu'un de ce temps-là, dans un lieu où rien ou presque n'a changé, en ayant reconstitué un environnement adéquat. Et puis un beau jour, immanquablement, pfft ! vous y serez.

En tout cas, c'est plus ou moins la théorie du professeur Danzinger – mais Simon Morley, évidemment, n'y croit pas trop. Enfin, au début…

Publié en 1970, *Le Voyage de Simon Morley* a immédiatement convaincu le lectorat et la critique, au point de faire rapidement figure de classique de la littérature anglo-saxonne. Connu en France d'une poignée de spécialistes, cet énorme « roman illustré » dont le texte se nourrit et fait écho à une imposante iconographie – une partie du « combustible » de Simon Morley – a joui pendant un quart de siècle d'un statut d'œuvre culte. Sa traduction (tardive) en 1994 masque l'importance historique de ce roman jouissif et d'une profonde originalité, comme l'influence qu'il a exercée sur le genre. Heureusement, le lectorat français des années quatre-vingt-dix a réagi de la même manière que le lectorat américain des années soixante-dix : *Le Voyage de Simon Morley* est aujourd'hui considéré comme indispensable pour tout amateur exigeant.

Rare et excellent nouvelliste, Jack Finney est fasciné par les « mondes d'à côté » – dans l'espace ou dans le temps. La majeure partie de son œuvre se nourrit de cette fascination. Bien peu préoccupé de véracité (pseudo-) scientifique, mais travaillant indiscutablement à l'intérieur du champ (élargi) de la science-fiction, Finney est un auteur inclassable, précurseur de l'Esthétique de la Fusion. Son roman le plus connu, *L'Invasion des profanateurs*, a été porté à l'écran à plusieurs reprises.

1971 – Jean d'ORMESSON, *La Gloire de l'Empire*
Éditions Gallimard, Folio n° 2618.
Grand Prix du Roman de l'Académie française.

Les origines d'Onessa restent, encore de nos jours, nimbées de mystère. La date de – 1450 pour sa fondation paraît une approximation acceptable, mais certains proposent de la reculer jusqu'aux environs de – 4000. Le premier événement historique daté avec une relative précision concerne la lutte des deux fils du prince d'Onessa : l'Aigle et le Tigre, vers – 35, – 10. Et, bien entendu, on s'accorde à dater à l'an 0 la fondation de la Ville, « port grouillant de monde et d'une remarquable prospérité » autour duquel, au fil des siècles, s'est constitué l'Empire, sous la direction, chacune à leur tour, de deux familles rivales : les Porphyre et les Venosta.

La Ville connaît son premier Âge d'or entre 260 et 420 avant de connaître des temps difficiles, résultant d'incessantes confrontations avec les Barbares – y compris parfois les mercenaires chargés d'assurer l'ordre à l'intérieur même de la Ville. L'un d'eux, Arsaphe, en devient le prince en 515. Son règne s'accompagne d'une décadence littéraire et artistique, et après sa mort, en 542, survient une longue période d'anarchie désignée sous le nom de second Moyen Âge.

L'entrée de Basile à Aquilée en 720 – suivie de son couronnement quatre ans plus tard – marque le début d'une nouvelle ère de stabilité, le nouveau prince se montrant fin diplomate et concluant de nombreuses alliances. Sa mort en 753 plonge une fois encore l'Empire dans l'anarchie d'un troisième Moyen Âge.

Revenu dans un empire démantelé par les Barbares après un exil volontaire de douze années, Alexis (né en 747) prend le pouvoir grâce à la conspiration d'Isidore et est couronné en 781. La Nouvelle Alliance qui s'ensuit marque la formation véritable de l'Empire : le plus grand de tous les temps !

Son œuvre achevée, Alexis abandonne le trône…

C'est la fabuleuse épopée d'Alexis que Jean d'Ormesson retrace dans cette somme fabuleuse et colossale qu'est *La Gloire de l'Empire*. En annexes à un texte pétillant qui se dévore comme un roman, l'auteur a joint une chronologie détaillée de l'Empire intégrant l'histoire politique et militaire, l'état des sciences et des arts, ainsi que les principaux événements dans le reste du monde. Une bibliographie secondaire de près de cent références, un recensement des thèmes historiques et un gigantesque index des noms de personnes et de lieux complètent cette œuvre unique.

D'autant plus unique que tout y est… inventé.

Troquant pour un temps son costume d'académicien affable contre celui d'historien érudit, Jean d'Ormesson a écrit un époustouflant pastiche de ces grands récits historiques du XIXe siècle. Rien n'y manque – pas même les cartes et les références aux querelles de spécialistes !

Aventure romanesque et amoureuse pleine de bruit et de fureur, d'intelligence et de passion, évoluant entre histoire imaginaire et uchronie, *La Gloire de l'Empire* est l'une des œuvres maîtresses du sémillant et indispensable Jean d'Ormesson.

1971-1982 – Michael MOORCOCK, *Les Aventures uchroniques d'Oswald Bastable*

1. *Le Seigneur des airs* (*Warlord of the Air*, 1971), Pocket, SF n° 5624.

2. *Le Léviathan des terres* (*The Land Leviathan*, 1974), Pocket, SF n° 5625.

3. *Le Tsar d'acier* (*The Steel Tsar*, 1982), Pocket, SF n° 5626.

1902 : Oswald Bastable, capitaine aux 53e lanciers de l'armée des Indes, prend le commandement d'une expédition vers l'Himalaya et Kumbalari, dans le nord-est de l'Inde, région mystérieuse et explosive où le Népal, le Tibet et le Bouthan se rejoignent. Ses ordres : faire une simple démonstration de force, si possible en évitant toute échauffourée mais avec assez de conviction pour donner à réfléchir à Sharan Kang, un chef de guerre fanatique et tout-puissant dans la région.

Mais la mission de routine tourne mal et Bastable, sous l'emprise d'une drogue inconnue, effectue un bond dans le futur…

Et ce qui aurait pu n'être qu'un roman d'aventures coloniales à la manière de Kipling devient une somptueuse uchronie ! Car le monde de l'an 1973 visité par l'infortuné Bastable n'a que peu de rapport avec ce que l'on connaît de notre propre réalité. Le Commonwealth américain et l'Empire britannique se partagent la majeure partie de la planète, tandis que des dirigeables longs de mille deux cents pieds sillonnent les cieux à cent miles à l'heure.

Écrite sur une période de douze ans, complétée pour des raisons pratiques de simple survie – le troisième volume n'est-il pas dédié « à mes créanciers, intarissable source d'inspiration » ? –, la trilogie des *Aventures uchroniques d'Oswald Bastable* constitue, presque malgré elle, un des temps forts de l'univers littéraire de Michael Moorcock, auteur aussi doué et inventif que versatile et superficiel.

Cette œuvre drôle, sarcastique, exubérante, est annonciatrice de la vague *steampunk*[1] qui revitalisera la science-fiction d'aventures, en particulier britannique, au cours des années quatre-vingt.

1. Récits d'inspiration gothique mettant généralement en scène un XIXe siècle victorien subtilement uchronique, où se mêlent, dans les prémisses de la Révolution industrielle, éléments magiques et proto-technologiques.

1972 – Gene WOLFE, *La Cinquième Tête de Cerbère* (*The Fifth Head of Cerberus*)
Le Livre de poche, SF n° 7048.
Pocket, SF n° 5228.

Anciennes colonies humaines, Sainte-Croix et Sainte-Anne doivent leurs noms inhabituels au fait que leurs premiers habitants étaient d'origine française. Sur ces planètes jumelles se croisent humains, extraterrestres, clones…

Space opera moderne et poétique, *La Cinquième Tête de Cerbère* est le second roman d'un auteur alors reconnu pour l'excellence de ses nouvelles – Stan Barets rapporte que Ursula K. Le Guin, qui n'a pas la réputation d'adresser des fleurs à ses collègues sans solides raisons, écrivit à propos du recueil *L'Île du Docteur Mort* que l'on y trouvait « quelques-unes des meilleures nouvelles américaines de la décennie ».

Wolfe est avant tout un excellent styliste qui possède une vision véritablement cosmique, comme en témoigne son chef-d'œuvre, la tétralogie messianique formée de *L'Ombre du bourreau* (1980), *La Griffe du demi-dieu* (1981), *L'Épée du licteur* (1982) et *La Citadelle de l'Autarque* (1983).

1972 – Robert MERLE, *Malevil*
Éditions Gallimard, Folio n° 1444.
John W. Campbell Jr. Memorial Award 1974.

Pâques 1977 : la guerre a pris le monde par surprise. Emmanuel n'a rien vu venir, occupé qu'il était à mettre son vin en bouteilles tandis que ses copains discutaient des prochaines élections. Eux ont survécu. Parce que érigé sur un roc millénaire, en ce coin de France qui fut le berceau de la préhistoire, l'antique forteresse de Malevil a, en effet, résisté au feu nucléaire alors que la campagne avoisinante était réduite en cendres, comme tout ce qui y vivait.

Qui le premier a appuyé sur le bouton ? On ne sait. La question n'a d'ailleurs aucun intérêt pour ceux dont l'unique préoccupation tient en un mot : survivre.

Né en 1908, prix Goncourt pour *Week-end à Zuydcoote*, Robert Merle constitue un rare contre-exemple de cette règle voulant que, lorsque des écrivains célébrés dans le monde de la littérature dite générale s'aventurent dans la science-fiction, c'est avec tant d'idées préconçues qu'ils s'y fourvoient quasi immanquablement – cette règle est également connue comme le « syndrome Doris Lessing[1] ».

1. Romancière anglaise née en 1919, Doris Lessing est restée célèbre pour son engagement contre le colonialisme et l'oppression des peuples africains. Ses incursions répétées dans la littérature de science-fiction, qu'elle-même qualifie volontiers

Après *Un animal doué de raison* (1967), dans lequel des dauphins développent leur intelligence au point de se révéler plus humains que les humains, et avant *Les Hommes protégés* (1974), où une encéphalite foudroyante s'attaque à la moitié mâle de l'humanité, provoquant la féminisation de la société, *Malevil* est un véritable modèle de la littérature postcataclysmique et survivaliste. C'est une œuvre essentielle dans l'histoire de la science-fiction francophone.

1972 – Norman SPINRAD, *Rêve de fer*
(*Iron Dream*)
Le Livre de poche, SF n° 7011.
Pocket, SF n° 5414.
Prix Apollo 1974.

Né en Autriche en 1889, naturalisé allemand, Adolf Hitler est pris dans la tourmente de la Première Guerre mondiale au cours de laquelle il est gazé. Après la défaite de l'Allemagne, il vit pendant quelques mois à Munich où il se fait remarquer par ses provocations d'extrême droite. L'inexorable montée du communisme le conduit à émigrer en 1919 aux États-Unis, où il survit misérablement en tant qu'artiste peintre.

Après avoir réalisé plusieurs illustrations pour

d'*inner space-fiction*, sont souvent considérées comme parfaitement représentatives des difficultés d'assimiler les codes d'écriture du genre.

Amazing Stories, Adolf Hitler se lance dans l'écriture de romans d'*heroic fantasy* : *La Race des maîtres*, *L'Empire de mille ans* et surtout *Le Seigneur du Svastika*, considéré comme son œuvre la plus achevée, justement récompensée par le prix Hugo en 1954.

C'est ce dernier roman qui se voit aujourd'hui réédité, accompagné d'une courte biographie de l'auteur et, en guise de postface, d'une importante étude publiée à l'origine en 1959 par un critique new-yorkais, dans laquelle sont démontés avec précision les mécanismes d'un roman sans doute historiquement surfait, se résumant aisément à une poignée de composants psychanalytiques : fétichisme, homosexualité latente, impuissance, racisme exacerbé.

En définitive, ce travail éditorial utilement mené par Norman Spinrad tend à démontrer, avec le recul, qu'Adolf Hitler n'a probablement pas été l'écrivain incontournable que certains prétendent…

Avec sa structure de roman dans le roman, l'utilisation d'un matériau littéraire mais non romanesque, sa dimension ludique et son appel au mythe, *Rêve de fer* apparaît comme une tentative originale d'aiguiller pour un temps la science-fiction sur des chemins de traverse et de l'y conjuguer à des pratiques littéraires relevant de la postmodernité.

Né en 1940, l'écrivain juif américain Norman Spinrad était sans doute l'un des mieux placés pour signer une œuvre aussi provocatrice et à l'évident engagement. Considérée fort sottement comme une apologie (déguisée) du nazisme, *Rêve de fer* fut pendant des années interdit de publication en Allemagne de l'Ouest…

1973 – Ian WATSON, *L'Enchâssement*
(*The Embedding*)
Le Livre de poche, SF n° 7013.
Pocket, SF n° 5211.
Prix Apollo 1975 / *John W. Campbell Jr. Memorial Award* 1974.

En Angleterre, une équipe de linguistes placée sous la direction du professeur Chris Sole enseigne à des enfants orphelins, isolés du monde extérieur, un langage artificiel construit selon le principe de l'enchâssement.

En Amazonie, un ethnologue français découvre la tribu des Xemahoa dont les membres, lorsqu'ils sont placés sous l'influence d'une drogue hallucinogène, pratiquent une langue sacrée qui fonctionne selon ce même principe d'enchâssement.

Dans le désert du Nevada, une rencontre au sommet a lieu entre une délégation américano-soviétique et les Sp'thra, des extraterrestres venus proposer aux Terriens un échange : la technologie permettant le vol spatial contre des informations sur l'enchâssement, considéré comme la clé d'une libération de l'esprit.

Construit autour de trois lignes de narration indépendantes qui finissent par se rejoindre en une conclusion éblouissante, *L'Enchâssement* est le premier roman du Britannique Ian Watson (né en 1943), parfait représentant de l'« école » de la Fiction Spéculative née dans les pages de la revue *New Worlds*. Sans doute inspiré des recherches formelles et structurelles du Raymond Roussel des *Impressions d'Afrique* – Ian Watson a été professeur de littérature à Birmingham –, *L'Enchâssement* est une œuvre extrêmement habile, dont la forme est en accord avec le fond, d'une force peu commune, et qui propose une réflexion poussée sur le langage et la communication.

1973 – Michel JEURY, *Le Temps incertain*
Le Livre de poche, SF n° 7118.
Grand Prix de la Science-Fiction française 1974.

Le Temps incertain pourrait n'être qu'un récit de voyage dans le temps où une drogue aurait remplacé le chronoscaphe de Wells ; où, au lieu de se promener dans le passé ou dans le futur (en soi rien que de très banal), l'explorateur intrépide aurait opté, bien malgré lui, pour une manière d'indéterminé truffé de pièges...

Le Temps incertain pourrait être décrit comme un roman de *hard science*, élaboré autour d'un concept plutôt pointu : la chronolyse ; ou comme un techno-thriller détaillant les mécanismes secrets d'une guerre de succession sans pitié dans les couloirs d'une transnationale pharmaceutique ; ou comme une quête ontologique doublée d'un parcours initiatique pour un personnage – Holzach/Diersant/Larcher/Renato – à multiples facettes et incarnations ; ou comme une réflexion métaphysique sur la vie, la mort et toutes ces choses, avec pour lot de consolation la notion d'éternité subjective et pour localisation du paradis la plage de la Perte en Ruaba, au bord de l'océan Oradak ; ou comme...

Le Temps incertain pourrait être considéré comme un roman de science-fiction raisonnablement « classique » en ce qui concerne le fond – et comme un avatar tardif du Nouveau Roman en ce qui concerne la forme. Ce qui reviendrait à y voir une œuvre fondatrice du courant « fusion » qui s'est mis à souffler sur les littératures de genre à la fin de ce siècle.

Peut-être.

Ou peut-être pas...

En tout cas, ce qui est peu discutable, c'est qu'il existe une science-fiction française avant *Le Temps incertain* et une science-fiction française après *Le Temps incertain*. Et qu'il s'agit d'une œuvre tellement riche et complexe que tout le monde ou presque – des « ultras » du mouvement Limite aux intégristes de la mouvance F.A.U.S.T. – continue de se réclamer de l'héritage d'un écrivain autrefois culte, ayant aujourd'hui abandonné l'avant-garde pour faire carrière dans la littérature du terroir...

1974 – Christopher PRIEST, *Le Monde inverti* (*Inverted World*)
Éditions J'ai lu, SF n° 725.

Terre est le nom d'une ville-véhicule qui ne cesse de se déplacer sur un réseau de rails, posé par les techniciens de la Guilde des Voies, à la surface d'une planète en forme d'hyperboloïde de révolution. Chacun est mobilisé en permanence pour que Terre suive une voie déterminée avec précision par les calculateurs de la Guilde des Topographes du Futur. L'enjeu est de taille : se rapprocher d'un bien hypothétique Optimum, une sorte de point fixe sur la planète dont les terres dérivent en permanence. Et le risque est toujours présent – Helward Mann en prend conscience lorsqu'il assiste à la métamorphose des femmes qu'il est chargé de reconduire dans leur village.

Car au fur et à mesure que Mann s'éloigne de la ville et de trajectoire, il est le témoin des aberrations affectant le temps et l'espace : les montagnes s'étirent et s'écrasent, les gouffres se comblent… tout devient plat, immensément plat.

Pour ces humains organisés en Guildes et dont la survie est intimement liée à la notion d'errance, l'ultime problème se pose lorsque la ville atteint le rivage d'un océan…

« J'avais atteint l'âge de mille kilomètres... »

C'est par cette phrase que s'ouvre l'un des romans les plus fascinants des années soixante-dix, dû à la plume inspirée d'un très jeune auteur britannique, Christopher Priest. Cette œuvre déstabilisante au possible se situe à la parfaite intersection des recherches esthétiques les plus fécondes et de la plus authentique *hard science* – car toutes les descriptions, y compris les plus délirantes en apparence, s'avèrent parfaitement justifiées dans l'univers conceptualisé par Priest et relèvent d'une logique sans faille.

Le Monde inverti possède en France un véritable statut de « roman culte ».

1977 – Frederik POHL, *La Grande Porte* (*Gateway*)
Le Livre de poche, SF n° 7069.
Éditions J'ai lu, SF n° 1691.
Prix Hugo 1978 / prix Nebula 1978 / prix Locus 1978 / *John W. Campbell Jr. Memorial Award* 1978 / prix Apollo 1979.

La Grande Porte : un artefact abandonné par les Heechees à proximité de Vénus, il y a environ un demi-million d'années. C'est une sorte de parking orbital où attendent des centaines de vaisseaux spatiaux, chacun d'eux programmé pour une destination particulière.

En découvrant cet extraordinaire vestige d'une civilisation qui dut être grandiose, les hommes comprennent que le chemin des étoiles les plus lointaines leur est enfin ouvert. Seul problème, mais de taille, il est impossible de choisir sa destination.

Qu'à cela ne tienne ! Il y a toujours des gens suffisamment intrépides – ou assez désespérés –

pour tenter leur chance et risquer un voyage souvent sans retour.

À cette loterie cosmique, Robinette Broadhead est du petit nombre des gagnants. Son passage à travers la Grande Porte lui a rapporté la richesse. À bord du *S. Ya. Broadhead*, il peut désormais explorer l'univers entier. Cela étant, il n'en éprouve pas moins le besoin irrépressible de voir une fois par semaine son ordinateur-psychanalyste, l'insupportable Sigfrid von Shrink…

Avec *La Grande Porte*, Frederik Pohl renoue avec la veine humoristique – tendance acide et ascendant caustique – qui avait été la sienne dans *Planète à gogos*, écrit avec Cyril M. Kornbluth. Il propose en même temps un roman ambitieux, nourri d'intrigues croisées qui se développent sur une scène à l'échelle de l'univers. Au fur et à mesure que le lecteur avance dans le roman – puis dans ses suites : *Les Pilotes de la Grande Porte* et *Rendez-vous à la Grande Porte* – se dévoile le mystère de la nature des Heechees, de leurs relations avec les humains, de leurs buts. *La Grande Porte* est une réussite majeure qui raflé tous les prix littéraires disponibles dans le genre.

1977 – William Gibson, « Fragments de rose en hologramme », [*Gravé sur chrome*], Éditions J'ai lu, SF n° 2940.

Voici l'histoire de Parker, trente ans, au lendemain du départ définitif d'Angela – qui n'a laissé derrière elle qu'une bride de sandale cassée, une carte postale ornée d'une rose en hologramme et une cassette de PSA (Perception Sensorielle Apparente) presque entièrement effacée. D'elle, Parker ne conserve que ceci : un fragment enregistré d'un voyage à Athènes, à une époque où il ne l'avait pas encore rencontrée. Et puis la silhouette d'un vélo-taxi qui s'éloigne sous la pluie acide et âcre…

« Fragments de rose en hologramme » est le premier texte publié par William Gibson.

C'est un modèle de gestion des points de vue – scènes d'exposition, rappels historiques, monologues intérieurs, flash-back et matériel non romanesque se répondent et s'éclairent, canalisés et organisés par un point de vue distancié de narrateur omniscient.

C'est également la déclaration d'intention d'un auteur appelé à bouleverser la science-fiction des années quatre-vingt avec des romans étonnamment influents (*Neuromancien*) mais surtout quelques récits décisifs comme la trilogie de la *Conurb* constituée de « Johnny Mnemonic », « Hôtel New Rose » et « Gravé sur chrome ».

Entre Cold Wave et baroque, science-fiction et *hard-boiled*, Gibson invente une littérature fusionnelle capable d'évoquer un avenir *crédible* – défi que la plupart des auteurs de science-fiction avaient cessé de relever, littéralement réduits à l'impuissance par l'accélération du rythme des avancées technologiques et – surtout – de leurs répercussions et applications au quotidien. À la fin des années quatre-vingt, la critique américaine débattait d'ailleurs sur ce problème de la « singularité » : l'incapacité à décrypter un futur en approche (trop) rapide.

Mais Gibson fait bien davantage que jouer au prophète documenté (grâce à une boulimie de ce que Ballard a appelé la « littérature invisible » : notices techniques, rapports officiels, publicités spécialisées…) du court terme : il propose rien de moins qu'une révolution esthétique. Comme le note Bruce Sterling, premier et principal théoricien du mouvement Cyberpunk, « les idées des auteurs de science-fiction imprègnent la Culture en un crépitement invisible, pareil au rayonnement de fond de l'univers ». L'apport de Gibson à la science-fiction (et donc à la Culture) est du niveau d'importance de ceux de Robert Heinlein et Alfred Bester. Il va même plus loin sur un point : la transmutation des mots de la science en une forme de poésie que n'auraient pas renié Alfred Jarry, André Breton ou Jacques Audiberti : « [Un] voile blanc d'éclair de chaleur, qui, sur ce fond de ciel nocturne, avait transformé les branches pâles d'un arbre dénudé en leur propre négatif : bras de carbone tendus sur un ciel de magnésium... » « Il fallait traverser en avance rapide une brume de parasites magnétiques où le goût et l'odorat se mêlaient dans le flou d'un canal unique. La sortie audio ne délivrait que du bruit blanc – le non-bruit de l'obscur océan primordial. »

La science-fiction de William Gibson met en scène un univers épuisé où tout s'est passé trop vite, victime d'une généralisation du principe d'obsolescence forcée dénoncé par Illitch[1] dès les années soixante. Pour Gibson, l'outil convivial – celui qui ne nécessite qu'un apprentissage intuitif et redistribue donc égalitairement la compétence confisquée par les « spécialistes » – est venu trop tard. *Neuromancien* a été publié en 1984, date butoir par excellence. Seize ans plus tard, Macintosh puis Internet ont entamé une profonde redistribution des cartes et la science-fiction de Gibson fait désormais figure uchronique. Mais cela n'enlève rien à son importance historique.

1979 – Pierrette FLEUTIAUX, *La Forteresse*
Julliard.

L'Âge de chair s'est progressivement changé en Âge de fer. Deux mondes se sont un temps chevauchés. Aujourd'hui, le fer a été étendu à tous les organes de notre corps et les exercices des Petits Boucliers et des Grands Boucliers – manœuvres d'encastrement, emboîtement de nos flancs, coulissages… – sont pratiqués avec une magnifique régularité, conférant une régularité encore plus grande

1. Né à Vienne en 1926, Ivan Illitch est considéré comme l'un des penseurs les plus radicaux des structures institutionnelles de la société industrielle. Il s'est en particulier élevé contre la primauté donnée à la croissance économique et à une évolution technologique effrénée.

à la succession de plaques et de jointures qui composent la Forteresse.

Le fer est partout, rempart immense et infrangible contre l'univers inclément qui nous entoure et où attend l'ennemi. Car partout aussi le danger existe : il a pour nom Rupture Totale.

Née à Guéret dans la Creuse, Pierrette Fleutiaux (prix Femina 1990 pour son troisième roman, *Nous sommes éternels*) a vécu et enseigné à New York et à Paris. Présenté par un Julio Cortázar enthousiaste, son premier roman, *Histoire de la chauve-souris* (1975), a été salué par la critique comme une œuvre majeure.

Plusieurs recueils ont confirmé tout le bien qu'il fallait penser de cette jeune écrivain surdouée, défrichant des contrées littéraires inconnues, aux marges du Réalisme Magique, de la Fiction Spéculative et du Fantastique : *Histoire du gouffre et de la lunette* (1976), *La Forteresse* (1979), *Métamorphoses de la Reine* (1985, Goncourt de la Nouvelle), *Sauvée !* (1993).

Éditée hors du contexte éditorial des littératures de genre, l'œuvre de Pierrette Fleutiaux n'en constitue pas moins l'une des plus éblouissantes réussites de la Fiction Spéculative française, et fait de son auteur l'égale d'un Jim G. Ballard ou d'un Thomas Disch.

1980 – Gregory BENFORD, *Un paysage de temps* (*Timescape*)
Éditions Denoël, Présence du futur nos 332 et 333.
Prix Nebula 1981/*John W. Campbell Jr. Memorial Award* 1981.

En cette fin de XXe siècle, le monde s'achemine vers une catastrophe écologique. Une équipe de scientifiques tente d'envoyer à rebrousse-temps un message tachyonique de mise en garde, dans l'espoir de changer le cours des événements. Le récit se déploie alors selon deux lignes de narration : les efforts de l'équipe de l'an 1998 pour envoyer ce message, et ceux de l'équipe de 1962 pour tenter de le décoder. Ces deux récits convergent peu à peu vers l'établissement d'un paradoxe temporel.

Récompensé par le prix Nebula et le *John W. Campbell Jr. Memorial Award*, *Un paysage de temps* est généralement considéré comme le meilleur roman de Gregory Benford et comme un exemple fascinant de description de scientifiques en action, dans le cadre d'un récit de fiction. Il est vrai que l'auteur, lui-même scientifique de très haut niveau, sait de quoi il parle !

Mais cette formation n'empêche pas Benford de posséder une solide culture littéraire. On s'en convaincra en lisant *Contre l'infini* (*Against Infinity*, 1983), un étonnant roman initiatique mêlant science-fiction et réalisme dont le premier tiers met en scène un adolescent et un chasseur vieillissant, à la poursuite d'une créature extraterrestre énigmatique sur Ganymède, selon une structure narrative très proche (pour ne pas dire décalquée) du court roman de Faulkner, *The Bear*.

1980 – Robert F. YOUNG, *Baleinier de la nuit* (*Starfinder*)
Éditions Denoël, Présence du futur n° 614.

John Starfinder est ce que l'on appelle, dans le jargon du métier, un « Jonas » : un baleinier de première classe, ingénieur en tissu-moteur. Il traque sans relâche les baleines de l'espace, des formes de vie organo-métalliques grandes comme des astéroïdes et qui évoluent dans la Mer de l'Espace-Temps. Une fois harponnées, les baleines sont acheminées vers les Chantiers de Construction Orbitaux d'Étoile Lointaine **** (Ghaul). Là, leurs carcasses déganglionnées sont confiées aux Transformateurs qui en font de gigantesques cargos de l'espace.

John Starfinder a un compte à régler avec les baleines – la cicatrice de 2-omicron-VII en forme d'étoile qu'il porte à la joue droite le lui rappelle à chaque instant. À dire vrai, John Starfinder a la haine des baleines de l'espace chevillée au corps. Alors pourquoi décide-t-il, un jour, d'en épargner une ? De taire le fait que son ganglion n'a pas été entièrement détruit ? Qu'est-ce qui pousse l'homme à conclure un pacte avec la baleine de l'espace – un simple accord qui ne tarde pas à se transformer en une forme d'amitié ? Ensemble, les fuyards prennent la route des étoiles et sillonnent les couloirs du temps. « Le présent, n'importe quel baleinier de l'espace vous le dira, n'est que la surface de la Mer de l'Espace-Temps. Une baleine spatiale vivante peut plonger sous la surface quand elle veut et séjourner dans le temps perdu, peut descendre, en fait, jusqu'au tréfonds de la Mer. »

Que cherche réellement John Starfinder, trente-trois ans (âge christique), né sur Tourbe et élevé (conditionné) dans la haine et le dégoût de l'amour charnel ?

Alors que Robert F. Young est considéré, outre-Atlantique, comme un nouvelliste de première importance, de stature comparable à celles des maîtres de la forme courte comme Ray Bradbury, Harlan Ellison, Richard Matheson ou William Tenn, il reste méconnu en France – en dépit de la traduction de nombre de ses nouvelles dans la revue *Fiction*. Par sa thématique, Robert F. Young est proche de Simak ou de Bradbury, avec lesquels il a en commun de pratiquer une science-fiction humaniste et poétique. Pour son esthétique et ses recherches formelles, il s'inscrit dans la droite ligne d'Alfred Bester. Construit à partir de plusieurs récits prépubliés dans les années soixante-dix, *Baleinier de la nuit* apparaît comme le roman (*fix-up*) le plus achevé de Young. C'est une œuvre novatrice quant à la gestion des points de vue des protagonistes – et sans doute un cauchemar de typographe pour la manière graphique avec laquelle l'auteur retranscrit le langage de la baleine de l'espace. Sur le fond du récit, *Baleinier de la nuit* n'est pas sans évoquer *Une porte sur l'été* de Robert Heinlein, où l'on trouvait déjà la plupart de ses motifs principaux : l'amitié entre un homme et un compagnon animal, l'amour *a priori* impossible entre un adulte et une enfant, les changements de personnalité, l'utilisation du voyage dans le temps pour résoudre de manière habile les problèmes posés au personnage principal.

1980 – Pierre PELOT, *La Guerre olympique*
Éditions Denoël, Présence du futur n° 297.

En ce début du XXIIIe siècle, l'humanité est divisée en deux camps : le BLANC et le ROUGE. Ceux-ci regroupent des États et Nations, ainsi que leurs pays inféodés, qui constituent respectivement la Confédération libérale et la Fédération socialo-communiste.

BLANC comme ROUGE, les deux camps font face au même problème : la surpopulation. L'humanité, population de la Lune incluse, compte en effet presque quatorze milliards d'individus. Le moyen le plus efficace de lutter contre cet envahissement humain reste bien entendu la guerre, mais elle s'accompagne d'ordinaire de destructions préjudiciables aux vainqueurs comme aux vaincus, et il est dommage de compter au nombre des victimes des individus socialement utiles. D'où l'idée d'« organiser » cette situation, sous la forme d'un grand conflit international planétaire qui, tous les deux ans, concilierait lutte contre la surpopulation et maintien de la paix, amour du sport et expression d'un sain chauvinisme. Merveilleuse idée donc que cette guerre olympique entre athlètes surentraînés et dopés à mort, où tous les coups sont permis. D'autant que le choix des victimes dans leurs populations est laissé à l'appréciation des dirigeants de chaque camp : un bon moyen de se débarrasser en prime des indésirables.

Né en 1945 dans les Vosges où il réside toujours, Pierre Pelot (alias Pierre Suragne) est un géant de la littérature populaire, dans le sens le plus authentique du terme. Trente ans de carrière et pas loin de deux cents romans : littérature jeunesse, polar, fantastique, western, roman noir, roman préhistorique, science-fiction… auxquels – pour donner un aperçu de la puissance créatrice de l'écrivain – il faudrait ajouter : roman contemporain, pièce de théâtre, scénario de cinéma et de télévision, pièce radiophonique… Pelot sait tout faire !

Figure centrale de la science-fiction française des années soixante-dix, aux côtés de Jean-Pierre Andrevon avec qui il partage d'ailleurs une bonne partie de sa thématique, Philippe Curval et Michel Jeury, Pierre Pelot dénonce avec fougue l'absurdité, la violence, l'aliénation de nos sociétés… sur fond de tendresse (car Pelot est un vrai gentil !) et en laissant ouvert le chemin vers une rédemption toujours possible – même si elle apparaît de moins en moins probable.

1983 – Jean-Pierre ANDREVON, *Le Travail du furet à l'intérieur du poulailler*
Éditions J'ai lu, SF n° 1549.
Le Livre de poche, SF n° 7125.

Afin de réguler la population, un corps très spécial a été créé : les Furets. Chaque matin, les Furets se voient remettre une liste de personnes à abattre, dont les noms sont officiellement tirés au sort. Ainsi, tous les citoyens sont égaux devant la mort, et le système, devenu la base de la stabilité sociale, est accepté par chacun.

Jusqu'au jour où un Furet tombe amoureux de l'une de ses victimes désignées.

Mais l'histoire ne s'arrête pas là. Est-ce bien le hasard qui désigne les victimes ? Ou celles-ci sont-elles choisies en fonction de leur profil personnel ? Et si les personnes abattues chaque jour, en pleine rue, sur leur lieu de travail, chez elles, dans l'indifférence générale des témoins et dans la résignation de chacun, possédaient un point commun, un particularisme qu'elles partageraient ? Et si ce point commun était en réalité un secret dont la divulgation conduirait à l'effondrement immédiat de la société ?

La femme qu'il aime ayant été froidement abattue par un de ses collègues, le « héros » n'a plus guère de choix…

Avec une moyenne de quatre livres par an, le Grenoblois Jean-Pierre Andrevon (né en 1937) compte parmi les écrivains français les plus productifs et les plus réguliers. Étonnamment éclectique, tout aussi à l'aise dans le domaine de la littérature pour la jeunesse que dans un registre très « dur », Jean-Pierre Andrevon, après s'être pour l'essentiel consacré à la science-fiction et au fantastique, a abordé avec bonheur le roman policier.

Le Travail du furet à l'intérieur du poulailler participe des deux esthétiques. Construit comme un polar et servi par une écriture sèche et remarquablement efficace, ce livre rapide et nerveux, sans temps mort, s'inscrit dans un futur digne des meilleures dystopies. Voilà qui nous rappelle qu'Andrevon a longtemps été considéré comme le chef de file d'une science-fiction politisée – en tout cas résolument engagée sous la bannière écologique, et ce, dès le début des années soixante-dix. Andrevon a d'ailleurs fait partie de l'équipe de *La Gueule ouverte*, le premier journal d'écologie politique, qui reste aujourd'hui encore une référence ; on lui doit également une somme théorique importante : *La Nécessité écologique* (Les Amis de la Terre/Éditions DLM).

Si l'étiquette « écrivain engagé » convient à l'homme – dans la lignée des Sartre, Camus et Malraux… il est des parrainages moins honorables que les rééditions préfèrent oublier –, elle n'est toutefois pas à prendre dans un sens exclusif ou réducteur, Andrevon ayant abordé les multiples rivages d'un genre aux allures d'archipel.

Éternel provincial, Jean-Pierre Andrevon est par ailleurs cinéaste, peintre et illustrateur, auteur-compositeur-interprète.

1983-1988 – Andrew WEINER, *Envahisseurs !*
Éditions Orion, Étoiles vives.

Composé par André F. Ruaud, ce recueil propose cinq nouvelles.

Le cruel et hilarant « Envahisseurs ! » (1983) constitue un hommage fort habile au *Martiens, Go Home !* de Fredric Brown.

« Le Groupe venu de la planète Zoom » (1986) est également un pastiche réussi de la science-fiction classique à la *Galaxy SF.* Un groupe d'extraterrestres arrive sur Terre pour y tenter une carrière de rock stars en enregistrant des reprises géniales de classiques des années soixante. Mais l'épopée tourne à la catastrophe.

Plus ambitieux, « Les Vagues » (1987) fonctionne à plusieurs niveaux et véhicule de fortes charges symboliques.

« D Street » (1986) est une excellente novelette exploitant un des motifs majeurs de la science-fiction américaine : le questionnement du réel. Ici, l'hommage au Galouye de *Simulacron III* est patent mais inconscient, au dire de l'auteur.

Enfin « L'Homme qui avait de la chance » (1988) relève lui aussi d'une relecture du second Âge d'or de la science-fiction.

La chute très amère du récit « Le Groupe de la planète Zoom », qui, fort habilement, conclut le recueil, montre un auteur lucide quant à sa propre production littéraire : « On peut faire pire en ce monde, tout bien pesé, que d'être un imitateur aussi habile que brillant. Bien pire. » S'il ne fait aucun doute que Andrew Weiner est un admirateur de Brown, Sheckley, Russell, Tenn, Dick ou Galouye, qu'il nous soit permis d'ajouter qu'il se montre d'un niveau comparable à celui de ses références. La science-fiction étant une littérature collective, la quasi-totalité des auteurs ayant lu leurs prédécesseurs et commencé à écrire par influence voire par contagion, Weiner s'inscrit simplement dans une tradition toujours bien vivante.

Et c'est tant mieux.

1984 – Joëlle Wintrebert, *Chromoville*
Éditions J'ai lu, SF n° 1576.

La Ville. Une moderne tour de Babel qui s'élance à l'assaut des cieux. Construite comme un gigantesque mandala, elle est le fruit d'une technologie avancée mais fonctionne selon un ordre social archaïque, calqué sur celui de l'Inde traditionnelle. Sa population se trouve répartie en castes définies par une couleur, distribuée sur sept niveaux. Tout en bas les Rouges, la Caste des Producteurs ; puis les Orangés et les Bruns, Artistes et Artisans ; un cran au-dessus : les Bleus qui forment la Caste des Marchands ; plus haut encore vivent les Verts de la Caste des Émargeurs ; Urbanistes Violets et Hétaïres Jaunes se partagent le degré suivant, juste en dessous des Multis, les Maîtres Fondateurs, qui occupent la sixième strate… Au sommet de la Ville, nid d'aigle du septième niveau, vivent les Prêtres et les Chorèges, Noirs et Blancs au service du Hiérarque tout-puissant.

Système figé s'il en est, la Ville constitue un lieu d'affrontement et de manipulation. Le pain distribué à la populace est drogué, les enfants « fabriqués » par des pondeuses ; des hermaphrodites synthétiques, les Saïs, sont au service des castes supérieures, le sexe est omniprésent… En cela, la Ville est un univers dystopique digne de *1984* ou du *Meilleur des mondes*. Les plus maltraitées demeurent bien entendu les femmes, éternelles victimes expiatoires d'un système que leurs ancêtres ont essayé de combattre.

Mais l'esprit de résistance survit. Certains luttent contre la Ville et son ordre monstrueux, à leur manière, avec leurs moyens. C'est le cas de Sélèn, un danseur sacré qui a le pouvoir de réorganiser la structure moléculaire de son corps pour d'étranges métamorphoses ; et de Narcisse l'Hétaïre, lorsqu'elle découvre que ses charmes peuvent se transformer en arme.

Les rapports entre les sexes constituent l'un des motifs principaux dans l'œuvre de Joëlle Wintrebert – un écrivain que l'on qualifiera de « féministe » en espérant ne pas être mal compris.

Chromoville est l'une des grandes réussites de la science-fiction française des années quatre-vingt, une période d'hésitation entre des recherches formelles parfois gratuites (faute d'idées) et un retour à l'aventure souvent démagogique (faute de style). Des auteurs comme Joëlle Wintrebert, Christian Léourier ou Pierre Stolze, ont à un moment représenté, dans le catalogue des Éditions J'ai lu, une sorte de voie équatoriale littérairement exigeante tout en jouant avec bonheur la carte d'une science-fiction authentique. Rien qui ressemblait à une école, s'entend. Sans doute pas davantage qu'un hasard. Mais en tout cas une occasion manquée – cette génération (qui aurait pu donner au genre un « fond » dans le sens libraire du terme) a été littéralement sacrifiée au cours des années quatre-vingt-dix au nom d'une sorte de « jeunisme » qui a soufflé dans l'édition, sous la pression d'une nouvelle génération pour l'essentiel transfuge d'un Fleuve noir agonisant, décidée à occuper le terrain par « écrasement » de ses prédécesseurs.

1985 – Bruce STERLING, *La Schismatrice* (*Schismatrix*)
Éditions Denoël, Présence du futur n° 426.

Dans un lointain futur, la posthumanité est divisée en deux factions, deux cultures rivales pour ne pas dire antagonistes : les Shapers et les Mechanists. Les premiers suivent la voie biologique, usant du génie génétique pour se transformer et évoluer, tandis que les seconds prônent et illustrent une évolution technologique fondée sur les implants et les prothèses. Cette posthumanité essaime peu à peu dans le système solaire en s'établissant dans des habitats spatiaux artificiels…

Sterling fait souvent comme choix de point de vue celui d'un protagoniste plus ou moins extérieur au récit, dont la fonction première est d'accompagner le lecteur dans sa découverte de l'univers mis en scène. La *Schismatrice* fait sienne cette technique littéraire en utilisant l'angle d'approche totalement extérieur d'un historien placé en dehors du temps et de l'espace de la narration. À ce titre et pour sa problématique, La *Schismatrice* peut être considéré comme un brillant hommage à Olaf Stapledon. Ce roman constitue la pièce maîtresse d'un cycle de récits illustrant l'opposition Shapers/Mechanists et constituant une histoire future : celle de l'expansion interplanétaire de l'humanité et, partant, de sa transformation. Entre *hard science* et hyperréalisme, Bruce Sterling propose là une extrapolation scientifique sérieuse et documentée. Peu d'auteurs modernes ont su traiter avec une telle maestria et autant d'inventivité ce thème ambitieux qu'est l'évolution de notre propre espèce.

Né en 1954 à Brownsville dans le Texas, Bruce Sterling fait ses débuts en 1976 dans l'anthologie de science-fiction texane *Lone Star Universe*. Il n'a pas cessé depuis de livrer des récits écrits à toute allure, qui sont autant de missiles balistiques. Touche-à-tout survolté, polémiste redoutable et théoricien du Cyberpunk – d'abord dans son fanzine *Cheap Truth* puis par le biais de l'anthologie – manifeste *Mozart en verres miroirs* –, ses activités rédactionnelles et éditoriales intenses ont sans doute (partiellement) détourné l'attention des lecteurs de son œuvre personnelle. À tort, car *La Schismatrice* est l'un des plus grands romans des années quatre-vingt, et certaines nouvelles de Bruce Sterling de véritables joyaux. On s'en convaincra en lisant *Cristal Express* (*Crystal Express*, 1989, traduction : Éditions Denoël, Présence du futur n° 524). Ce recueil de douze nouvelles dont cinq appartiennent au cycle Shapers/ Mechanists, contient au moins deux chefs-d'œuvre : « Mise au vert au Brunei » (1985) et « Le Beau et le Sublime » (1986), qui démontrent que Bruce Sterling est l'un des meilleurs nouvellistes anglo-saxons de sa génération.

1987 – Ian M. Banks, *Le Cycle de la Culture*

1. *Une forme de guerre* (*Consider Phlebas*, 1987)
Le Livre de poche, SF n° 7199.
2. *L'Homme des jeux* (*The Player of Games*, 1988)
Le Livre de poche, SF n° 7185.
3. *L'Usage des armes* (*Use of Weapons*, 1990)
Le Livre de poche, SF n° 7189.
4. *L'État des arts* (*State of the Arts*, 1991)

DLM, CyberDreams-la-collection.
5. *Excession* (*Excession*, 1996)
Éditions Robert Laffont, *Ailleurs et Demain.*

La Culture : un non-empire galactique égalitariste, libertaire et socialisant, où chacun fait plus ou moins ce qu'il veut. Grâce à une technologie supérieure et omniprésente. Grâce à des Intelligences artificielles qui s'occupent de tout. En somme, voilà une vision de l'avenir quasiment aux antipodes de tous ces empires centralisés et militaristes qui ont fait les beaux jours de la science-fiction classique ! Non interventionniste par essence, la Culture préfère observer les nouvelles civilisations émergentes.

Du moins le prétend-elle, car elle donne éventuellement un léger coup de pouce opportun, afin de favoriser la prochaine intégration d'un monde. Parfois, le coup est plus fort, certes, mais c'est pour garantir la liberté des autres. Discours classique. Dans de telles circonstances, quand les règles doivent être modifiées, la section *Circonstances spéciales* prend le relais de la section *Contact*. Et la Culture se révèle sous son véritable jour : aussi interventionniste que le plus expansionniste des empires.

Pour Horza le Métamorphe (*Une forme de guerre*), la Culture se repose beaucoup trop sur les Machines et les Intelligences artificielles. Ce qui le conduit à s'allier aux Idirans, des intégristes fanatiques. Mais son combat en cache un autre : la quête de son identité réelle…

Pour empêcher l'Empire d'Azad (*L'Homme des jeux*), ouvertement militariste et expansionniste, de rompre l'équilibre fragile qui régit la galaxie, *Circonstances spéciales* intervient en envoyant sur Azad un de ses meilleurs joueurs : Gurgeh…

Lorsqu'il s'agit de contrer l'Etnarque Kérian (*L'Usage des armes*) et ses trains de la mort, c'est le mercenaire Cheradenine Zakalwe qu'envoie *Circonstances spéciales*. Mais Zakalwe se met bientôt à douter du bien-fondé de ses interventions et de la réalité de ses motivations. Il échappe alors au contrôle de ses employeurs…

Vient le jour où c'est la Terre qui fait l'objet d'une mission d'étude et d'observation (*L'État des arts*). Linter, un agent de la Culture, est envoyé parmi les hommes pour les étudier. Mais l'absurde fascination judéo-chrétienne pour la souffrance dans laquelle baignent nos sociétés occidentales se révèle dangereusement contagieuse…

L'Excession (*Excession*) est un artefact d'origine inconnue, un phénomène inattendu et irréductible à toute analyse, quelque chose de radicalement autre. Une conspiration aussi vieille que la Culture elle-même, sans doute ourdie par les Mentaux, ces Intelligences artificielles qui dirigent les immenses vaisseaux, surgit au grand jour. La Culture devra alors s'opposer à l'Affront, une civilisation belliqueuse et amorale. Et *Contact* comme *Circonstances spéciales* de reprendre du service…

Space opera philosophique et flamboyant, « avec le cœur à gauche » précise son auteur, jouant sur les codes classiques en les subvertissant, le *Cycle de la Culture* constitue peu à peu une œuvre complexe et d'une grande richesse. Descriptions d'une beauté à couper le souffle, utilisation originale du langage (pour nommer services, vaisseaux, personnages, structures humaines, drones…), style à la fois limpide et d'une force peu commune, situations imprévisibles et retournements inattendus… S'immerger dans les ambiances de la Culture n'est rien de moins qu'une expérience extatique.

Motif récurrent, la problématique de la recherche de l'identité traverse tout le cycle, s'incarnant dans des personnages clés comme Horza le Métamorphe d'*Une forme de guerre*, Zakalwe le Mercenaire de *L'Usage des armes*, ou Linter l'Observateur, pitoyable parodie christique dans *L'État des arts*.

Comme l'a noté avec justesse le critique liégeois Dominique Warfa : « Il n'est pas beaucoup d'œuvres dans le champ de la science-fiction anglo-saxonne contemporaine qui puissent tenir la comparaison face à ce cycle. »

1990 – Francis BERTHELOT, *Rivage des Intouchables*
Éditions Denoël, Présence du futur n° 507.
Grand Prix de la Science-Fiction française 1991.

Deux peuples se partagent la planète Erda-Rann : les Gurdes, tout en rigidité, et les Yrvènes, tout en spontanéité. Les premiers sont des habitants du désert, à la peau couverte d'écailles de lézard. Les seconds forment un peuple aquatique à la peau multicolore et ayant la texture de celle des mammifères marins. Parce qu'ils sont différents et que la différence est ressentie comme quelque chose d'insupportable, Gurdes et Yrvènes se détestent – une guerre civile achèvera ce que le racisme spontané a commencé. Amoureux de Cassian l'Yrvène, tout contact physique entre les deux races étant interdit par la loi, Arthur le Gurde n'a d'autre choix que de rejoindre la ville d'Arangwad (qui ressemble étrangement à San Francisco) où vivent les Transvers, un groupe d'artistes aux talents les plus divers : sculpteurs de mots, dresseurs de lumière, tatoueurs incrusteurs... Ces derniers bravent les interdits ségrégationnistes en essayant de se doter d'une peau « mixte » qui serait un mélange d'écailles et de pigments. Au milieu de ces gens, Arthur découvre sa nature artistique et devient sculpteur de mots, au prix d'une rupture avec son milieu familial.

Hélas, une terrible maladie issue de la mer vivante, la Loumka, s'abat sur cette communauté paisible...

Métaphore du sida et réflexion poignante sur l'altérité et le racisme, *Rivage des Intouchables* apparaît comme une des œuvres les plus fortes de la science-fiction francophone. Scientifique de formation (il sort de Polytechnique et travaille au CNRS), styliste remarquable doté d'une sensibilité à fleur de peau, Francis Berthelot est lui aussi un admirable sculpteur de mots. Après avoir exploré le genre sans parti pris – son premier roman, *La Lune noire d'Orion* (1980) ressortit au genre du *space opera* tandis que le diptyque de *Khanaor* (1983) est un des rares exemples de *fantasy* française –, cet écrivain venu un peu par hasard à la science-fiction, au gré de rencontres littéraires et humaines, a pris ses distances avec le genre tout en continuant de publier des romans très personnels. On lira avec un bonheur égal *La Ville au fond de l'œil* (1986), prix Rosny aîné 1987, ainsi qu'un pertinent essai effectué dans le cadre du CNRS, *La Métamorphose généralisée* (Nathan).

1990 – Joël Houssin, *Le Temps du twist*
Éditions Denoël, Présence du futur n° 512 ;
Éditions Gallimard, Folio science-fiction n° 36.
Grand Prix de l'Imaginaire 1992.

Si vous en avez assez des galères dans votre banlieue délabrée et qu'une virée en Buick Electra, un rien spéciale, dans le passé d'un monde parallèle, à la recherche du légendaire groupe de hard rock Led Zeppelin, vous tente, alors bondissez sur ce roman ! Attachez votre ceinture de sécurité, et écrasez la pédale de l'accélérateur !

Une chose toutefois : sachez que là où vous allez, Jimmy Page est devenu artiste peintre et non guitar hero..

Né en 1953, Joël Houssin est un cas dans le pay sage de la littérature française : auteur de la série culte ultra-violente *Le Dobermann* et de quelques romans de science-fiction qui devraient figurer au panthéon du genre (*Angel Félina*, *Blue*, *Les Vautours*...), fan (semble-t-il ?) de rock bruyant et de voitures américaines, fasciné (semble-t-il ?) par la violence et les armes – mais doté d'un solide sens de l'humour et d'une bonne dose d'autodérision.

Joël Houssin était là bien avant Richard Canal, Michel Houellebecq, Maurice G. Dantec et quelques autres. Mais tout se passe comme si personne ne s'en était rendu compte. Pour tout dire, il était là aussi avant William Gibson et Bruce Sterling. On s'en convaincra en relisant *Locomotive Rictus* (1975), où s'affirmait déjà une écriture coup de poing, au service d'une thématique violente et désespérée.

Une parenthèse : en 1976, Joël Houssin publiait *Banlieues rouges*, une anthologie de science-fiction française dérangeante, en collaboration avec Christian Vila – autre non-conformiste, auteur en 1977 de *Sang futur*, roman-collage de science-fiction punk. En 1978, c'est Jean-Pierre Hubert qui publiait le très étonnant *Mort à l'étouffée* – le même Jean-Pierre Hubert qui signait en collaboration avec Christian Vila, sous le pseudonyme de Jean-Christian Vilubert, *Noël noir*, un polar frénétique. Pourquoi ces précisions ? Pour rappeler qu'à la fin des années soixante-dix émergeait en France un courant précyberpunk (à dire vrai plus punk que cyber), avec ses ténors, ses théoriciens, ses romans, son anthologie-manifeste (dix ans avant *Mozart en verres miroirs*, le manifeste du Cyberpunk américain). L'alternance politique de 1981 a, en quelques mois, complètement réduit à néant cette science-fiction très engagée qui, par nature, se situait « contre ».

1990 – Bruce STERLING et William GIBSON,
La Machine à différences (*The Difference Engine*)
Robert Laffont, Ailleurs et Demain.

Dans l'univers mis en scène par deux des auteurs les plus novateurs et talentueux de la mouvance cyberpunk, les recherches conduites en 1821 par Charles Babbage pour construire le premier ordinateur sont couronnées de succès.

Ce qui nous vaut un monde divisé entre la France et une Grande-Bretagne ultra-technocratique, dirigée par Lord Byron et qui ressemble aux cauchemars de Charles Dickens.

Mais le pire reste à venir puisque la créature est en train d'échapper à son créateur, se transformant en la première Intelligence artificielle…

Sans doute écrit trop vite et avec un peu trop de complaisance, ce roman brillant par bien d'autres aspects constitue un excellent exemple de cette nouvelle littérature ayant fait de la Culture son terrain de jeu – avec pour principe d'imaginer ce qui se serait passé si… En somme, une forme de

« Culture de la Culture » proche d'Umberto Eco ou, plus près de nous et de manière plus convaincante, de René Reouven. Dans ce cas présent, la sauce est relevée d'une fort goûteuse pointe de *steampunk*.

Une œuvre imparfaite mais importante.

1991 – Alexander JABLOKOV, *Sculpteurs de ciel* (*Carve the Sky*)
Éditions Denoël, Présence du futur nos 554 et 555.

Au XXIVe siècle, l'humanité est divisée en deux blocs : d'une part la Terre et ses plus anciennes colonies, Mars et la Lune, d'autre part l'Alliance technique comprenant Ganymède et plusieurs autres satellites joviens. Entre les deux puissances s'étend la Ceinture des Astéroïdes, une zone tampon plus ou moins démilitarisée. La cohabitation n'est pas toujours aisée entre les deux parties en présence et la situation menace de se dégrader, l'arraisonnement d'un vaisseau spatial terrien ayant entraîné une opération commando contre une base techno. Il apparaît alors qu'une troisième force inconnue est en train de déstabiliser le fragile équilibre du système solaire.

Lord Monboddo, célèbre collectionneur d'art, et son sénéchal Anton Lindgren se lancent alors dans une enquête pour identifier les coupables. Leur odyssée entraîne le lecteur d'un bout à l'autre du système solaire : du monastère de Saint-Grégoire-de-Naziance, près des murailles de

Constantinople, où sont conservées des archives uniques, jusqu'à un jardin sidéral composé d'astéroïdes par un artiste japonais mégalomane, en passant par l'Hypostasium de l'Academia Sapientiae, une cité sur la Lune, un colossal vaisseau de l'espace, véritable ville nomade, ou bien encore une autre structure immense, ancrée au milieu de la Ceinture d'Astéroïdes.

Le fil conducteur de cette quête est double : d'une part la vie et l'œuvre de Karl Ozaki, un des plus grands artistes de tous les temps, d'autre part les artefacts laissés en divers endroits du système solaire par la race légendaire des Achérusiens, qui auraient visité notre système solaire il y a des millions d'années. Point commun entre les deux pistes : les Achérusiens sont les inventeurs de la gnomite, une substance artificielle rarissime dont on découvre parfois des morceaux, et dont Ozaki s'est servi pour façonner ses plus belles œuvres. Autre fil conducteur : la secte des Frères dépossédés du Christ, mouvement religieux ayant connu son heure de gloire deux siècles plus tôt en construisant la Nouvelle Jérusalem, ville-univers à l'intérieur d'un colossal astéroïde ancré dans la Ceinture. Officiellement, la secte n'existe plus, et Karl Ozaki est mort il y a vingt ans. Bien entendu, Monboddo et Lindgren n'en croient rien.

Voilà, aussi rapidement que possible, posée la trame générale d'un roman épais et complexe, plein de rebondissements et d'intrigues secondaires, d'une richesse esthétique absolument étonnante et qui constitue aussi une réflexion ininterrompue sur la création artistique et le rôle de l'art.

Références et allusions pleuvent sans cesse sur le lecteur : les pages se passant dans le monastère pourraient se lire comme un hommage au roman d'Umberto Eco *Le Nom de la rose*, tandis que celles décrivant la société lunaire sont un hommage direct à Robert Heinlein dont l'ombre continue de planer sur la meilleure part de la science-fiction contemporaine – l'avenue principale a par exemple été baptisée du nom du professeur La Paz, le théoricien de *Révolte sur la Lune*.

Avec *Sculpteurs de ciel*, Alexander Jablokov se hisse au niveau des plus grands créateurs. Après Frank R. Paul, Robert Heinlein, Alfred Bester et William Gibson, il réussit ce qui, dans tout acte de création, s'avère sans doute le plus difficile : proposer une esthétique, c'est-à-dire exprimer une philosophie sur un mode plastique. *Sculpteurs de ciel* est une œuvre majeure, d'une invention rare, qui renouvelle complètement le *space opera*.

Né en 1956, Alexander Jablokov entame sa carrière sur le tard en publiant en 1985 dans *Asimov's SF Magazine* une nouvelle remarquée, « Beneath the Shadow of her Smile ». Il a écrit depuis de nombreuses nouvelles de qualité. Plusieurs se situent dans un Boston futuriste et seront probablement publiées en recueil un jour prochain. Jablokov publie son premier roman, *A Deeper Sea* dans *Asimov's SF Magazine* en 1989 ; mais il faudra attendre 1992 pour le voir paraître en librairie dans une version augmentée – soit un an après la parution de *Sculpteurs de ciel*.

1991 – Joël CHAMPETIER, *La Taupe et le Dragon*
Éditions Alire, 1999 (édition revue).

Dans les années 2320, la Nouvelle-Chine est l'une des planètes du système d'Epsilon du Bouvier, une étoile double comprenant un dangereux astre vert de type A2. S'exposer à l'éclat de l'Œil du Dragon, même avec des protections maximales, conduit à une rapide cécité. Le ballet complexe des deux étoiles rythme les moindres aspects de la vie du milliard d'habitants de la Nouvelle-Chine, une planète terraformée au prix d'investissements colossaux pour accueillir une partie de la population de la Chine.

Les relations entre la planète mère et la Nouvelle-Chine ne sont pas simples – ne serait-ce que par leur relent de colonialisme et la dépendance économique de la planète terraformée vis-à-vis de ses financiers d'origine, pour l'essentiel la Chine, le Japon et l'Europe.

Des intérêts énormes sont en jeu. Aussi, lorsque des rumeurs font état de la volonté des Néo-Chinois de rompre leurs relations avec la Terre, la panique s'installe dans les services secrets.

Le Bureau européen envoie d'urgence un jeune agent, Réjean Tanner, avec pour mission de prendre contact avec une taupe, un agent européen endormi dissimulé au sein même du gouvernement néo-chinois. Mais la taupe ne se réveille pas. A-t-elle été démasquée et éliminée ? A-t-elle au contraire trahi ses employeurs blancs au profit de ses frères de sang chinois ?

Commence pour Tanner une course-poursuite sur les traces de l'agent double, dans le but de rapporter les informations qu'il détient.

La Taupe et le Dragon est un roman à la croisée des genres : à la fois récit d'espionnage haletant, roman colonial empli de pigments, de sons et de senteurs venus d'ailleurs, thriller politique au scénario complexe et bien sûr *space opera* flamboyant où la spéculation scientifique rigoureuse n'empêche jamais des envolées poétiques à couper le souffle. Écrit dans une langue vivante et inventive, *La Taupe et le Dragon* est une réussite majeure qui démontre que la science-fiction francophone déborde largement les frontières parfois étriquées de l'Hexagone français.

Ce roman s'avère le parfait exemple de l'existence d'une puissante science-fiction américaine hors États-Unis, dont Joël Champetier, par ailleurs rédacteur en chef de *Solaris*, le plus ancien magazine professionnel en langue française consacré au genre, est un des ténors, aux côtés de Jean-Louis Trudel, Élisabeth Vonarburg, Daniel Sernine, Jean-Pierre April, Francine Pelletier, Esther Rochon ou Yves Meynard.

1992 – Élisabeth VONARBURG, *Chroniques du Pays des Mères*
Le Livre de poche, SF n° 7187.
Éditions Alire, 2000.
Philip K. Dick Memorial Award, 1993.

L'équilibre des naissances entre filles et garçons ayant été rompu, les humains mâles, de plus en plus rares, sont confinés aux travaux reproductifs, tandis que les femelles s'occupent de tout le reste…

La science-fiction étant un genre largement masculin au niveau de ses auteurs, et plus encore à celui de ses lecteurs, vivre pour copuler est sans doute un fantasme commun à une bonne partie de sa clientèle. Tout était donc à craindre d'un tel postulat.

Mais, non contente de manier la plume comme nombre d'hommes doivent rêver de le faire, Élisabeth Vonarburg, écrivain féministe s'il en est, s'érige ici avec brio contre l'inacceptable : la domination d'un sexe par l'autre. Tel est son seul propos. Le pire a non seulement été évité, mais le meilleur a été atteint : *Les Chroniques du Pays des Mères* est un pur ravissement.

L'œuvre est centrée sur Lisbeï, un des personnages les plus forts de toute la science-fiction, au point que n'importe quel lecteur – homme, femme ou autre – s'y identifie immanquablement et le suit dans un véritable parcours initiatique. Devenue archéologue, Lisbeï découvre en même temps que le lecteur le passé complexe et parfois contradictoire de cette société de femmes, décrite par touches subtiles, aussi étrangère que la plus irréductible des sociétés non humaines. Confrontée à ce passé, Lisbeï finira par remettre en cause l'ordre féminin.

Loin de tout cliché, *Les Chroniques du Pays des Mères* est une œuvre pétrie de dialectique et de tolérance, d'une profonde honnêteté intellectuelle et d'une impressionnante intelligence. Réussite annexe du roman – une parmi tant d'autres –, la gestion d'un langage systématiquement féminisé. Avec cette évidence que le pouvoir n'est pas au bout du fusil mais à la pointe du langage.

Traduit aux États-Unis, récompensé par le prix Philip K. Dick, cet ouvrage est un des meilleurs de la science-fiction francophone, toutes époques confondues. Du même auteur, on lira avec un égal bonheur *Le Silence de la Cité*, Grand Prix de la Science-Fiction française 1982, lui aussi traduit en anglais.

1992 – John VARLEY, *Gens de la Lune*
Éditions Denoël, Présence du futur nos 610 et 611.

À la veille du bicentenaire de l'Invasion qui a chassé l'humanité de la Terre, la reléguant dans l'espace et sur ses anciennes colonies, Hildy Johnson, le journaliste vedette de Luna, est chargé d'écrire une série d'articles sur la vie sur Terre à la fin du XXe siècle, tout en établissant un parallèle avec la vie actuelle sur Luna. Hildy – alias Hilda puisque la nanotechnologie permet de changer de sexe à volonté – est rapidement entraîné(e) dans une série d'intrigues entremêlées, riches en rebondissements.

L'un des temps forts de ce roman foisonnant est la découverte d'une société libertarienne vivant à l'écart de l'autorité centrale et ayant développé une technologie d'avant-garde (comme ce champ de forces invisible servant de scaphandre). Avec pour projet la construction d'un gigantesque vaisseau spatial permettant de quitter le système solaire et l'univers étriqué des Huit Mondes, et de partir à la conquête des étoiles.

Gens de la Lune est à la fois un formidable roman de science-fiction, avec des personnages forts évoluant dans un univers riche et complexe, et un hommage vibrant à l'écrivain le plus influent de toute l'histoire du genre : Robert Heinlein. *Gens de la Lune* rappelle et précise les événements fondateurs des Huit Mondes, mis en scène dans plusieurs nouvelles et dans le roman *Le Canal Ophite* (1977). On y découvre, par exemple, les premiers pas des technologies utilisées à foison dans les récits situés plus avant dans la chronologie interne du cycle, en particulier l'immortalité par l'usage des clones, qui constitue le cœur du roman *Le Canal Ophite* (dont l'action se passe trois siècles après *Gens de la Lune*).

Du même auteur, on s'intéressera également à la trilogie constituée par *Titan* (*Titan*, 1979), *Sorcière* (*Wizard*, 1981) et *Démon* (*Demon*, 1984), consacrée à Cirocco Jones, astro-navigatrice de la Nasa et aventurière sur Saturne. Une manière de *space opera* féministe (les personnages de Varley sont le plus souvent des femmes ou des bisexuels...).

1992 – Serge Brussolo, *Le Syndrome du scaphandrier*
Éditions Denoël, Présence du futur n° 526 ;
Éditions Gallimard, Folio science-fiction n° 12.

David Sarella est un chasseur de rêves, c'est-à-dire un médium capable de matérialiser les ectoplasmes qu'il produit. Sur le marché de l'art, ces objets sont appréciés par les collectionneurs pour leur persistance et pour leur étrange beauté. Il est vrai que David va les chercher dans les grandes profondeurs – à mille mètres sous la surface du réel, dans un monde onirique en perpétuel état de délitement, d'épuisement, d'inconsistance, de porosité... Là, David est le roi des cambrioleurs, et sa reine une superbe rousse du nom de Nadia. Il prend tous les risques, plonge toujours plus loin, plus profond...

Pour ses employeurs, ce monde des profondeurs n'existe pas ; ce n'est qu'un fantasme de « scaphandrier ». Ce qui les intéresse vraiment, c'est de savoir pourquoi les objets subtilisés/matérialisés par le médium deviennent de plus en plus petits, et leur matérialisation de plus en plus pénible…

Œuvre maîtresse de Serge Brussolo, *Le Syndrome du scaphandrier* est un livre hors du commun – à la fois formidable réflexion sur la notion de réel et les conditions (extrêmes) de sa perception, et métaphore poignante sur la création artistique en tant que nécessité et le prix à payer que celle-ci impose à l'artiste.

C'est un livre d'une extrême compacité (180 pages), aux lignes narratrices serrées, servi par une écriture réellement flamboyante, en permanence surprenante. *Le Syndrome du scaphandrier* compte au nombre des (rares) authentiques chefs-d'œuvre de la Fiction Spéculative francophone.

1993 – Nancy Kress, « Danse aérienne »
(« Dancing on Air »)
Éditions Orion, Étoiles vives, 1997.
Prix Ozone 1998.

L'assassinat de deux ballerines bio-améliorées conduit Susan Matthews à enquêter dans les milieux de la danse professionnelle et du business du bricolage génétique. L'enquête se révèle ardue et les implications multiples : la journaliste est par ailleurs inquiète pour sa fille Deborah, qui rêve d'être admise dans le prestigieux corps de ballet d'Anton Privitera. Intrigues secondaires et rapports tendus mère/fille (qui concernent quatre personnages) enrichissent le récit et le portent à une révélation finale concernant des expériences menées en dépit d'une interdiction décrétée au niveau mondial – comme si l'on pouvait être assez naïf pour croire qu'une interdiction officielle pût empêcher des scientifiques de jouer avec leurs éprouvettes.

Il est tentant de faire le rapprochement entre « Danse aérienne » et l'œuvre de Greg Egan évoquée par l'éditeur français en quatrième de couverture, en particulier avec *Notre-Dame de Tchernobyl* ou *Comme paille au vent* – des novellas centrées sur des personnages de privés décalés. L'un des personnages les plus intéressants de « Danse aérienne » est Angel, un doberman bio-amélioré, doté de la parole et du QI d'un enfant de cinq ans. Les scènes écrites de son point de vue sont réussies ; l'évolution des rapports entre Caroline Olson, la danseuse étoile génétiquement bricolée, et son chien fournit un fil conducteur au récit. Les deux personnages sont de même nature et leur déchéance s'avérera identique.

À noter également une réflexion pertinente sur l'art : tous les moyens sont-ils bons pour atteindre les sommets (du dopage aux bio-améliorations) ? ou la pratique artistique doit-elle rester « naturelle » ? – avec pour corollaires cette certitude rassurante offerte au spectateur que l'artiste n'est que le fruit d'un travail acharné, et qu'il n'y a donc pas de différence physiologique fondamentale entre eux ? Nancy Kress apporte un élément de réponse moralisateur : la nature finit par reprendre ses droits et se venger ; les artistes bio-améliorés se détruisent donc peu à peu. Tout en cédant à la tentation nihiliste, le personnage de Deborah propose un éclairage beaucoup plus romantique : il faut rendre sa vie la plus intense possible, quitte à la consumer à toute allure.

La novella, ou court roman, constitue la forme majeure sous laquelle se présente la science-fiction contemporaine. Il n'est désormais pas rare de voir les revues spécialisées américaines en inscrire deux au sommaire d'une même livraison. Le nombre important de novellas de qualité publiées chaque année a fait du prix Hugo décerné à cette catégorie de textes l'une des récompenses les plus convoitées par les auteurs.

L'émergence de la novella apparaît évidemment comme un signe des temps. L'hypertrophie littéraire a frappé toutes les catégories de textes : le roman « normal » de 250 à 300 pages (la plupart des œuvres de Simak, Farmer, Dick, Heinlein, Silverberg, Sturgeon... antérieures à 1970) a disparu au profit des pavés du style *Hypérion*. La nouvelle traditionnelle de 10 à 20 pages est devenue novella. Quant aux *short stories* – ces courtes nouvelles à chute, spécialité de Fredric Brown, que la défunte revue *Fiction* avait baptisées « contes » et qui sont considérées dans les pays anglo-saxons comme la forme la plus achevée de la littérature –, elles ont tout simplement disparu.

Contrairement à la nouvelle qui laisse parfois le lecteur sur sa faim, la novella permet d'exploiter au mieux une idée, de développer une situation, d'envisager des implications sociales, politiques ou esthétiques, de mettre en scène des personnages étoffés. Par ailleurs, une novella bien construite est « dégraissée » des longueurs qui affligent trop de romans récents. Pour beaucoup d'amateurs de science-fiction, et comme en témoigne « Danse aérienne », la novella fait donc figure de longueur idéale.

1993 – Valerio EVANGELISTI, *Nicolas Eymerich, Inquisiteur* (*Nicolas Eymerich, inquisitore*)
Autres volumes :
Les Chaînes d'Eymerich (*Le catene di Eymerich*, 1995).
Le Corps et le Sang d'Eymerich (*Il corpo e il sangue di Eymerich*, 1996).
Le Mystère de l'Inquisiteur Eymerich (*Le misterio Dell'Inquisitore Eymerich*, 1996).
Éditions Rivages.

Nicolas Eymerich n'est pas un personnage de fiction. Cet impitoyable défenseur de la Foi chrétienne a bel et bien existé. Au cours du XIVe siècle, il fut pendant plus de cinquante ans le Grand Inquisiteur du royaume d'Aragon, pour le plus grand malheur des hérétiques en tout genre, supposés ou avérés. Il reste de nos jours l'auteur du célèbre *Manuel de l'Inquisiteur* ; et surtout... le « héros » d'une série de romans de l'Italien Valerio Evangelisti, champion incontesté de la catégorie best-sellers dans le domaine de la science-fiction européenne ! Car si les aventures de l'Inquisiteur Eymerich s'appuient sur un fond historique d'une grande rigueur, et sur une impressionnante documentation, elles ressortissent sans conteste à la science-fiction fusionnelle.

Car notre homme est un authentique détective de l'étrange, une sorte de proto-Sherlock Holmes au service de l'Inquisition – c'est-à-dire, selon les points de vue, de la Foi et de la Vérité, ou... du Mal absolu. Et les intrigues qu'il est amené à démêler plongent bien souvent leurs racines non dans le passé mais dans le futur : qu'il s'agisse de manipulations génétiques tentées dans les années 1930 ou des charniers de la révolution roumaine des années 1990.

S'inscrivant dans la tradition des feuilletonnistes « fleuves » à la Paul Féval, faisant écho aux mécaniques de précision d'un Arthur Conan Doyle, partageant l'érudition sulfureuse de l'Umberto Eco du *Nom de la rose*, pratiquant les jeux de miroir à la manière d'un René Réouven, Valerio Evangelisti a réussi avec la saga d'Eymerich un véritable tour de force : convier au même plaisir un immense lectorat populaire et la critique la plus exigeante.

Né en 1952 à Bologne où il réside, Valerio Evangelisti fait figure de chef de file de la nouvelle science-fiction italienne. Auteur à succès, anthologiste estimé, polyglotte érudit, il est aujourd'hui une des figures majeures de la science-fiction européenne.

1994 – Greg EGAN, « *Cocon* » (« *Cocoon* »)
CyberDreams n° 4 ; nouvelle traduction : DLM Minipoche, 1999.

Une explosion criminelle pulvérise un laboratoire de recherches installé à Lane Cove, une banlieue pourtant tranquille. Le bâtiment détruit appartient à la Life Enhancement International, une société de pointe qui travaille dans la biotechnologie.

James Glass, enquêteur de Nexus Investigations, se rend immédiatement sur les lieux et se fait engager par Janet Lansing, directrice du complexe de Lane Cove.

Commence alors pour Glass l'enquête la plus compliquée et la plus dangereuse de sa vie. Que s'est-il réellement passé : accident ? attentat ? sabotage ? escroquerie à l'assurance ?

Les responsables de la LEI collaborent-ils vraiment avec Glass ou cherchent-ils à l'orienter sur des fausses pistes ?

Et d'ailleurs : a-t-il été engagé simplement pour s'être trouvé le premier, au bon endroit et au bon moment – ou le fait qu'il soit homosexuel a-t-il un rapport avec le « choix » de sa personne ?

Cette dernière question est peut-être la plus insidieuse – car certaines recherches menées par la LEI pourraient bien concerner une sorte de déterminisme biologique de l'orientation sexuelle… Et si la LEI œuvrait « en douceur » pour un monde meilleur – c'est-à-dire sans minorité sexuelle ? En somme : débarrasser la société des homosexuels en faisant en sorte que plus personne ne devienne homosexuel – ou plus exactement ne naisse homosexuel…

Auteur culte dans les milieux de la science-fiction d'avant-garde, Greg Egan, l'auteur qui ne se laisse jamais prendre en photo (!), aborde dans la plupart de ses nouvelles la problématique de l'identité – en particulier de l'identité sexuelle, comme l'illustre cette novella ressortissant à la science-fiction la plus moderne autant qu'au roman noir traditionnel. Une réussite majeure dans l'Esthétique de la Fusion.

1994 – Roger MacBride Allen, *L'Homme modulaire* (*The Modular Man*)
Éditions J'ai lu, SF n° 3782.

David Bailey, génie de la robotique, a construit un cerveau artificiel et l'a dissimulé dans le corps massif d'Herbert, un robot ménager. Victime d'un très grave accident, il n'a d'autre choix, pour tenter de survivre, que de transférer son esprit dans ce cerveau artificiel, avec pour conséquence la destruction de son cerveau naturel.

Et la justice de s'en mêler, et de prétendre qu'Herbert est responsable de la mort de Bailey. Mais pour envoyer un aspirateur devant un jury, il faudrait démontrer son humanité. Ridicule : un aspirateur n'est qu'une machine ! C'est la réponse qu'espère le procureur. Car l'affaire jugée non recevable, le ministère public atteindrait ses buts : nier la possibilité du transfert d'esprit, et donc porter un coup d'arrêt aux technologies de survie. Comment pourrait en effet perdurer une société où les riches, leur esprit transféré dans un robot indestructible, deviendraient ainsi immortels ? Parce qu'elle redistribue le pouvoir et les richesses, la mort est socialement indispensable.

Mais la défense ne l'entend pas ainsi. D'autant que l'avocate de Bailey/Herbert n'est autre que sa femme, Suzanne Jantille, elle-même très lourdement handicapée et dont la survie est assurée par une machinerie complexe.

Cinq personnages principaux évoluent dans ce roman : Herbert le robot, Télé-Suzanne (la version mécanique de l'avocate, clouée sur un lit de survie), Samantha Crandall la journaliste et Philippe Sanders le policier spécialiste en robotique, tous unis contre le procureur Julia Entwhistle. L'action se déroule presque entièrement en deux lieux clos : le tribunal et l'appartement atelier de Sanders. Quant à l'intrigue, elle évolue pour l'essentiel à travers les dialogues. Le lecteur a donc souvent l'impression de lire une pièce de théâtre.

Si l'on peut admettre qu'un individu entièrement reconstruit, à l'exception évidente de son cerveau, soit encore humain, qu'en est-il d'un individu dont même le cerveau aurait été remplacé ? L'homme modulaire pose le problème de la définition de l'humain : à partir de quel pourcentage de rafistolage un individu cesse-t-il d'être un homme pour devenir un cyborg ? Ce dernier a-t-il les mêmes droits qu'un humain ? Les rapides progrès de l'informatique et du génie génétique pourraient bientôt faire sortir ces interrogations du domaine de la science-fiction.

Résoudre devant un tribunal un problème posé par un motif de science-fiction – en particulier celui de la définition de la notion d'humanité – constitue une spécialité de la science-fiction américaine classique. « Brikol'age » de Clifford D. Simak et « Jerry was a Man » de Robert Heinlein sont deux réussites majeures en la matière.

Dans la première (« How-2 », *Galaxy SF* nov.1954, traduction dans *Histoires de robots*, repris sous le titre « Plus besoin d'hommes » dans *Une chasse dangereuse*, Éditions J'ai lu), un bricoleur du dimanche reçoit par erreur le prototype d'un robot ultra-perfectionné. La compagnie veut le récupérer et le démonter mais le robot, qui s'est éveillé à une forme d'intelligence artificielle, sinon de conscience, veut vivre. L'affaire est donc portée devant les tribunaux.

Peu connu en France, « Jerry was a Man » (parution sous le titre « Jerry is a Man » dans *Thrilling*

Wonder Stories (oct 1947), traduction dans le recueil *Trois pas dans l'éternité*, Le Masque SF, 1976), est un classique aux États-Unis, ayant inspiré plusieurs écrivains. Tout le passage sur l'impossibilité de créer par génie génétique un cheval ailé miniature, dans l'excellent roman de Robert Reed, *Le Lait de la chimère* (*Black Milk*, 1989), est directement repris de cette nouvelle d'Heinlein.

1994 – Brian Aldiss, *À l'est de la vie* (*Somewhere East of Life*)
Éditions Métailié, 1999.

Roy Burnell s'est fait détrousser de dix années de mémoire par des trafiquants de souvenirs. Faute de connaissance intime de ce qu'il fut – et donc de ce qu'il est –, il doit se contenter des on-dit ; seule une (re)définition de lui-même « en creux » lui est offerte, par les témoignages de ses ex-amis, ex-employeurs, ex-femme, ex-maîtresse… Burnell, de son point de vue de décérébré partiel, ne rencontre évidemment que des « ex ». La question posée est terrifiante : qu'est-ce qui fait un individu ? L'ensemble de ses actes tels que perçus, vécus, interprétés, réécrits, réinventés… par les autres (tous ceux avec qui on a, un jour ou l'autre, interagi) ; ou est-ce son regard sur sa propre personne, dans le miroir de sa mémoire ? Au bout du compte : sommes-nous nos actes ou nos souvenirs ? À travers le jeu des personnages, deux positions inconciliables s'affrontent : retrouver sa mémoire pour se retrouver soi-même, ou, au contraire, profiter d'un oubli salvateur et bienheureux, en somme l'innocence par l'effacement, pour faire que Je devienne un Autre : « Faites-vous une fortune, vous pourrez vous permettre d'acheter une vraiment bonne mémoire de dix ans pour remplir votre propre vide. Une riche mémoire opulente d'un type heureux vivant je ne sais où. Dix ans de bonheur insérés, être heureux tout le temps après. Je le ferais ! Je le ferais... ma vie n'a été qu'une longue infortune... Vous ne le feriez pas ? »

La partie de ping-pong entre réel et virtuel qui se joue tout au long du roman se double d'une réflexion sur l'Art – Burnell travaillant pour le compte d'un organisme mondial, censé recenser et protéger tout ce qui relève de l'Art religieux, autant que faire se peut dans une Europe en ruine et en proie à de multiples guerres civiles. Par certains côtés, Roy Burnell est un parfait sale type – par d'autres, il fait preuve d'une lucidité amère : « La plupart des vies ne valent pas une icône du douzième siècle », affirme-t-il. Déclaration délicieusement « politiquement incorrecte ». D'ailleurs, l'homme qui brisera la Madone de l'Avenir, merveille réalisée par Maître Evtihije, cachée depuis une éternité dans la minable église de Ghvtismsholeli, le paiera de sa vie. Mais, certes, il s'agissait d'un dictateur...

À l'est de la vie est une variation habile sur l'un des motifs privilégiés de la science-fiction : le questionnement du réel. On ne s'en étonnera pas de la part d'un écrivain dont la trajectoire est parallèle à celle de Philip K. Dick, la référence interne au genre la plus commode dès lors que l'on aborde la problématique de la perception du réel. Le décor de ce roman est à la mesure de l'Europe : un continent déchiré par les nationalismes, les conflits ethniques ou religieux, qui pourrit lentement après l'émiettement de la galaxie soviétique. Évoquant parfois celle de *Barefoot in the Head*, la toile de fond de *À l'est de la vie* est étrangement uchronique tout en proposant une anticipation à très court terme.

Après le « savant fou » avant guerre, l'Artiste (« majusculisé ») a longtemps représenté le personnage principal de la science-fiction française ; et la réflexion sur l'Art – en particulier sur la création littéraire – son enjeu majeur. Au grand dam d'une majorité de lecteurs, prompts à reprocher à certains auteurs de « ne pas jouer le jeu ». Les préoccupations esthétiques se situent plus rarement au centre du discours dans la science-fiction anglo-saxonne, souvent tournée exclusivement vers l'efficacité. *Sculpteurs de ciel* (1991), le premier roman d'un jeune Américain, Alexander Jablokov, avait constitué en son temps une réelle et splendide surprise – de la part d'Aldiss, un écrivain très européen et étonnamment cultivé, ce choix est beaucoup moins surprenant.

Riche et complexe, brodant plusieurs lignes de narration, faisant alterner avec bonheur les registres d'écriture, pimenté d'interludes et de courts flashbacks qui rompent autant qu'ils enrichissent la chronologie principale, saupoudré de réflexions qui apostrophent (avez-vous jamais pensé être le monologue intérieur de quelqu'un dans le coma ?), *À l'est de la vie* propose un peu plus de quatre cents pages (serrées) de vrai bonheur.

Écrivain fécond, essayiste et historien clairvoyant, anthologiste infatigable, Brian Aldiss est une sorte de chef d'orchestre de la science-fiction britannique. Né en 1925, il débute une carrière d'écrivain à la fin des années cinquante, signant une longue série de romans et recueils devenus autant de classiques : *L'Espace, le Temps et Nathanael* (1957), *Croisière sans escale* (1958), *Équateur* (1959), *Le Monde vert* (1962), *Barbe Grise* (1964)…

Au milieu des années soixante, la science-fiction britannique entame sa première révolution culturelle. Alors qu'un Jim G. Ballard milite pour un renouvellement thématique du genre – en particulier par le biais d'une extension territoriale, les fameux « espaces intérieurs » –, Brian Aldiss s'efforce de rapprocher la science-fiction de la littérature dite générale, au risque de lui faire perdre sa spécificité (ses thèmes de prédilection, sa gestion des points de vue, ses techniques littéraires : voir à ce sujet l'œuvre exemplaire d'un Alfred Bester) et de la « diluer » dans le *mainstream*. L'accusation fut portée à l'époque, après la publication de *Barefoot in the Head : An European Fantasia* (1969), un collage de nouvelles dans lesquelles l'Europe est le lieu d'une troisième guerre mondiale où l'on se bat à coups d'armes psychédéliques. Avec cette œuvre étonnante, teintée de surréalisme, Brian Aldiss importe dans la science-fiction – une littérature jusque-là remarquablement « sage » – les techniques de l'antinarration. Les réminiscences de *Finnegans Wake* (1939) de James Joyce sont patentes – et revendiquées. Si la critique s'enthousiasme, le lectorat anglo-saxon des littératures de genre, éminemment conservateur, rejette *Barefoot in the Head* ; l'édition française n'est pas moins frileuse : trente ans après sa parution, ce livre essentiel reste inédit en France.

Après la parenthèse autobiographique de la trilogie d'Horacio Stubbs – *Un petit garçon élevé à la main* (1970), *Soldat, lève-toi...* (1971), *Un rude réveil* (1978) –, Aldiss revient à une science-fiction plus accessible, avec plusieurs réussites majeures comme *Frankenstein délivré* (1974) ou *L'Autre Île du docteur Moreau* (1980). Livre-univers à la mesure du cycle de *Dune* de Frank Herbert, le triptyque *Helliconia* (1982-1985) installe son auteur sur la liste des best-sellers...

1995 – Philippe CURVAL, *Congo Pantin*
Éditions Denoël, Présences (paru sous le titre *Les Évadés du mirage*) ; Éditions Gallimard, Folio science-fiction n° 32.

Un vaisseau spatial, l'Aile Noire, s'est abattu sur Pantin. Après le bouclage de la zone du crash, deux mondes coexistent désormais : l'Aire de sécurité et l'Extérieur. Dans la première cohabitent comme ils le peuvent les « Neutres » – sans doute des Aliens rescapés – et diverses populations locales, pour l'essentiel des immigrés. Une société nouvelle se met en place : confinée, observée. Comme le remarque un personnage : « Créer un laboratoire vivant et permanent de l'immigration pour établir une base de données. Une bible du comportement qui reposait sur l'idée forte qu'une population mitigée, surtout fraîchement implantée, donc peu métissée, se mobiliserait contre un ennemi commun, le combattrait ou l'assimilerait » : et si telle était la raison d'être de ce chaos surréalisant ?

Congo Pantin, le Noir albinos (victime ou manipulateur ? démiurge ou simple mutant ?), Zaïre, son compagnon en négritude, Mamie Ger, la physicienne aux théories peu orthodoxes, un groupuscule d'intégristes de nouvelles religions nées des débris des anciennes… tous s'interrogent sur la nature de l'univers dans lequel ils évoluent : quelle réalité pour ce Chantier couvert de débris incompréhensibles et dangereux, artefacts venus des étoiles dont le trafic fait vivre les habitants de l'Intérieur ?

Les Neutres eux-mêmes ne savent qui ils sont : « Je ne suis qu'un sujet, pas même une entité. Mamie Ger, la physicienne, a suggéré que j'étais inventé, mais que j'existerais tant que je rencontrerais quelqu'un pour croire au mythe de ma présence. Votre incrédulité entraîne ma transparence. » Dieu ne se définit pas autrement…

À la fois un grand roman de science-fiction et une expérience intellectuelle fascinante, *Congo Pantin* fourmille de réflexions philosophiques (« Le sentiment aigu de sa fin prochaine croît en même temps que ses moyens intellectuels de l'évaluer ») et d'interrogations qui dépassent les personnages. On y retrouve par exemple la problématique des subjectivités collectives chères à la science-fiction française : n'existe ou n'est à sa manière réel que ce qui bénéficie de la croyance d'un nombre suffisant d'individus. Dieu, ai-je dit. Autant pour nos mythologies modernes : ovnis et extraterrestres répondent à cette définition existentielle.

Généreux, foisonnant, sensuel, porté par une écriture superbe de précision et de fluidité, *Congo Pantin* est l'un des plus beaux livres de science-fiction de la décennie.

Né en 1929, auteur de dizaines de romans, couronné de nombreux prix littéraires, abondamment traduit à l'étranger, Philippe Curval reste « la » référence absolue en matière de science-fiction française.

Anthologiste avisé et découvreur de talent (*Futurs au présent, Superfuturs*), Philippe Curval est également un critique brillant (*Galaxie, Magazine littéraire*).

Du même auteur, on tentera de se procurer *L'Arc tendu du désir*, petit volume à tirage très limité, paru aux Éditions L'Astronaute mort, dans la collection Bibliothèque sublunaire.

Soit une créature non humaine. Comment appréhende-t-elle le monde ? De quels sens dispose-t-elle ? Comment fonctionnent ces sens ? Comment interagit-elle avec ses semblables ou avec des humains ? Voici un vrai défi littéraire : imaginer une forme de vie totalement *autre*, puis raconter une histoire de son point de vue. Tel est *L'Arc tendu du désir* : un récit véritable (une histoire, des personnages, une évolution, des interactions) d'où l'humain est parfaitement absent. Une réussite totale.

1995 – Maurice G. DANTEC, *Les Racines du mal*
Éditions Gallimard, Folio policier n° 63.
Prix Rosny aîné 1996.

Parce qu'il est persuadé que la Terre est envahie par des Aliens et des nazis, Andreas Shaltzmann commet, au début des années quatre-vingt-dix, le premier crime qui fera de lui un tueur en série. Sa trajectoire meurtrière est reconstituée *a posteriori* par Arthur « Dark » Darquandier, un cogniticien spécialiste en intelligence artificielle. Darquandier travaille pour le compte du professeur Gombrowicz, lui-même spécialiste des tueurs en série au service de la Police.

Andreas arrêté, il apparaît bientôt que certains crimes qui lui sont imputés ne correspondent pas à son profil psychotique, ce que confirme un système de proto-intelligence artificielle dédié à l'analyse comportementale des tueurs en série. Mais les autorités considèrent l'affaire comme résolue et Darquandier se retrouve sur la touche. Il s'exile au Canada puis en Australie où il développe la « neuromatrice », une Intelligence artificielle dotée d'interfaces virtuelles, avec laquelle il reprend son enquête…

Au-delà d'un classique roman sur les tueurs en série où la psychologie des personnages se place au centre du récit – compréhension de la personnalité du meurtrier, empathie enquêteur/meurtrier –, *Les Racines du mal* est un véritable roman de science-fiction au sens le plus moderne du terme. Les avancées technologiques décrites (la Neuromatrice, les accélérateurs neuroniques) s'avèrent indispensables au bon fonctionnement d'un roman qui a pour véritable propos l'analyse de la folie et de la violence au niveau de la société. En somme, une étude sur le mal à l'échelle des structures mêmes du réel. Le message du livre est celui-ci : le mal a ses racines ancrées au plus profond de l'âme humaine, la société (considérée trop rapidement comme responsable de tous les maux) étant bel et bien une machine voulue et construite par l'homme. En conclusion, le mal s'avère une composante essentielle de la vie – ou pour faire référence à Edgar Morin : la démence est la rançon de la sapience. À ce titre, *Les Racines du mal* est sans doute, comme l'a noté Sylvie Denis dans la revue *CyberDreams*, « un roman intelligent, haletant et indispensablement contemporain ».

Né en 1959, Maurice G. Dantec a fait souffler avec ses deux premiers romans un vent de folie sur la Série noire. C'est un écrivain authentiquement moderne, en ceci qu'à partir des marges il participe à cette littérature de la fusion qui, inexorablement, prend le contrôle de la littérature contemporaine. Avançant sous le masque du combattant romantique et décidé (lunettes noires, keffieh palestinien, vêture vaguement paramilitaire), investissant à la sortie de chacun de ses livres les lieux littéraires et audiovisuels très « tendance », semant le doute et entretenant la polémique, nourri d'influences multiples et parfois contradictoires, Maurice G. Dantec, comme Michel Houellebecq dans un registre assez proche, n'en reste pas moins un auteur phare des années quatre-vingt-dix.

1996 – Stephen BAXTER, *Voyage* (*Voyage*)
Éditions J'ai lu, Millénaires.

Cloué dans un fauteuil roulant après l'attentat manqué de Dallas, John F. Kennedy n'en continue pas moins d'inspirer le rêve américain et le mythe multiséculaire de la Nouvelle Frontière. Ne pouvant faire moins sans passer pour un médiocre, le républicain Richard Nixon s'emploie à marcher sur les traces de son prédécesseur à la Maison Blanche. En 1972, sur fond de guerre au Viêt-nam et en dépit de l'opposition de sa propre majorité sénatoriale, le Président prononce un discours historique dans lequel il annonce sa décision de mettre en œuvre un programme spatial ambitieux, dont le but n'est rien de moins qu'envoyer des Américains sur Mars et, à terme, d'installer une colonie sur la planète rouge.

Exit le projet de navettes réutilisables – qui dans notre réalité a absorbé l'essentiel des compétences et du budget de la Nasa – au profit d'une nouvelle génération de fusées propulsées par l'énergie nucléaire. C'est le début d'un combat à la fois technologique et politique qui, en une dizaine d'années, conduit à la réalisation de la fusée Nerva – un projet bien réel dont les plans dorment, dit-on, dans les tiroirs de quelque service des occasions manquées de l'agence spatiale américaine, puis à l'envol de celle-ci à destination de Mars.

Au printemps 1885, Nathalie York, la femme astronaute, réalise son rêve d'enfance et pose le pied sur le sol de rouille de la planète la plus fascinante de notre système solaire.

Astronome de formation, passionné par l'astronautique, le Britannique Stephen Baxter est, à l'évidence, de ces individus pour lesquels l'abandon du programme de conquête de l'espace – après quelques modestes aller-retour sur la Lune – a été perçu comme la pire des trahisons : celle commise contre le Rêve au nom de la Raison.

Puisque le futur que l'on nous avait promis dans les années cinquante et soixante nous a été volé, puisque l'espoir tarde à renaître, et même si notre génération – en tout état de cause – ne verra sans doute pas un être humain fouler le sol de Mars-la-Rouge, Stephen Baxter s'est employé à interpeller le passé : qu'est-ce qui n'a *pas* fonctionné ? Quelles décisions n'ont *pas* été prises ? À quel(s) endroit(s) l'Histoire s'est-elle fourvoyée ?

À défaut de nous consoler, la mise en scène minutieuse et passionnante de cet « univers parallèle pour nous perdu » – pour reprendre l'expression belle et juste de l'auteur – apporte une série de réponses intelligentes et crédibles.

1996 – Laurent GENEFORT, *Les Opéras de l'espace* [*Cycle de la Panstructure*]
Éditions Fleuve noir.

L'époque : notre futur proche

Le prime événement : la découverte à l'intérieur de notre système solaire de la première Porte de Vangk, une structure annulaire d'un kilomètre et demi de diamètre, véritable portail vers d'autres mondes, construite il y a environ cent mille ans.

Le choc : l'évidence de la préexistence à l'espèce humaine d'autres formes de vie, avec son cortège d'effets secondaires, le moindre n'étant pas l'obligation faite à l'homme de réformer son esprit. « De religieuse, sa conception du monde devint intégratrice, donc plus résolument scientifique… mais, du coup, moins susceptible de répondre à son angoisse d'exister », note l'auteur.

L'espoir : le réseau que constituent les Portes de Vangk (elles sont plus de vingt mille !) implique que chaque planète connectée se trouve à égale distance de toutes les autres. D'où la possibilité pour l'espèce humaine d'essaimer dans la galaxie et de se lancer à la conquête de l'univers.

L'incertitude : mais si un jour les Portes se désactivaient ? Soudain privée d'une technologie qu'elle ne maîtrise en rien et sur laquelle repose entièrement son développement, que deviendrait l'humanité ?

Avec le *Cycle de la Panstructure*, fort à ce jour d'une vingtaine de romans indépendants et de quelques nouvelles explorant le lointain futur, Laurent Genefort donne à la science-fiction française une œuvre qui brasse les cultures, pratique les métissages, donne tout son sens à la notion d'altérité, expérimente les formes de vie les plus inattendues.

À partir d'une idée pour le moins classique – l'artefact de type Porte des Étoiles est devenu un cliché du genre dont la référence historique est la saga *Heechee* de Frederik Pohl –, Laurent Genefort a su élaborer un univers complexe et original, en le dotant d'une véritable dimension philosophique. Ce projet littéraire que l'on pourrait qualifier de « *space opera* total », fascinant par bien des aspects, est le fruit d'années de réflexion et de recherches. Chaque roman de la saga est comme un fragment d'hologramme qui contiendrait la totalité d'un livre-univers brisé en menus morceaux – et chaque fragment retrouvé, bien qu'indépendant du tout, en affine néanmoins la vision globale.

Né en 1968 à Montreuil, Laurent Genefort possède une maîtrise de Lettres modernes sur Maurice Renard, un DEA sur *Les Mots et mondes étranges de Stefan Wul* et a soutenu en 1997 une thèse à l'université de Nice, sous la direction de Denise Terrel, intitulée *Architecture du livre-univers dans la science-fiction*. Longtemps un des plus jeunes auteurs professionnels français, il s'est depuis peu tourné vers l'écriture de scénarios pour le cinéma (Marc Caro) et la bande dessinée (Fred Blanchard).

1996 – Jose Luis de JUAN, *L'Apiculteur de Bonaparte* (*El apicultor de Bonaparte*)
Éditions Viviane Hamy, 1999.

Un modeste apiculteur de l'île d'Elbe adresse un jour une lettre à l'empereur Napoléon pour lui dire toute son admiration. Vingt ans plus tard, les deux hommes vont se rencontrer, alors que le maître d'une Europe et demie ne règne plus que sur une singularité insulaire, peuplée d'abeilles et voisine du lieu d'un autre mythe : Montecristo.

Andrea Pasolini, l'apiculteur fin lettré et séditieux, a le goût du secret autant que celui de la littérature. Son bonheur réside dans une manière d'effacement en trompe l'œil : « Être vu dans le lointain, être confondu, m'échapper sous leurs regards, me transformer » ; tandis que ses livres et ses pamphlets sont sa liberté : il lit les premiers et rédige les seconds, avec la même rage, dans une cave-bibliothèque ignorée de tous. Pasolini poursuit un rêve collectif : « l'unification de l'Italie en un seul regard de fer vengeur en direction du nord » ; pour cela, une méthode : « les vertus de la raison pratique et l'esprit de la ruche ».

De son côté, l'Empereur, déchu, rêve de reconquête…

Nés le même jour, jumeaux en somme, les deux hommes se déplacent sur un échiquier dont ils ne soupçonnent pas l'existence, fait de signes et de symboles, de prémonitions et de rencontres, de rapprochements imprévus et de coïncidences qui, assurément, ne sauraient en être tout à fait…

Ni uchronie ni récit historique, encore moins tentative biographique – mais bel exemple de prise de liberté de la littérature sur l'histoire et chef-d'œuvre de tissage entre réel et imaginaire –, *L'Apiculteur de Bonaparte* illustre une approche novatrice et moderne de la littérature : faire de l'Histoire (avec un grand H) le matériau d'une autre aventure littéraire, en traquant dans les marges du passé de quoi façonner de nouvelles mythologies. Le moyen : conférer une même valeur de véracité aux histoires (avec un petit h) qui construisent la culture de cette fin de millénaire. En somme, il s'agit de convier à un même festin les icônes que sont devenus Mary Shelley et Kaspar Hauser, Sigmund Freud et Sherlock Holmes, Louis Stevenson et Jack l'Éventreur. *Le Nom de la rose* ou *La Solution à 7 %* sont de bons exemples de cette nouvelle manière – mais le maître incontesté de cette « Culture de la Culture » est un Français : René Réouven, alias René Sussan, auteur de récits admirables tels *Les Insolites*, *Les Grandes Profondeurs* ou encore *Les Survenants* (Denoël).

Né en 1956 à Palma de Majorque, l'Espagnol Jose Luis de Juan est, comme ses personnages, un insulaire – et « seul un insulaire peut donner à l'univers les dimensions d'une île ». *L'Apiculteur de Bonaparte*, son premier roman, est une œuvre d'une subtilité et d'une sensualité rares, d'une force littéraire peu commune servie par une traduction convaincante d'Anne Calmels.

1996 – Marie DARRIEUSSECQ, *Truismes*
Éditions P.O.L
Éditions Gallimard, Folio n° 3065.

À la fin du XXe siècle, l'extrême droite est au pouvoir en France et applique son programme : le Social-Franc-Progressisme. La société se voit nettoyée de ses indésirables et on s'est attelé à la reconstruction morale du pays. Érigée à la place de l'Arc de Triomphe, une cathédrale sert de symbole pour la nouvelle politique du président Edgar.

Mais le futur se délite à toute allure :

« La guerre a éclaté ; il y a eu l'Épidémie, et puis la série de famines [...] la catastrophe de Los Angeles avait fait affluer vers Paris une nouvelle variété d'immigrés qui s'étaient tous spécialisés dans la fast-pizza. »

Après la chute d'Edgar vient le Temps du Gouvernement des Libres Citoyens, une autarcie communautaire façon Khmers rouges qui débouche sur la période des Grands Procès. Y a-t-il un espoir quelque part ?

Peut-être. Car certains êtres humains ont développé d'étranges mutations dont la cause reste indéterminée – effet du virage vers un tout-nucléaire mal contrôlé (la méga-centrale Goliath fait des siennes) ou tentative en définitive « naturelle » de rétablir un équilibre entre l'humain triomphant et l'animal en voie de disparition ?

Ainsi la narratrice – une employée dans un salon de cosmétique – qui, la première, vit d'incessantes métamorphoses en truie. Ou son ami Yvan Loup-Y-Es-Tu, qui s'est calé sur la Lune pour gérer ses transformations en loup-garou...

Et si la clé de la survie résidait dans l'acceptation de notre part animale ?

Fable sur la différence en même temps que récit de politique fiction, *Truismes* s'inscrit dans la tradition de la Fiction Spéculative britannique et des visions futuristes dystopiques de Norman Spinrad ou John Brunner, tout en reprenant le flambeau d'une certaine science-fiction française politique à la Andrevon. Cet étonnant roman, beaucoup plus complexe et riche que la critique ne l'a prétendu, célèbre les noces attendues d'une science-fiction authentique avec la littérature dite générale. Traduit dans plusieurs dizaines de pays, il démontre que la littérature francophone est toujours capable de s'imposer dans le monde entier.

1996 – Luca MASALI, *Les Biplans de D'Annunzio* (*I biplani di D'Annunzio*)
Éditions Fleuve noir.
Prix Urania, 1995.

18 novembre 1921 : l'Europe est ravagée par la Grande Guerre.

Cette nuit-là, le colonel Hans Joakim van Hippel, le second pilote Claudius Klein et le capitaine Matteo Campini sont à bord d'un grand biplan quadrimoteur Staaken, fleuron de la RFA (en toutes lettres *Riesenflugzeugabteilung*) sorti des usines Zeppelin, fer de lance du dispositif militaire des Démocraties centrales, alias les États-Unis de la Grande Allemagne.

Une aéroflotte forte de deux cents de ces bombardiers vole en direction de la ville de Padoue pour l'anéantir, afin de préparer l'invasion autrichienne de la plaine du Pô.

Mais une avarie fait prendre au biplan de Campini du retard sur la formation – un retard fatal qui lui vaut, isolé, d'être abattu par la chasse vénitienne. Par chance, Campini survit au crash… mais se retrouve en territoire ennemi. Originaire de

Trieste, pratiquant donc l'italien comme langue maternelle, il a quelque chance de parvenir à se fondre dans la population locale.

D'autant qu'il paraît trouver une alliée inattendue en la personne de la belle Flavia Manin.

Si ce n'est que celle-ci est née… en 1990, qu'elle est diplômée de l'École de Chronohôtesses (promotion 2017) et qu'elle travaille pour la S.A. Belle Époque, en qualité d'accompagnatrice touristique. Associée au projet « Venise dans la Grande Guerre » en juillet 1917 (date locale), Flavia a officiellement disparu en août 1920… en même temps qu'un certain Augusto Stefanini, quant à lui diplômé en Ingénierie temporelle.

Les Biplans de D'Annunzio est un brillant exercice de style, à la fois uchronie et thriller politique, en même temps qu'une habile réflexion sur le pouvoir – en particulier celui de changer le cours des événements. Son auteur, Luca Masali, est né en 1963. Il compte au nombre des acteurs d'une science-fiction italienne qui, entraînée par Valerio Evangelisti, explore les territoires de la culture avec intelligence et érudition, avec des romans bâtis sur des intrigues solides et complexes.

1996 – René Réouven, *Les Survenants*
Éditions Denoël, Présences.

Alors qu'il assiste à un concert autophonique donné au sommet de la Dune du Pyla – une centaine de guitares plantées dans le sable sont exposées à l'action du vent –, Gilbert Gréjac est pris d'un bref malaise. Dans les heures puis les jours qui suivent, des événements étranges, ou pour le moins inhabituels, se succèdent – chaque fois, le vent paraît y être impliqué, comme si des entités venues d'un ailleurs indicible se laissaient porter par lui pour s'infiltrer dans notre réalité, et prendre possession des humains. Gréjac se lance dans une enquête aux frontières de la Science et de l'Art, là où Musique et Mathématiques s'entrecroisent et se nourrissent l'une de l'autre. Ce qu'il découvre s'avère bien plus redoutable que ce qu'il imaginait : ce ne sont pas des revenants qu'il doit affronter... mais des survenants, c'est-à-dire ceux qui auraient pu être mais n'ont pas été, à cause de nous. Ce qu'ils veulent ? Prendre leur revanche ! S'emparer de la vie dont ils ont été privés. En somme, vivre à notre place.

Avec une vingtaine de livres publiés dans les collections SuperCrime Club et Sueurs froides (Denoël), René Réouven est un des maîtres de la littérature policière francophone. Ses nombreuses enquêtes apocryphes mettant en scène Sherlock Holmes constituent un pur régal pour tout connaisseur des exploits de l'homme de Baker Street. Mais, pendant des années, René Réouven signa également du nom de René Sussan des romans comme *Les Confluents* (1960) ou *Histoire de Farczi* (1964), évoluant aux marges de la littérature générale, du fantastique et d'une certaine science-fiction nourrie des grands mythes modernes de la Culture.

Il n'est pas exagéré de dire que René Sussan-Réouven s'est employé, bien avant Umberto Eco ou Arturo Perez Reverte, à faire de la Culture le matériau brut d'aventures littéraires totalement jouissives, le décor d'un véritable nouveau monde qu'il appartient, désormais, de défricher/déchiffrer aux plus intrépides des cartographes de l'imaginaire.

Ainsi Sussan explique-t-il la genèse du *Frankenstein* de Mary Shelley par l'énigme (résolue) de Kaspar Hauser dans *Les Insolites* (Grand Prix de la Science-Fiction française 1985) ; Ainsi Réouven met-il en scène le véritable Docteur Jekyll (et Mister Hyde) dans *Les Grandes Profondeurs*, un autre de ses chefs-d'œuvre.

1997 – Jean-Claude BOLOGNE, *Le Chanteur d'âme*
Éditions du Rocher, Nouvelle.

Succession de crises cardiaques au Vatican : voilà qui apparaît bien pratique pour qu'un secret (effroyable selon la logique papale) ne soit pas divulgué. Mais c'était compter sans Sherlock Holmes et son fidèle Watson – épaulés pour l'occasion par le poète et inventeur Charles Cros. Et voilà nos héros métamorphosés en trio d'aventuriers façon Indiana Jones, sur les traces d'un trésor archéologique : la voix enregistrée du Christ par un procédé « scientifique » étonnant. Mais les dernières paroles prononcées par Jésus sur la croix pourraient bien se révéler non conformes à ce que prétend la tradition religieuse. D'où un bien mauvais jeu de mots : Jésus crie et le Vatican panique…

Voilà une œuvre qui relève du policier, du fantastique, du récit de voyage, de la science-fiction tendance *steampunk* à manivelle. C'est également une « Sherlockholmeserie ». Et c'est surtout de la Littérature : érudite, piégée et jouissive. *Le Chanteur d'âme* constitue un excellent exemple d'exploration du dernier continent que les Littératures de l'Imaginaire n'ont pas totalement cartographié : la Culture.

Jean-Claude Bologne participe aux activités du mouvement Nouvelle Fiction dans lequel interviennent également Hubert Haddad et Francis Berthelot qui fut, avant de s'en aller explorer d'autres univers, l'une des plus brillantes étoiles au firmament de la science-fiction contemporaine.

1997 – Serge LEHMAN, « L'Inversion de Polyphème »
Parution originale dans *Bifrost* n° 5, 1997.
Édition en librairie dans *SF 98* : *Les Meilleurs Récits de l'année*, Éditions Orion, Étoiles vives, 1998.
Librio n° 328, *Serge Lehman présente* Les Dinosaures.
Prix Ozone 1998.

Mick Horowicz, Francis Carvalho et Hugo Varlet vivent aux Loges, dans la banlieue parisienne.

Avec Paul Vendetti, leur aîné de deux ans, un gosse de la DASS, ils forment la bande des Engoulevents. Spécialité : chaparder des bandes dessinées et des livres de science-fiction pour alimenter la bibliothèque commune stockée dans leur blockhaus, dans le sous-sol d'une cabane qu'ils ont construite.

Cet été-là, les quatre compères sont coincés aux Loges. Hugo se dit que c'est parti pour être « l'été le plus chiant de toute sa vie ». Sauf que Paul s'apprête à leur confier son secret : ce qu'il « voit » avec son œil de verre, la mer tout autour d'eux, les dinosaures qui paressent sur ses rives, les gosses qui les chevauchent… Tout cela, Paul le leur fait découvrir, du haut de « l'île » : un morceau de monde perdu en réduction, planté au milieu des champs de Krim Layad, le Marocain. Illusion ? Quand Chocky dégringole de son univers, il est clair qu'il ne s'agit pas d'une illusion. Encore moins quand apparaissent des hommes en noir bien inquiétants…

Une sphère appartenant à un monde à trois dimensions qui traverserait un monde à deux dimensions serait perçue par les habitants de celui-ci comme un disque, car ils ne pourraient appréhender que l'intersection de la sphère avec leur monde. Correct ? Dans ce cas, un lézard n'est peut-être que l'ombre à trois dimensions d'un dinosaure évoluant dans un monde à quatre dimensions, non ?

Écrire l'histoire d'une bande de gamins qui tombent sur un mystère plus grand qu'eux constitue un exercice assez périlleux, surtout pour un écrivain qui ne cache pas ses ambitions. D'abord, parce que le motif paraît ressortir à la littérature pour la jeunesse – le conjuguer avec une « idée » de science-fiction forte, fondée sur une spéculation mathématique, pose des problèmes de lisibilité. Ensuite, parce qu'il a déjà été porté à d'assez jolis sommets par des écrivains comme Mark Twain (*Les Aventures de Huckleberry Finn*) ou Pierre Véry (*Les Disparus de Saint-Agil*).

Côté anglo-saxon, une réussite dans ce registre des « histoires (de science-fiction) de gamins dans une cabane » est le roman *Le Lait de la chimère* de Robert Reed (Éditions Robert Laffont, Ailleurs et Demain), une œuvre réellement tout public, à la fois roman d'aventures bien construit et réflexion pertinente quant aux répercussions sociales des possibilités du génie génétique.

Côté francophone, « L'Inversion de Polyphème » joue la carte de la contamination du récit pour ados du type *Club des Cinq* par une bonne idée science-fictive, servie par une écriture rapide, à la première personne, façon *hard-boiled*. Le récit est par ailleurs nourri de références et de réminiscences (faussement ?) autobiographiques qui l'ancrent habilement dans la quotidienneté, proposant une version littéraire crédible des *X-Files*, *Kolchak* ou *Early Indiana* – même si les références internes au genre sont peut-être trop insistantes et pointues.

Dernière remarque, « L'Inversion de Polyphème » montre bien que la science-fiction est une littérature collective – et que sa composante française n'échappe pas à la règle. Cette nouvelle s'inscrit en effet assez bien dans la lignée de la science-fiction des pionniers – on pensera par exemple à Maurice Renard et à son *Brouillard du 26 octobre*.

Né en 1964, Serge Lehman débute dans diverses revues avant d'entamer une carrière de romancier aux Éditions Fleuve noir, sous plusieurs signatures (Don Hérial, Karel Dekk). Nouvelliste souvent brillant, il est engagé dans l'élaboration d'une œuvre très personnelle et à la cohérence remarquable. Infatigable promoteur d'un genre qu'il connaît bien, il a composé en 1997 l'anthologie phare *Escales sur l'horizon*, pièce déterminante dans la (re)conquête de son lectorat par la science-fiction autochtone. Avec trois Grands Prix de l'Imaginaire, deux prix Rosny aîné et deux prix Ozone, Serge Lehman est sans doute l'écrivain de science-fiction français de sa génération le plus primé.

1998 – Eric BROWN, *Odyssées aveugles*
Recueil de quatre nouvelles : « L'Homme décalé », « Mourir pour l'art… et vivre », « Du rififi au grenier » et « Les Disciples d'Apollon ». Éditions DLM poche, CyberDreams – La collection.

Placé dans une capsule de privation sensorielle, le Propulseur, sorte de pilote spatial, entre en état de « flux » et s'unit avec le nada-continuum : « l'essence du néant, ce qui est à la base de toutes choses, le ciel, le nirvana et l'illumination, le stade ultime du Zen », explique le héros de « Krash-Bang Joe et l'Équation Pinéal-Zen ». Tout un programme ! Si ce n'est que l'Illumination n'est pas forcément la solution à tous les problèmes – comme l'expérimente à ses dépens Max Thorn, « L'Homme décalé »... Aux côtés du Propulseur, l'autre figure récurrente des récits d'Eric Brown est l'Artiste. L'un comme l'autre sont dans un perpétuel état de recherche, impuissants à nouer des relations normales avec les autres individus, condamnés à une éternelle solitude. Le prix de leur quête d'absolu est parfois la mort – celle de l'artiste Lin Chakra dans l'explosion d'une nova qui laisse l'homme qui l'aimait mutilé à jamais, dans son corps comme dans son âme.

Également présent dans l'œuvre d'Eric Brown : l'enfant. Ou plutôt l'adolescent. Tels ces esclaves des temps futurs que l'on fait venir du tiers monde pour « bénéficier » d'une opération chirurgicale les dotant du don de télépathie, afin qu'ils puissent être exploités par des officines spécialisées. Car l'enfant est toujours exploité par l'adulte – sauf, bien sûr, lorsque ce dernier est... un Artiste ! Il devient alors figure paternelle, ultime recours, seul véritable ami de Tamsin Challenger dont la personnalité enregistrée de sa mère partage le corps de son amante Gabrielle, dans « Rêves d'Epsilon »...

Né en 1960, Eric Brown publie en 1982 une pièce de théâtre pour les enfants, *Noel's Ark*. Cinq ans plus tard, il fait ses débuts dans la science-fiction avec « Krash-Bang Joe et l'Équation Pinéal-Zen » dans les pages d'*Interzone*, alors lieu privilégié du renouveau de la science-fiction britannique. La nouvelle est située dans un monde futur profondément remodelé par les conséquences et applications du génie génétique, décrit par l'auteur avec un luxe de détails et une force peu commune. D'emblée, Eric Brown fait preuve d'une étonnante maîtrise de la gestion de l'information : en quelques phrases, presque l'air de rien, il plante un décor complexe et visiblement structuré par une réflexion préalable intense. Subjugué, emporté comme par un torrent, le lecteur est immédiatement confronté à une vision d'une incroyable richesse. Comme le suggère avec justesse John Clute, Eric Brown propose une manière de relecture de Cordwainer Smith (*Les Seigneurs de l'Instrumentalité*) via le filtre de l'esthétique cyberpunk. Situé sur une planète dominée par les artistes, son premier roman, *Meridian Days* (1992), confirme le talent d'un écrivain rare et secret qui, après avoir vécu en Australie, en Grèce et aux Indes, réside désormais dans le petit village des sœurs Brontë, partageant son temps entre l'écriture et les parties de football avec les copains.

Comme l'a noté Sylvie Denis en préface de *Odyssées aveugles*, recueil de nouvelles choisies et traduites par ses soins, « en une trentaine de nouvelles et deux romans, Eric Brown va imposer un univers et mettre en scène les tourments des personnages que les nouvelles technologies confrontent à des situations totalement inédites ».

De cet écrivain qui incarne – avec Greg Egan, autre découverte majeure de la revue *Interzone* également imposé comme nouvelliste en France par la revue *CyberDreams* et la collection associée – l'extrême modernité d'un genre littéraire qui n'a pas dit son dernier mot, on lira avec profit « Krash-Bang Joe et l'Équation Pinéal-Zen », *Univers 1989* (anthologie), Éditions J'ai lu, 1989 ; « Rêves d'Epsilon », *Century XXI* (anthologie), Éditions Encrage, collection Pulsar, 1995 ; « Bon séjour au CLMK », *CyberDreams* 3, 1995 ; « Appassionata », *CyberDreams* 10, 1997 ; et « Le Miracle de Kallithéa », *CyberDreams* 12, 1998.

1999 – Pierre BORDAGE, *Les Fables de l'Humpur*
Éditions J'ai lu, Millénaires.
Grand Prix Paul Féval de Littérature populaire 2000.

Dans une Dordogne d'un futur lointain et improbable – la Dorgne – vivent des êtres mi-hommes mi-animaux, parmi lesquels les Hurles et, surtout, les Grognes. Ces derniers sont des sortes de cochons doués de raison et dotés de la parole. Au sein de sa tribu, le jeune Véhir désire Troïa Orn ; mais quand vient l'heure du Grut, une immense copulation collective dont le but semble être de faire entrer les jeunes en âge de saillir dans le rang de l'animalité, c'est Graüm qui déflore Troïa. Déçu, Véhir s'enfuit et part à la recherche de l'Humpur : « l'homme pur ». En chemin, il rencontre l'amour en la personne de Tia, une jeune Hurle.

Présenté par son éditeur comme le premier roman de *fantasy* de Pierre Bordage, *Les Fables de l'Humpur* se situe plutôt à la confluence du roman initiatique cher à Hermann Hesse et de la littérature postcataclysmique tendance « retour à la nature » – dont un bon exemple, dans le domaine francophone, est *La Forêt d'Iscambe* de Christian Charrière.

Après le succès de librairie que fut sa trilogie des *Guerriers du silence* (Librairie L'Atalante), Pierre Bordage livre ici une œuvre plus personnelle et plus précise, servie par une écriture limpide et faisant la part belle aux émotions et à la quête ontologique.

S'inscrivant dans la tradition de la grande littérature d'aventures, *Les Fables de l'Humpur* s'est vu remettre par la Société des gens de lettres le Grand Prix Paul Féval de Littérature populaire.

1999 – Roland C. WAGNER, *Le Chant du Cosmos*
Éditions l'Atalante, Bibliothèque de l'évasion.

À peine débarqué sur Diasphine, une planète encore primitive découverte lors de la Seconde

Expansion, située à mille huit cents années-lumière d'Océan, Yeff rencontre un maedre, croisement improbable et charmant entre une musaraigne et un ours en peluche. L'un adopte l'autre – il faut dire que, plus collant qu'un maedre, ça n'existe pas. La route de l'Océanien croise alors celle de Clyne, une Muse professionnelle qui décèle en lui le potentiel nécessaire pour devenir un Penseur de première force. Le destin de Yeff bascule alors : lui qui était venu ici en tant que simple étudiant va entreprendre le long apprentissage de la voie du Jeu, sans se douter que le sort de la Galaxie humaine est désormais entre ses mains.

Hâtivement résumé, tel est le point de départ d'un roman touffu et éblouissant, qui prend la galaxie pour champ d'action, s'étire sur plusieurs décennies, progresse de rebondissements en coups de théâtre. Bâti sur une intrigue riche et plurielle, *Le Chant du Cosmos* est une œuvre colorée au possible qui flirte avec le roman policier, le roman sportif, le récit de voyage, la littérature coloniale... pour, en fin de compte, transcender le *space opera*.

Né en 1960 à Bab-el-Oued (Algérie française), Roland C. Wagner est une figure charismatique du petit monde de la science-fiction francophone. Ses pastiches, sa rock'n'roll attitude et ses T-shirt mandala lui attirent la sympathie du fandom. En 1987, il publie au Fleuve noir *Le Serpent d'angoisse*, récompensé par le prix Rosny aîné. Suivent chez le même éditeur une dizaine d'autres romans et un recueil, *Chroniques du désespoir* (1991). Il devient par ailleurs le « collaborateur » de Jimmy Guieu.

Après une décennie de galère financière, « RCW » rencontre le succès avec les aventures de Tem, alias Temple de l'Aurore Radieuse, un détective privé possédant le don de transparence et qui évolue dans le Paris des années soixante (« deux mille » soixante...). Les cinq enquêtes parues à ce jour constituent *Les Futurs Mystères de Paris.*

Désormais en pleine possession de ses moyens, RCW signe avec *Le Chant du Cosmos* son livre le plus achevé, le plus impressionnant. Son œuvre peut d'ores et déjà être considérée comme une des plus originales et personnelles de la science-fiction française. En témoigne par exemple la novella *H.P.L.* (1890-1991), parue confidentiellement en 1995 aux Éditions L'Astronaute mort, rééditée dans *CyberDreams* 8 (1996) et récompensée par le prix Rosny aîné de la nouvelle en 1997. Il ne s'agit de rien de moins que d'une biographie partiellement imaginaire de Lovecraft, le Maître de Providence, dans un monde parallèle !

2000 – Sylvie Denis, « Nirvana, mode d'emploi »
Parution dans l'anthologie *Aventures lointaines* n° 2, Éditions Denoël, Présence du futur n° 629.

2020 : Celia Bureau-Bassant est une sommité de la neurobiologie. Elle travaille pour GénoTech sur la maladie de Maid-Maezel, une nouvelle maladie à prion qui cause des pertes de mémoire et une incapacité à former de nouveaux souvenirs chez des sujets jeunes. Ses recherches portent sur la réactivation du circuit de potentialisation à long terme. Si la priorité est de pouvoir améliorer l'état des victimes de plus en plus jeunes et nombreuses, une des retombées indirectes des travaux de Celia permettrait à tout un chacun de revivre à volonté des scènes du passé. Des scènes brutes, strictement identiques à la réalité de la première perception, du premier enregistrement… et non un passé cent fois remodelé par le cerveau. Aucun risque alors de « revisiter » physiquement, par exemple, un lieu de son enfance, sans craindre de voir les modifications de l'environnement écraser l'enregistrement mémoriel. En somme, Celia compte sur le génie génétique et la nanotechnologie pour mettre au point une formidable machine à voyager dans le temps chimique !

Et puis le drame éclate : la petite nièce de Celia, Émilie, contracte la maladie…

Date indéterminée : ils ont pour nom Dilh, Poöl, Idor, Shurimar et Périlbot. Ils sont originaires de diverses planètes – Tulrunh, Varhlat – dont rien ne laisse supposer qu'elles appartiennent à notre galaxie. Ils sont venus par leurs propres moyens, sur ce monde de jungles et de marécages, afin d'y rencontrer Celui dont ils ne savent rien – si ce n'est ce qu'ils ont pu glaner dans une poignée de récits plus ou moins légendaires. Mais certains d'entre eux ont la Foi chevillée dans leur corps parfois étrange… et ils sont certains qu'Il se décidera enfin à apparaître pour leur transmettre Son enseignement…

« Nirvana, mode d'emploi » est l'un des textes les plus récents de Sylvie Denis, un auteur qui domine de la tête et des épaules la scène de la science-fiction française, dans la catégorie reine : la forme courte. Et ce, avec une effarante facilité – qui a de quoi rendre envieux même les plus primés de ses collègues.

Cette nouvelle est parfaitement représentative du style de Sylvie Denis.

Quant à sa structure d'abord : deux lignes narratives sont alternées, l'une principale (la vie de Celia, l'évocation de son travail, de ses souvenirs, de ses passions, de ses attaches familiales et amoureuses), l'autre secondaire (une série de feuillets découverts parmi ses affaires qui racontent un récit initiatique dans un univers de *space opera* classique). Pour comprendre la raison d'être de la seconde (le « contreplot » en jargon technique), il faut être parvenu au terme de la première (le « plot ») – à la fin du récit, les deux lignes narratives se retrouvent étroitement imbriquées.

Quant à la thématique, ensuite, Sylvie Denis propose une science-fiction parfaitement documentée, prenant en compte les avancées des sciences et des technologies, évaluant les répercussions (sociales, politiques, esthétiques, économiques…) de la mise en œuvre de celles-ci – et ce, avec une sérieuse longueur d'avance sur le réel. Mais les mythes inspirent également notre auteur, plus précisément les mythes modernes.

Régulièrement traduite à l'étranger et primée (Canada, Italie), actrice sur la scène de la science-fiction internationale, Sylvie Denis reste méconnue du grand public. La raison en est simple : à l'exception d'un court roman fantastique (*L'Invité de verre*) intégré dans l'univers partagé de l'*Agence Arkham*, elle n'écrit que des nouvelles... une quarantaine à ce jour, dispersées dans autant d'anthologies et de numéros de revues, et qui ne lui assurent, hélas, qu'une présence limitée en librairie.

DU MÊME AUTEUR

Aux Éditions Denoël

LA CITÉ ENTRE LES MONDES

Aux Éditions Magnard

LE MYSTÈRE DU CAUCASE
JULIEN ET LA TÉLÉZAPETTE
JULIEN ET LE TAMAGOTCHI
LES INTERNAUTES : LES PORTES DU TEMPS

Chez d'autres éditeurs

LES SÉRIES TV
L'ARCHE DES RÊVEURS

Dans la même collection

1.	Isaac Asimov	*Fondation*
2.	Isaac Asimov	*Fondation et Empire*
3.	Ray Bradbury	*Fahrenheit 451*
4.	H.P. Lovecraft	*La couleur tombée du ciel*
5.	Mary Shelley	*Frankenstein ou Le Prométhée moderne*
6.	Fredric Brown	*Martiens, go home !*
7.	Norman Spinrad	*Le Printemps russe,* 1
8.	Norman Spinrad	*Le Printemps russe,* 2
9.	Dan Simmons	*L'Échiquier du mal,* 1
10.	Dan Simmons	*L'Échiquier du mal,* 2
11.	Stefan Wul	*Oms en série*
12.	Serge Brussolo	*Le syndrome du scaphandrier*
13.	Jean-Pierre Andrevon	*Gandahar*
14.	Orson Scott Card	*Le septième fils*
15.	Orson Scott Card	*Le prophète rouge*
16.	Orson Scott Card	*L'apprenti*
17.	John Varley	*Persistance de la vision*
18.	Robert Silverberg	*Gilgamesh, roi d'Ourouk*
19.	Roger Zelazny	*Les neuf princes d'Ambre*
20.	Roger Zelazny	*Les fusils d'Avalon*
21.	Douglas Adams	*Le Guide galactique*
22.	Richard Matheson	*L'homme qui rétrécit*
23.	Iain Banks	*ENtreFER*
24.	Mike Resnick	*Kirinyaga*
25.	Philip K. Dick	*Substance Mort*
26.	Olivier Sillig	*Bzjeurd*
27.	Jack Finney	*L'invasion des profanateurs*
28.	Michael Moorcock	*Gloriana ou La reine inassouvie*
29.	Michel Grimaud	*Malakansâr*
30.	Francis Valéry	*Passeport pour les étoiles*

COLLECTION FOLIO

Dernières parutions

3156. Jean d'Ormesson	*Casimir mène la grande vie.*
3157. Antoine de Saint-Exupéry	*Carnets.*
3158. Bernhard Schlink	*Le liseur.*
3159. Serge Brussolo	*Les ombres du jardin.*
3161. Philippe Meyer	*Le progrès fait rage. Chroniques 1.*
3162. Philippe Meyer	*Le futur ne manque pas d'avenir. Chroniques 2.*
3163. Philippe Meyer	*Du futur faisons table rase. Chroniques 3.*
3164. Ana Novac	*Les beaux jours de ma jeunesse.*
3165. Philippe Soupault	*Profils perdus.*
3166. Philippe Delerm	*Autumn.*
3167. Hugo Pratt	*Cour des mystères.*
3168. Philippe Sollers	*Studio.*
3169. Simone de Beauvoir	*Lettres à Nelson Algren. Un amour transatlantique. 1947-1964.*
3170. Elisabeth Burgos	*Moi, Rigoberta Menchú.*
3171. Collectif	*Une enfance algérienne.*
3172. Peter Handke	*Mon année dans la baie de Personne.*
3173. Marie Nimier	*Celui qui court derrière l'oiseau.*
3175. Jacques Tournier	*La maison déserte.*
3176. Roland Dubillard	*Les nouveaux diablogues.*
3177. Roland Dubillard	*Les diablogues et autres inventions à deux voix.*
3178. Luc Lang	*Voyage sur la ligne d'horizon*
3179. Tonino Benacquista	*Saga.*
3180. Philippe Delerm	*La première gorgée de bière et autres plaisirs minuscules.*
3181. Patrick Modiano	*Dora Bruder.*
3182. Ray Bradbury	*... mais à part ça tout va très bien.*

3184. Patrick Chamoiseau — *L'esclave vieil homme et le molosse.*
3185. Carlos Fuentes — *Diane ou La chasseresse solitaire.*
3186. Régis Jauffret — *Histoire d'amour.*
3187. Pierre Mac Orlan — *Le carrefour des Trois Couteaux.*
3188. Maurice Rheims — *Une mémoire vagabonde.*
3189. Danièle Sallenave — *Viol.*
3190. Charles Dickens — *Les Grandes Espérances.*
3191. Alain Finkielkraut — *Le mécontemporain*
3192. J.M.G. Le Clézio — *Poisson d'or.*
3193. Bernard Simonay — *La première pyramide, I : La jeunesse de Djoser.*
3194. Bernard Simonay — *La première pyramide, II : La cité sacrée d'Imhotep.*
3195. Pierre Autin-Grenier — *Toute une vie bien ratée.*
3196. Jean-Michel Barrault — *Magellan : la terre est ronde.*
3197. Romain Gary — *Tulipe.*
3198. Michèle Gazier — *Sorcières ordinaires.*
3199. Richard Millet — *L'amour des trois sœurs Piale.*
3200. Antoine de Saint-Exupéry — *Le petit prince.*
3201. Jules Verne — *En Magellanie.*
3202. Jules Verne — *Le secret de Wilhelm Storitz.*
3203. Jules Verne — *Le volcan d'or.*
3204. Anonyme — *Le charroi de Nîmes.*
3205. Didier Daeninckx — *Hors limites.*
3206. Alexandre Jardin — *Le Zubial.*
3207. Pascal Jardin — *Le Nain Jaune.*
3208. Patrick McGrath — *L'asile.*
3209. Blaise Cendrars — *Trop c'est trop.*
3210. Jean-Baptiste Evette — *Jordan Fantosme.*
3211. Joyce Carol Oates — *Au commencement était la vie.*
3212. Joyce Carol Oates — *Un amour noir.*
3213. Jean-Yves Tadié — *Marcel Proust I.*
3214. Jean-Yves Tadié — *Marcel Proust II.*
3215. Réjean Ducharme — *L'océantume.*
3216. Thomas Bernhard — *Extinction.*
3217. Balzac — *Eugénie Grandet.*
3218. Zola — *Au Bonheur des Dames.*
3219. Charles Baudelaire — *Les Fleurs du Mal.*
3220. Corneille — *Le Cid.*

3221. Anonyme — *Le Roman de Renart.*
3222. Anonyme — *Fabliaux.*
3223. Hugo — *Les Misérables I.*
3224. Hugo — *Les Misérables II.*
3225. Anonyme — *Tristan et Iseut.*
3226. Balzac — *Le Père Goriot.*
3227. Maupassant — *Bel-Ami.*
3228. Molière — *Le Tartuffe.*
3229. Molière — *Dom Juan.*
3230. Molière — *Les Femmes savantes.*
3231. Molière — *Les Fourberies de Scapin.*
3232. Molière — *Le Médecin malgré lui.*
3233. Molière — *Le Bourgeois gentilhomme.*
3234. Molière — *L'Avare.*
3235. Homère — *Odyssée.*
3236. Racine — *Andromaque.*
3237. La Fontaine — *Fables choisies.*
3238. Perrault — *Contes.*
3239. Daudet — *Lettres de mon moulin.*
3240. Mérimée — *La Vénus d'Ille.*
3241. Maupassant — *Contes de la Bécasse.*
3242. Maupassant — *Le Horla.*
3243. Voltaire — *Candide ou l'Optimisme.*
3244. Voltaire — *Zadig ou la Destinée.*
3245. Flaubert — *Trois Contes.*
3246. Rostand — *Cyrano de Bergerac.*
3247. Maupassant — *La Main gauche.*
3248. Rimbaud — *Poésies.*
3249. Beaumarchais — *Le Mariage de Figaro.*
3250. Maupassant — *Pierre et Jean.*
3251. Maupassant — *Une vie.*
3252. Flaubert — *Bouvart et Pécuchet.*
3253. Jean-Philippe Arrou-Vignod — *L'Homme du cinquième jour.*
3254. Christian Bobin — *La femme à venir.*
3255. Michel Braudeau — *Pérou.*
3256. Joseph Conrad — *Un paria des îles.*
3257. Jerôme Garcin — *Pour Jean Prévost.*
3258. Naguib Mahfouz — *La quête.*
3259. Ian McEwan — *Sous les draps et autres nouvelles.*

3260. Philippe Meyer — *Paris la Grande.*
3261. Patrick Mosconi — *Le chant de la mort.*
3262. Dominique Noguez — *Amour noir.*
3263. Olivier Todd — *Albert Camus, une vie.*
3264. Marc Weitzmann — *Chaos.*
3265. Anonyme — *Aucassin et Nicolette.*
3266. Tchekhov — *La dame au petit chien et autres nouvelles.*
3267. Hector Bianciotti — *Le pas si lent de l'amour.*
3268 Pierre Assouline — *Le dernier des Camondo.*
3269. Raphaël Confiant — *Le meurtre du Samedi-Gloria.*
3270. Joseph Conrad — *La Folie Almayer.*
3271. Catherine Cusset — *Jouir.*
3272. Marie Darrieussecq — *Naissance des fantômes.*
3273. Romain Gary — *Europa.*
3274. Paula Jacques — *Les femmes avec leur amour.*
3275. Iris Murdoch — *Le chevalier vert.*
3276. Rachid O. — *L'enfant ébloui.*
3277. Daniel Pennac — *Messieurs les enfants.*
3278. John Edgar Wideman — *Suis-je le gardien de mon frère ?*
3279. François Weyergans — *Le pitre.*
3280. Pierre Loti — *Le Roman d'un enfant* suivi de *Prime jeunesse.*
3281. Ovide — *Lettres d'amour.*
3282. Anonyme — *La Farce de Maître Pathelin.*
3283. François-Marie Banier — *Sur un air de fête.*
3284. Jemia et J.M.G. Le Clézio — *Gens des nuages.*
3285. Julian Barnes — *Outre-Manche.*
3286. Saul Bellow — *Une affinité véritable.*
3287. Emmanuèle Bernheim — *Vendredi soir.*
3288. Daniel Boulanger — *Le retable Wasserfall.*
3289. Bernard Comment — *L'ombre de mémoire.*
3290. Didier Daeninckx — *Cannibale.*
3291. Orhan Pamuk — *Le château blanc.*
3292. Pascal Quignard — *Vie secrète.*
3293. Dominique Rolin — *La Rénovation.*
3294. Nathalie Sarraute. — *Ouvrez.*
3295. Daniel Zimmermann — *Le dixième cercle.*
3296. Zola — *Rome.*
3297. Maupassant — *Boule de suif.*
3298. Balzac — *Le Colonel Chabert.*

3299. José Maria Eça de Queiroz	*202, Champs-Élysées.*
3300. Molière	*Le Malade Imaginaire.*
3301. Sand	*La Mare au Diable.*
3302. Zola	*La Curée.*
3303. Zola	*L'Assommoir.*
3304. Zola	*Germinal.*
3305. Sempé	*Raoul Taburin.*
3306. Sempé	*Les Musiciens.*
3307. Maria Judite de Carvalho	*Tous ces gens, Mariana...*
3308. Christian Bobin	*Autoportrait au radiateur.*
3309. Philippe Delerm	*Il avait plu tout le dimanche.*
3312. Pierre Pelot	*Ce soir, les souris sont bleues.*
3313. Pierre Pelot	*Le nom perdu du soleil.*
3314. Angelo Rinaldi	*Dernières nouvelles de la nuit.*
3315. Arundhati Roy	*Le Dieu des Petits Riens.*
3316. Shan Sa	*Porte de la paix céleste.*
3317. Jorge Semprun	*Adieu, vive clarté...*
3318. Philippe Sollers	*Casanova l'admirable.*
3319. Victor Segalen	*René Leys.*
3320. Albert Camus	*Le premier homme.*
3321. Bernard Comment	*Florence, retours.*
3322. Michel Del Castillo	*De père français.*
3323. Michel Déon	*Madame Rose.*
3324. Philipe Djian	*Sainte-Bob.*
3325. Witold Gombrowicz	*Les envoûtés.*
3326. Serje Joncour	*Vu.*
3327. Milan Kundera	*L'identité.*
3328. Pierre Magnan	*L'aube insolite.*
3329. Jean-Noël Pancrazi	*Long séjour.*
3330. Jacques Prévert	*La cinquième saison.*
3331. Jules Romains	*Le vin blanc de la Villette.*
3332. Thucydide	*La Guerre du Péloponnèse.*
3333. Pierre Charras	*Juste avant la nuit.*
3334. François Debré	*Trente ans avec sursis.*
3335. Jérôme Garcin	*La chute de cheval.*
3336. Syvie Germain	*Tobie des marais.*
3337. Angela Huth	*L'invitation à la vie conjugale.*
3338. Angela Huth	*Les filles de Hallows Farm.*
3339. Luc Lang	*Mille six cents ventres.*
3340. J.M.G. Le Clézio	*La fête chantée.*

3341. Daniel Rondeau — *Alexandrie.*
3342. Daniel Rondeau — *Tanger.*
3343. Mario Vargas Llosa — *Les carnets de Don Rigoberto.*
3344. Philippe Labro — *Rendez-vous au Colorado.*
3345. Christine Angot — *Not to be.*
3346. Christine Angot — *Vu du ciel.*
3347. Pierre Assouline — *La cliente.*
3348. Michel Braudeau — *Naissance d'une passion.*
3349. Paule Constant — *Confidence pour confidence.*
3350. Didier Daeninckx — *Passages d'enfer.*
3351. Jean Giono — *Les récits de la demi-brigade.*
3352. Régis Debray — *Par amour de l'art.*
3353. Endô Shûsaku — *Le fleuve sacré.*
3354. René Frégni — *Où se perdent les hommes.*
3355. Alix de Saint-André — *Archives des anges.*
3356. Lao She — *Quatre générations sous un même toit II.*
3357. Bernard Tirtiaux — *Le puisatier des abîmes.*
3358. Anne Wiazemsky — *Une poignée de gens.*
3359. Marguerite de Navarre — *L'Heptaméron.*
3360. Annie Cohen — *Le marabout de Blida.*
3361. Abdelkader Djemaï — *31, rue de l'Aigle.*
3362. Abdelkader Djemaï — *Un été de cendres.*
3363. J.P. Donleavy — *La dame qui aimait les toilettes propres.*
3364. Lajos Zilahy — *Les Dukay.*
3365. Claudio Magris — *Microcosmes.*
3366. Andreï Makine — *Le crime d'Olga Arbélina.*
3367. Antoine de Saint-Exupéry — *Citadelle (édition abrégée).*
3368. Boris Schreiber — *Hors-les-murs*
3369. Dominique Sigaud — *Blue Moon.*
3370. Bernard Simonay — *La lumière d'Horus (La première pyramide III).*
3371. Romain Gary — *Ode à l'homme qui fut la France.*
3372. Grimm — *Contes.*
3373. Hugo — *Le Dernier Jour d'un Condamné.*
3374. Kafka — *La Métamorphose.*
3375. Mérimée — *Carmen.*
3376. Molière — *Le Misanthrope.*
3377. Molière — *L'École des femmes.*
3378. Racine — *Britannicus.*

3379. Racine — *Phèdre.*
3380. Stendhal — *Le Rouge et le Noir.*
3381. Madame de Lafayette — *La Princesse de Clèves.*
3382. Stevenson — *Le Maître de Ballantrae.*
3383. Jacques Prévert — *Imaginaires.*
3384. Pierre Péju — *Naissances.*
3385. André Velter — *Zingaro suite équestre.*
3386. Hector Bianciotti — *Ce que la nuit raconte au jour.*
3387. Chrystine Brouillet — *Les neuf vies d'Edward.*
3388. Louis Calaferte — *Requiem des innocents.*
3389. Jonathan Coe — *La Maison du sommeil.*
3390. Camille Laurens — *Les travaux d'Hercule.*
3391. Naguib Mahfouz — *Akhénaton le renégat.*
3392. Cees Nooteboom — *L'histoire suivante.*
3393. Arto Paasilinna — *La cavale du géomètre.*
3394. Jean-Christophe Rufin — *Sauver Ispahan.*
3395. Marie de France — *Lais.*
3396. Chrétien de Troyes — *Yvain ou le Chevalier au Lion.*
3397. Jules Vallès — *L'Enfant.*
3398. Marivaux — *L'Île des Esclaves.*
3399. R.L. Stevenson — *L'Île au trésor.*
3400. Philippe Carles et Jean-Louis Comolli — *Free jazz, Black power.*
3401. Frédéric Beigbeder — *Nouvelles sous ecstasy.*
3402. Mehdi Charef — *La maison d'Alexina.*
3403. Laurence Cossé — *La femme du premier ministre.*
3404. Jeanne Cressanges — *Le luthier de Mirecourt.*
3405. Pierrette Fleutiaux — *L'expédition.*
3406. Gilles Leroy — *Machines à sous.*
3407. Pierre Magnan — *Un grison d'Arcadie.*
3408. Patrick Modiano — *Des inconnues.*
3409. Cees Nooteboom — *Le chant de l'être et du paraître.*
3410. Cees Nooteboom — *Mokusei !*
3411. Jean-Marie Rouart — *Bernis le cardinal des plaisirs.*
3412. Julie Wolkenstein — *Juliette ou la paresseuse.*
3413. Geoffrey Chaucer — *Les Contes de Canterbury.*
3414. Collectif — *La Querelle des Anciens et des Modernes.*
3415. Marie Nimier — *Sirène.*
3416. Corneille — *L'Illusion Comique.*

Composition Nord compo
Impression Société Nouvelle Firmin-Didot
à Mesnil-sur-l'Estrée, le 14 septembre 2000
Dépôt légal : Septembre 2000
Numéro d'imprimeur : 52657
ISBN 2-07-041591-0/Imprimé en France.

97228